Gerda rockt die Bühne

Über das Buch

Oma Gerda hat die Nase voll. Sie hat ihren starrköpfigen, dominanten Ehemann überlebt und hofft auf eine bessere Zeit. Doch anstatt endlich das Leben neu zu beginnen, wird sie von ihrer Tochter und deren Kindern eingespannt und ausgenutzt.

Als sie eines Tages das Zimmer ihrer Enkelin aufräumt, stolpert sie über deren E-Gitarre. Wie unter Zwang legt sie los und lässt die Rock 'n' Roll-Zeit ihrer Jugend wiederauferstehen.

Der kurze Ausflug in die Vergangenheit legt in Gerda einen Schalter um. Sie erinnert sich an das alte Motorrad ihres Mannes, das immer noch im Schuppen steht, packt einen Koffer und ihre winzige Rente und verlässt das Haus. Eine abenteuerliche Reise beginnt, in deren Verlauf Gerda sogar eine Musikerkarriere startet …

Ein turbulenter und kecker Roman über das Leben der alten Junggebliebenen – erzählt mit einem Augenzwinkern und einer großen Portion Humor.

Über die Autorin

Barbara Herrmann ist in Karlsruhe geboren und in Kraichtal-Oberöwisheim aufgewachsen. Ihre Liebe zu Büchern und zum Schreiben begleitete sie während ihres ganzen Berufslebens als Kauffrau. Nach ihrem Eintritt in den Ruhestand sind mehrere Bücher (Romane, Reiseberichte, humorvolles Mundart-Wörterbuch) von ihr erschienen. Heute lebt die Mutter zweier Söhne mit ihrer Familie in Berlin.

Barbara Herrmann

Gerda rockt die Bühne

Oma dreht durch

Bibliografische Information der Deutschen Nationalbibliothek: Die Deutsche Nationalbibliothek verzeichnet diese Publikation in der Deutschen Nationalbibliografie; detaillierte bibliografische Daten sind im Internet über dnb.d-nb.de abrufbar.

© 2021 Barbara Herrmann
Kontakt über: heidezimmermann.de

Redaktion: friedericke - Magazin

Herstellung und Verlag: BoD – Books on Demand, Norderstedt
ISBN: 9783749486038

Coverfoto: shutterstock_1725268126-peter jesche
shutterstock_1150416362-Roman Samborskyi
pixabay_dance-4092691_1920
pixabay_dance-silhouette-5441910_1280
pixabay_silhouette-3319051_1280
pixabay_cloud-297333_1280

1

»Oma! Wo bist du? Ich brauche meine Sportklamotten«, rief Josefine die Treppe herunter.

Es war gerade halb sieben am Morgen, und die Hektik strömte spürbar durch das ganze Haus.

Türen wurden auf- und zugeschlagen, die Toilettenspülungen schienen im Dauereinsatz, das Duschwasser rauschte, und der Geruch diverser Seifen und Parfums vermischte sich zu einem bunten Strauß von Blütendüften.

Das alles ging Gerda zugegebenermaßen tierisch auf den Keks, denn sie würde nie im Leben verstehen, warum drei weibliche Geschöpfe bereits am frühen Morgen so ein Chaos verbreiten konnten.

Deshalb zog sie sich, nachdem sie für ihre Familie das Frühstück zubereitet hatte, auf ihr Zimmer zurück und setzte sich auf das Bett.

Sie brauchte morgens nach dem ersten Ansturm einfach ein paar Minuten für sich, und anscheinend war ihr dieser kleine Moment heute nicht gegönnt.

Also erhob sie sich gleich wieder und stieß einen tiefen Seufzer aus, um sich notgedrungen auf den Ruf ihrer Enkelin einzulassen.

Noch ehe sie allerdings selbst die Tür öffnen konnte, flog diese schon auf, und natürlich war da zuvor auch kein Klopfen zu hören gewesen. Warum auch? Es war doch nur Oma.

Josefine stand mit einem Marmeladenbrot in der Hand vor ihr.

»Oma, bist du taub? Wo sind meine Klamotten für den Turnbeutel?«, rief sie mit vollem Mund.

»Na, da, wo du sie zuletzt hingeworfen hast, schätze ich mal.«

Gerda hätte sie am liebsten rausgeworfen, stattdessen betrachtete sie ihre Enkelin eingehend.

Josefine war fünfzehn Jahre alt, ein schlankes, großes Mädchen mit langen blonden Haaren und blauen Augen.

Heute trug sie schrille Hotpants, ein bauchfreies Top und passende Ballerinas. Ihr eigentlich schönes Gesicht war für ein Mädchen in ihrem Alter viel zu auffällig geschminkt.

»Was schaust du denn so? Habe ich was Komisches an mir?«

Josefine blickte an sich hinunter und kaute auf ihrer Brotkruste rum.

»Ne, hast du nicht. Du siehst aber aus, als wärst du in einen Farbtopf gefallen. Das ist nicht wirklich schön, wenn du dich als junges Ding so auffällig schminkst.«

Warum nur sagte ihre Mutter der Kleinen nicht, dass es nicht gut war, so auffällig rumzulaufen?

Sie war noch blutjung und kleidete sich viel zu aufreizend. So etwas barg doch auch unvorhersehbare Gefahren.

Fehlte nur noch, dass sie sich so aufgestylt mit einem … – wie hieß das noch mal?

Gerda musste überlegen, dieses moderne Zeug verlangte einem aber auch alles ab, stellte sie fest.

Ah, dann fiel es ihr ein: mit einem Selfie selbst postet.

»Du hast doch keine Ahnung, Oma. Du weißt doch gar nicht mehr, was modern ist. Gib mir meine Klamotten, ich muss los.«

»Ja, wenn du das von einer alten Schachtel wie mir denkst, dann ist ja gut so, wie du aussiehst und wie du rumläufst. Ich habe übrigens keine Sportkleidung von dir. Wenn du sie nicht in den Wäschekorb getan hast, dann kann ich sie nicht gewaschen haben, und dann liegt die Wäsche auch nicht gebügelt im Schrank. Bis du das irgendwann einmal kapiert hast, musst du schauen, was du in die Schule mitnimmst.«

»Mist! Das geht aber nicht, Oma.«

»Lass mich gefälligst alleine!«

Gerda stellte sich an die Tür und zeigte ihrer Enkelin mit der ausgestreckten Hand den Weg aus dem Zimmer. Sie hatte jetzt keine Lust mehr, zu diskutieren oder gar hinter der Göre herzulaufen.

Wütend drehte sich Josefine um und stapfte davon.

Plötzlich war von der kleinen Halbstarken nichts mehr übrig, da rannte nur noch ein kleines, verzogenes Mädchen aus dem Zimmer.

Wenn sie jetzt noch mit dem Bein aufstampfte, wäre ihr kindisches Verhalten perfekt.

»Oma, bring heute meine Jacke zur Reinigung!«

Das war jetzt die helle Stimme von Natalie.

»Oh Herr, lass Abend werden, der Morgen kommt von alleine«, flüsterte Gerda.

»Jetzt kommt die nächste Enkelin. Fehlt nur noch meine Tochter, dann habe ich wenigstens dieses morgendliche Theater hinter mir.«

»Oma, ich habe die Tüte mit der Jacke neben den Schirmständer gestellt.«

Natalie machte sich noch nicht einmal die Mühe, ihre Oma zu fragen, ob sie überhaupt Zeit hatte, die Jacke wegzubringen. Warum sollte sie auch? Oma wird das schon machen. Die macht immer alles.

Natalie war siebzehn Jahre alt und sah ihrer Schwester ziemlich ähnlich. Auch sie war groß gewachsen, schlank und hatte ebenso blonde lange Haare.

Nur die Augen waren nicht blau, sondern grün. Die hatte sie von ihrem Vater.

Gerda raffte sich auf und hastete in die Küche.

Dort traf sie auf ihre Tochter Victoria, die bereits im Mantel am gedeckten Küchentisch stand – in einer Hand die Kaffeetasse, in der anderen ein halbes Brötchen, das sie voller Hektik runterwürgte.

Gerda schüttelte den Kopf.

»Das kann man ja nicht mehr mit anschauen. Warum setzt du dich nicht für ein paar Minuten hin und trinkst deinen Kaffee?«

Sie konnte so ein Verhalten nicht begreifen.

Es wurde doch die gleiche Zeit verbraucht, egal ob man auf einem Stuhl saß oder in Hut und Mantel vor dem Tisch stand.

Victoria ging auf den leisen Vorwurf ihrer Mutter gar nicht erst ein. Sie wollte keine Diskussion am frühen Morgen.

Und die würde unweigerlich folgen, wenn sie sich jetzt auf diesen Dialog einließ.

»Ich komme heute Abend später. Kümmere dich um den Einkauf, die Liste habe ich auf meinen Schreibtisch gelegt.«

Gerda war kurz davor zu explodieren, als sie das hörte. In letzter Zeit verspürte sie immer öfter den Wunsch, der Familie nicht mehr zur Verfügung stehen zu wollen.

Ihr Gefühlsleben schwankte zwischen der Meinung, es hier aushalten zu müssen, und dem Drang, diese Ausbeuterei abzulehnen.

Momentan war das aber nur ein Gefühl.

»Mit vollem Mund spricht man nicht, Victoria«, sagte sie stattdessen, um ihre Wut ein wenig zu unterdrücken.

»Das habe ich dir bereits vor vierzig Jahren beigebracht.«

»Ach Mama, lass gut sein mit der Erziehung. Ich bin in Eile.«

Mit einem Ruck schob Gerda den Stuhl, der mitten in der Küche stand, ordentlich an den Tisch.

»Ich habe keinen Bock mehr auf eure Aufträge und euren Saustall. Ihr müsst respektieren, dass ich ein Recht auf ein eigenes Leben habe, auch wenn ich hier wohne.«

»Hör auf zu meckern, Mama, und entspann dich lieber. Du hast es doch gut hier, wohnst in einem großen Haus und hast einen schönen Garten.«

Victoria griff nach ihrer Aktentasche.

»Ein bisschen was zum Haushalt musst auch du beitragen. Andere Mütter müssen ins Altersheim, da ist es bestimmt nicht so angenehm wie hier. Tschüss, bis heute Abend.«

Mit einem Kopfnicken drehte sie sich um und verließ das Haus. Sie war ja schließlich in Eile.

Gerda ließ sich auf den nächstbesten Stuhl fallen. Sie war geplättet.

Was ihre Tochter ihr gerade so ganz nebenbei aufs Brot geschmiert hatte, das war schon …

Was war es eigentlich?

Es war eine Ungezogenheit.

Nein, es war eine Schweinerei, so etwas zur eigenen Mutter zu sagen, ihr einfach zwischen Tür und Angel mit dem Altersheim zu drohen, obwohl sie keinerlei Gebrechen hatte und durchaus alleine leben konnte.

Das war schon harter Tobak.

Die hat wohl vergessen, dass es gewissermaßen mein Haus ist und eigentlich sie selbst froh sein müsste, mit ihren Mädels hier wohnen zu dürfen, überlegte sie wütend weiter.

Andersherum wird also ein Schuh daraus.

Aus rein steuerlichen Gründen hatte Gerda ihrer Tochter das Haus bereits zu Lebzeiten überschrieben, und jetzt so zu tun, als müsste sie auch noch dankbar sein, nicht abgeschoben zu werden, war einfach unglaublich.

Gerda erhob sich und lief zum Fenster. Ihre Gedanken analysierten weiter.

Und nicht zu vergessen, sie hatte lebenslanges Wohnrecht. Dennoch lud ihr die Bande trotz des geschenkten Hauses auch noch den ganzen Haushalt auf den Buckel und schämte sich nicht einmal dafür.

Nach Augusts Tod war das alles nahtlos über die Bühne gegangen. Sie hatten wohl gedacht, dass es am einfachsten sei, wenn Gerda bei ihrer bisherigen Aufgabe blieb und weiterhin Haus und Hof versorgte.

Gerda drehte sich um und schüttelte unentwegt den Kopf. Sie hätte heulen können, aber die Wut verbot ihr strikt, diesem Wunsch nachzugeben.

Also ging sie erst einmal wieder in ihr Zimmer. Sie musste jetzt nachdenken.

Auf der kleinen Kommode stand das gerahmte Bild von ihrem verstorbenen Mann August, der sie mit seinem strengen Gesichtsausdruck mahnend ansah.

Wenn sie nur lange genug draufschaute, siegte die täuschende Wahrnehmung, dass sich seine streng blickenden Augen vergrößerten und hervorstachen.

Ja, es entstand sogar der Eindruck, dass sie sich bewegten.

»Du brauchst mich gar nicht so anzuglotzen!«

Sie streckte dem Bild die Zunge raus.

»Das, mein lieber August, das lasse ich deiner Tochter nicht durchgehen. Darauf kannst du Gift nehmen!«, keifte sie.

Sie hielt kurz inne, lachte hart auf und trat ganz nahe an das Foto heran.

»Nein, du hättest dich nie vergiftet, du Armleuchter. Noch bis zu deinem letzten Atemzug hast du mich auf dem Krankenbett unaufhörlich schikaniert.«

Ihre Augen blitzen das Bild an.

Wenn Blicke töten könnten und August nicht bereits tot wäre, würde er spätestens jetzt umfallen.

Sie drehte das Bild um, weil sie ihn nicht mehr sehen wollte, dann setzte sie sich auf die Bettkante.

»Ich muss etwas ändern. Das kann es nicht gewesen sein, das darf es einfach nicht gewesen sein!«, rief sie laut.

Gerda stieß die Luft aus, um der aufsteigenden Beklemmung Herr zu werden.

Die ganze Situation konnte einen depressiv werden lassen, aber sie wäre nicht Gerda, wenn sie jetzt resignierte.

Den kläglichen Rest, der nun noch übrig war, hatte sie für ihre Beerdigung beiseitegelegt.

Wenn sie nicht bei ihrer Tochter bleiben wollte, musste sie sich wohl oder übel eine Arbeit suchen – und das konnte sie sich im Moment gar nicht vorstellen, weil sie keinerlei Berufserfahrung oder besondere Kenntnisse und Fähigkeiten anzubieten hatte, abgesehen von der Pflege und der Haushaltsführung natürlich.

Aber sollte das ihre Zukunft sein? Vom Regen in die Traufe? Nein, das wollte Gerda nicht.

Ein schneller Blick zur Uhr sagte ihr, dass sie sich noch eine halbe Stunde im Sessel genehmigen konnte, bis sie endgültig mit der Hausarbeit loslegen musste.

Schnell zog sie ihren kleinen Schemel ran und stellte ihre Füße drauf. Dann lehnte sie sich zurück, und ihre Gedanken wanderten wieder dorthin, wo sie bereits vor Victorias Anruf gewesen waren: bei August und der Tanzschule.

4

Spätestens nach der dritten Stunde war sie damals in Augusts Armen nur so dahingeschmolzen.

Der aber hatte den Tanzkurs als eine Pflichtübung betrachtet, die auch noch bezahlt werden musste.

Er dachte und handelte einfach nur rational und kühl, doch vielleicht war es genau das, was sie an ihm faszinierte und sie so dahinschmelzen ließ.

Heute aber war ihr ihre Dummheit von damals ein Rätsel. Wie hatte sie sich nur in so einen Eisklotz verlieben können?

»Hast du Lust, mit mir zum Maitanz zu gehen?«, fragte er sie zwischen den Grundschritten des Langsamen Walzers.

Gerda wurde rot bis zu den Haarspitzen, und ihr Herz pochte, als wollte es gleich herausspringen.

Es kostete sie alle Mühe, August nicht vor Aufregung auf die Füße zu treten, sie musste sich extrem auf die Tanzschritte konzentrieren.

Als sie ihm schritttechnisch wieder so in den Armen lag, dass sie sich aus der Drehung herausbewegten, schaute sie ihm automatisch in die Augen.

»Ja.« Mehr fiel ihr vor Aufregung nicht ein, was sie doch innerlich ärgerte.

August indes verzog keine Miene und konzentrierte sich wieder in aller Abgeklärtheit auf die Tanzschritte.

Gerne hätte sie gewusst, ob er sich über ihre Antwort freute, doch er sagte nichts dergleichen.

Da war nicht eine Regung, die ein Gefühl zum Ausdruck brachte.

Auf der Straße hupte mehrmals ein Auto. Gerda erschrak, blickte zur Uhr und schob ungern die Gedanken an die Vergangenheit beiseite.

5

»Oh, ich mit meiner elenden Tagträumerei!

Jetzt ist fast eine Stunde vergangen. Wie soll ich das nur alles schaffen, was die Familie von mir erwartet?«, flüsterte sie unter einem Stöhnen, während sie sich auf den Weg in die Küche machte.

Sie öffnete den Kühlschrank, um sich einem Überblick zu verschaffen.

»Mach einfach ein Steak, wir kommen um acht«, äffte sie Victoria nach.

Theatralisch warf sie die Kühlschranktür zu.

»Ich werde ihr heute ein Steak zubereiten, an das sie noch lange denken wird.«

Bei der Vorstellung, ihrer herrschsüchtigen Tochter eins auszuwischen, lachte Gerda so laut, dass man es bis auf die Straße hören konnte.

Rasch streifte sie sich eine Jacke über, schnappte sich ihren Einkaufskorb und zog die Eingangstür hinter sich zu.

An der Hauswand lehnte ihr altes, klappriges Fahrrad, und mit diesem strampelte sie die wenigen Straßen lang, um im nahen Shoppingcenter die Einkäufe zu erledigen, die man ihr auf den Zetteln notiert hatte.

Die Jacke ihrer Enkelin für die Reinigung hatte sie leider, leider vergessen mitzunehmen, wie sie mit einem verschmitzten Lächeln feststellte.

Gezielt und mit raschen Schritten erledigte sie ihre Besorgungen und fuhr wieder nach Hause.

Als sie die Steaks in den Kühlschrank legen wollte, konnte sie sich ein Schmunzeln nicht verkneifen.

Sie hatte so ihre Vorstellungen, wie sie die Steaks zubereiten würde. Schnell legte sie das Fleisch auf einen Teller und schob diesen in den Kühlschrank.

Für heute hatte sie noch ein strammes Programm zu erledigen, und so nahm sie sich wie jeden Tag zuerst den ersten Stock mit den Schlafzimmern und den Bädern vor.

Diese Etage hatte es in sich.

Die beiden Mädels ließen alles liegen und stehen, und so war der Fußboden in ihren Zimmern übersät mit verschiedenen Kleidungsstücken, schmutziger Wäsche, Schuhen, Taschen, zerknülltem Papier, Haarbürsten voller Haare und anderen Alltagsgegenständen.

Gerda war jeden Tag aufs Neue entsetzt, wenn sie die Räume betrat und das alles aufräumen musste.

Nicht selten brach sie vor Wut in Tränen aus, weil sie diese Frechheit und Zumutung fast nicht ertragen konnte, und dennoch machte sie sich stets daran, das Chaos zu beseitigen – mit Ausnahme der Schmutzwäsche, denn die legte sie mittlerweile einfach auf einen

Stuhl. Die Mädchen mussten lernen, wo sich der Wäschekorb befand.

Sie arbeitete sich zügig durch.

Zwischendurch zwickte allerdings ihr Rücken, denn es war schon eine schwere Aufgabe, ein Haus mit drei Etagen sauber zu halten, zumal die Familie, die selbst gar nicht auf Ordnung und Reinlichkeit achtete, ihr das nicht gerade leicht machte.

Während sie die großen Flächen der Badezimmerfliesen wienerte, ließ sie ihre Gedanken wieder in die Vergangenheit abschweifen.

6

Der Tanzkurs mit August war der Ausgangspunkt ihres künftigen Lebens. Aufgeregt flitzte sie in ihrem Zimmer umher, als sie sich für den Maitanz und Augusts Einladung vorbereitete.

Sie zog ein pinkfarbenes Kleid mit einem Petticoat an. Es hatte weiße Tupfen – Tupfen waren der modische Hingucker in dieser Zeit –, einen weißen Kragen und einen breiten weißen Gürtel, dazu trug sie weiße Söckchen mit einem Rüschenrand und weiße Schuhe mit kleinen Absätzen.

Ihre Haare hatte sie hochgesteckt, und um den Hals legte sie sich eine weiße Perlenkette.

Nun galt es, den perfekten Lidstrich hinzubekommen. Mit einem Pinsel und ruhiger Hand trug sie den Eyeliner auf und zog ihn leicht über den Augenwinkel hinaus. Es folgte noch der rote Kussmund und nicht zu vergessen der mit Kajal aufgemalte Schönheitsfleck.

Sie drehte sich vor dem wandhohen Spiegel.

Toll sah sie aus, einfach nur toll, befand sie, nachdem sie sich ausgiebig betrachtet hatte.

August kam pünktlich kurz vor acht, um sie abzuholen. Er begrüßte ihre Eltern und hielt ihr anschließend die Tür auf, als sie sich auf den Weg machten.

Dabei zeigte sein Gesicht keinerlei Regung, ob er sie schön fand, ob vielleicht auch sein Herz ein wenig für sie schlug oder ob sich überhaupt etwas in seinem Inneren abspielte.

Gerda wunderte sich zwar, fand das aber nicht schlimm. Sie hatte von ihrem Vater gelernt, dass Männer das Herz nicht auf der Zunge trugen und feine Gefühle ohnehin nicht jedermanns Sache waren.

Also freute sie sich auf diesen schönen Abend und auf den Maitanz, konnte sie doch die gelernten Schritte hier zum ersten Mal in der Öffentlichkeit umsetzen.

August kam aus gutem Hause, präzise gesagt aus einem sehr guten und dazu noch gut betuchten Haus.

Sein Vater hatte nach dem Krieg eine Likörfabrik aufgebaut, und Liköre waren der Renner überhaupt.

Alle stürzten sich auf den Eierlikör, den Kirschlikör und die anderen feinen Kreationen.

Die Familie belieferte auch die neue Art von Läden, die man Supermärkte nannte, und verdiente dadurch ein Vermögen.

Nebenbei war sein Vater noch im Stadtrat aktiv, und seine Mutter engagierte sich in der Kirchengemeinde.

August war zwei Jahre älter als Gerda, und weil er bereits einundzwanzig war, hatte er schon den Führerschein und zu dieser Gelegenheit natürlich auch von Papa einen VW-Käfer bekommen.

Das Maifest fand wie immer in der Stadthalle statt, der größten Halle in der kleinen Kreisstadt.

Zielstrebig führte August sie durch die Menschenmenge an einen Tisch, an dem bereits ein paar seiner Freunde Platz genommen hatten.

Es war eine bunte Mischung von Mädchen und Jungs – und natürlich einer der wenigen Tische nahe am Podium und an der Tanzfläche.

Gerda freute sich, denn das war ein exklusiver Platz, der nur für bevorzugte Persönlichkeiten reserviert wurde.

So weit vorne hatte ihre Familie noch nie sitzen dürfen. Das war einfach wunderbar.

»Das ist Gerda, meine Tanzpartnerin in der Tanzschule«, erklärte August der Runde.

Gerda schluckte, denn das hätte er nicht so emotionslos, so geschäftsmäßig sagen müssen.

Alle begrüßten sie aber freundlich, und sie setzte sich neben einen jungen Mann, der ihr die Hand gab.

»Ich bin Ralf, ein Freund von August.«

»Freut mich sehr, dich kennenzulernen, Ralf.«

»Darf ich dir ein Kompliment machen?«

Er wartete ihre Antwort gar nicht erst ab.

»Du siehst richtig toll aus. Mit diesem Kleid ist ein Rock 'n' Roll heute Abend ein Muss. Also damit du das gleich weißt, dieser spezielle Tanz ist für mich reserviert.«

Sie wurde rot, und ihre Augen strahlten, denn Ralf war sehr aufmerksam zu ihr, und seine Worte waren Balsam auf ihrer Seele.

Der Abend auf dem Maifest verlief dann ganz anders, als sie sich das vorgestellt hatte.

August war zwar anwesend, aber nicht für sie da.

Er diskutierte ins Unermessliche mit seinem Nachbarn und mit zwei Mädels und zwei Jungs auf der anderen Seite des Tisches.

Wegen der Musik mussten sie sich ganz schön zur Mitte beugen, damit ein Gespräch überhaupt stattfinden konnte.

Gerda verstand nicht, wie man sich an einem so schönen Abend anscheinend mit irgendwelchen Problemen auseinandersetzen konnte.

Das Einzige, was bei denen neben den heißen Diskussionen noch funktionierte, waren die regelmäßigen Schnäpse und Biere.

August hatte Gerda vollkommen vergessen, und sie störte das gar nicht mehr, denn sie tanzte sich mit Ralf die Füße wund.

Nach einem Discofox zog er sie hinter sich her zur Bühne. Die Bandmitglieder, die sich gerade eine kleine

Pause gönnten, saßen alle auf kleinen Hockern und wischten sich die Schweißtropfen von der Stirn.

»Hey Leute, ihr seid einfach klasse. Ich danke euch sehr für die tolle Musik und dafür, dass ihr heute meine Arbeit mit übernommen habt. Ich mache das alles wieder gut, versprochen.«

Ralf verbeugte sich vor der Band und legte voller Dankbarkeit die Hand auf sein Herz.

»Hoffentlich! Das ist schon ermüdend, wenn einer fehlt, und nach einem neuen Sänger oder einer Sängerin musst du dich auch schnell umsehen. Das ist einfach zu anstrengend«, erklärte ihm der Gitarrist und verdrehte die Augen.

»Ja, aber einen Sänger zu finden, ist sehr schwer. Ich bin schon seit Wochen auf der Suche.«

Ralf hielt immer noch Gerdas Hand, denn er hatte die Jungs ja eigentlich darum bitten wollen, dass sie einen Rock 'n' Roll für sie spielten.

Gerda wiederum hörte dem Gespräch interessiert zu. »Ist das deine Band?«, fragte sie neugierig.

»Ja, wir sind schon ein paar Jahre zusammen und eigentlich an den Wochenenden sehr gut gebucht.«

»Es muss schön sein, immer Musik machen zu können«, stellte sie schwer beeindruckt fest.

»Wieso, spielst du auch ein Instrument?«

Ralf schaute sie interessiert an. Sie war ein süßes Mädchen.

Sie lachte.

»Nein, das ist alles nur für den Hausgebrauch. Ich kann die Flöte, die Gitarre und die Trompete spielen – aber wirklich nur für die Hausmusik. Und ich kann recht gut singen, das sagt man zumindest in der Familie«, ergänzte sie schnell und strahlte ihn an, denn sie war froh, dass sie wenigstens ein paar ihrer Fähigkeiten aufzählen konnte.

»Du kannst singen? Und du kannst Gitarre spielen?«

Er blickte sie mit großen, fragenden Augen an. In seiner Aufregung trat er von einem Bein auf das andere. Konnte es sein, dass Gerda in seine Band passte und er endlich fündig geworden war?

Aber noch viel aufregender war sein Herzklopfen. Er hatte sich heute auf den ersten Blick verliebt und das sofort gespürt und gewusst.

Aber sie war mit August gekommen, und da musste er seine Gefühle verbergen. Trotzdem wollte er nicht gleich aufgeben. Wer wusste schon, was die Zeit noch bringen würde?

August hatte sich heute Abend keinen Pfifferling um sie gekümmert, und so ein Verhalten war nicht gerade das Gelbe vom Ei, das machte man eigentlich nicht. Und deshalb war die Messe in Ralfs Augen noch nicht gelesen.

»Ja und nein«, rief Gerda lachend.

»Ich kann ein bisschen singen und Gitarre spielen. Du denkst doch jetzt nicht, dass ausgerechnet ich die Sängerin sein könnte, die du suchst? Ich kann nicht öffentlich auftreten.«

Sie schüttelte den Kopf und streckte den Arm nach vorne, um ihren Protest zu unterstreichen.

Ralf lächelte sie an. Er wusste nicht warum, aber er war überzeugt, dass sie das gesuchte Mosaiksteinchen sein könnte.

»Welche Lieder kannst du gut singen?«

»Nein, Ralf!«

»Lass uns doch einfach nur ein wenig fachsimpeln.«

Sie schaute ihn voller Misstrauen an.

»Komm schon. Was kannst du gut singen?«

»Och, ich kann viele Lieder singen. Ich sitze immer am Radio und singe einfach mit. Da lernt man schnell die Texte und die Melodien, die werden ja immer rauf und runter gespielt. Im Moment singe ich viel von Catarina Valente. Aber wirklich nur privat!«

»Das ist gut.«

Er nickte ihr aufmunternd zu.

»Die Valente ist beliebt bei den Leuten.«

Er überlegte, wie er sie dazu bringen konnte, mit ihm und der Band auf die Bühne zu gehen.

Oder sollte er Geduld haben und sie nächste Woche zur Probe einladen?

Er hätte alles dafür gegeben, die junge Frau besser einschätzen zu können, so musste er sich jetzt auf seinen Instinkt verlassen.

Er drehte sich zur Bühne und schaute Hendrik, seinem Schlagzeuger, in die Augen. Die beiden verstanden sich blind, und Hendrik wusste, was Ralf wollte, auch ohne Worte.

Er ging ein paar Schritte auf Gerda zu.

»Hallo, ich bin Hendrik, der Schlagzeuger. Entschuldige, dass ich die ganze Zeit zugehört habe. Ich fand eure Unterhaltung äußerst spannend und möchte mich zwar nicht einmischen, aber ich glaube, dass ich eine gute Idee habe.«

»Und die wäre?«, fragte sie skeptisch.

»Wir machen uns einen Spaß und singen zu dritt. Dann bist du in unsere Stimmen eingebettet und musst dir keine Sorgen machen.«

»Und was sollen wir singen?«

Ihr Herz klopfte bis zum Hals, während sie sich umdrehte und in den Saal hineinschaute.

Die vielen Menschen machten ihr richtig Angst.

Hendrik strahlte sie an. Er spürte, dass er sie dazu bewegen konnte, mit auf die Bühne zu kommen.

»Wir singen ein Lied deiner Lieblingssängerin. Die ist ohnehin sehr gefragt, und so bringen wir den Saal dazu, mitzusingen. Also, wir singen *Wo meine Sonne scheint* von Catarina Valente.«

Ralf hielt sich vornehm zurück. Er wollte sich lieber nicht einmischen.

Gerdas Augen wurden immer größer.

Oje, wie sollte sie da bloß Nein sagen?

Das wäre ein Traum. Jeden Tag sang sie dieses Lied und liebte es wie kein anderes.

Aber auf einer Bühne, vor so vielen Leuten?

Was wäre, wenn sie gar keine so gute Stimme hatte, wie ihre Freunde und Verwandten sagten?

Was wäre, wenn sie anschließend ausgelacht würde?

Dann wäre sie überall unten durch.

»Ich traue mich nicht, Hendrik.«

Sie zuckte die Schultern.

»Schau da runter, diese Menschenmasse. Ich bin das nicht gewohnt, ich kann das nicht.«

»Aber, aber, komm mal kurz hoch.«

Hendrik nahm sie an der Hand und zog sie ganz sachte nach oben.

»Du stellst dich hier zwischen Ralf und mich, ein wenig nach hinten versetzt. Dann bist du etwas geschützt und nicht alleine.«

Er schob sie neben sich und nickte Ralf zu, damit dieser sich ebenfalls zu ihnen stellen konnte.

Das Mikrofon zog er in die Mitte.

Ralf blickte sie aufmunternd an.

»Wir machen das ganz locker. Ich gebe dir deine Einsatzzeichen, und du wirst sehen, dann geht es ganz einfach. Gib mir deine Hand, ich halte sie fest und kann dir damit Sicherheit beim Singen geben. Los geht's!«

Er gab seinen Kollegen den Einsatz, und siehe da, Gerda begann, aus vollem Hals zu singen: »Ich grüß' meine Insel im Sonnenlicht …«

Die beiden Freunde registrierten das Ganze mit Begeisterung und absolut großer Verwunderung. Das war ja ein Goldkehlchen, das ihnen da ins Netz geflattert war.

Dann kam der Refrain: »Wo meine Sonne scheint und wo meine Sterne steh'n …«

Ralf zupfte Hendrik von hinten am Ärmel und gab ihm ein Zeichen, still zu sein.

Gerda merkte nichts davon, sie war in ihrem Element und hatte sogar Ralfs Hand losgelassen.

Ja, sie tänzelte und wippte im Takt vor dem Mikrofon, als ob sie nie etwas anderes gemacht hätte.

Alle Augen im Saal waren auf sie gerichtet, aber auch das registrierte sie nicht wirklich.

Es war unglaublich, fanden die beiden jungen Männer neben ihr.

August saß immer noch bei seinen Freunden und diskutierte munter weiter, bis ihn ein Mädchen aus der Gruppe anschubste und mit dem Kopf zur Bühne zeigte.

August saß mit offenem Mund da und traute seinen Augen nicht.

Gerda … Dann schoss er aus seinem Stuhl hoch und lief mit schnellen Schritten zur Bühne, dabei schob er die tanzenden Paare unsanft zur Seite.

Gerade in dem Moment, als das Lied zu Ende war und donnernder Applaus aufbrandete, hatte er den Bühnenrand erreicht.

Gerda verneigte sich mehrmals, aber der Beifall wollte nicht aufhören.

Nur langsam fand sie in die Realität zurück und konn-te nicht fassen, was sie erlebte und fühlte.

Allerdings wurde sie jäh auf die harten Bretter der Bühne zurückgeholt, als August zu ihr hochschrie: »Ger-da, was machst du denn da? Du bist mit mir hierherge-kommen und grölst auf der Bühne rum?«

»August, ich gröle nicht, sondern habe gesungen. Und was hast du den ganzen Abend gemacht?«

Sie warf ihm einen verärgerten Blick zu.

»Ich habe nichts gemacht, ich habe mich nur unter-halten, und das hättest du am Tisch auch tun können.«

»Prima, ich hätte auch eure Probleme wälzen sollen, darauf hatte ich aber keine Lust.«

Sie wandte sich leicht von ihm ab.

»Auf jeden Fall hättest du auf mich Rücksicht neh-men müssen«, warf er ihr mit einem mittlerweile krebs-roten, von Wut gezeichneten Gesicht vor.

»Komm jetzt da runter, ich fahre dich nach Hause.«

»Ich gehe noch nicht nach Hause, ich bleibe noch ein bisschen und gehe dann zu Fuß.«

Sie war jetzt auch wütend geworden. Wie ging August eigentlich mit ihr um? Nein, dachte sie, so geht das nicht.

»Gerda, das schickt sich nicht. Du bist mit mir herge-kommen, und ich bringe dich jetzt wieder nach Hause.«

»Das ist mir wurscht, ob sich das schickt oder nicht. Ich bleibe noch hier, weil ich mich für die Musik und die Band interessiere. Mich kann auch Ralf oder Hendrik nach Hause fahren.

»Na klar, mein Freund Ralf, das ist der, der mich so hintergeht.«

Er schaute Ralf böse an.

»Du bist mir ein schöner Freund.«

»Hör bitte auf, August. So solltest du deine Freunde nicht anmachen. Niemand hat dir etwas getan und hat sich danebenbenommen. Ich bringe Gerda nachher für dich nach Hause. Wir finden, dass sie sehr gut singt, und wollen noch ein paar Lieder zusammen durchsprechen.«

August wandte sich wortlos ab und ging zurück zu seinem Tisch. Er wollte nachdenken, ob er sich eine andere Tanzpartnerin suchen sollte.

Mit einem August machte man so etwas nämlich nicht. Das würde er nicht unwidersprochen hinnehmen.

Gerda aber ließ sich nicht irritieren und setzte sich an den Rand der Bühne.

Jetzt war erst einmal die Musik das Thema, das sie interessierte, denn dieser Auftritt hatte ihr richtig viel Spaß gemacht. August konnte warten.

Er war heute ja auch nicht gerade der aufmerksamste Begleiter gewesen.

»Gerda, du warst einfach klasse.«

Ralf kam richtig ins Schwärmen.

»Könntest du dir vorstellen, von Freitag bis Sonntag als Sängerin mit uns aufzutreten? An zwei Abenden sollten wir uns auch noch zur Probe treffen.«

Hendrik hielt es nun nicht mehr auf seinem Stuhl, und auch Ralf lief wie ein Tiger hin und her.

Gerda schaute die Musiker in aller Seelenruhe an, und die beiden Jungs konnten keinerlei Regung in ihrem Gesicht, kein Anzeichen in der Körperhaltung erkennen, das ihnen einen Hinweis auf ihre Entscheidung geben konnte.

Schließlich stand sie auf, und ganz langsam fingen ihre Augen an zu leuchten.

»Also, wenn ihr damit leben könnt, dass ich bis um achtzehn Uhr arbeiten muss und erst dann zur Probe kommen kann und außerdem donnerstags noch fünfmal zum Tanzkurs muss, dann, ja dann bin ich dabei.«

Abwartend strahlte sie die Jungs an. Sie war so was von aufgeregt, dass sie es kaum mehr unterdrücken konnte.

Unaufhörlich hätte sie Purzelbäume schlagen können über so ein tolles Angebot.

Da konnte sie bestimmt noch ein paar Mark dazuverdienen.

Als Friseurlehrling war ja ihr Gehalt nicht gerade üppig, und der Wunsch nach Kleidern, Schuhen und Schminke war ihr stetiger Begleiter.

Ihre Freundinnen würden sie ganz bestimmt darum beneiden.

Für einen kurzen Moment dachte sie an August. In den letzten Wochen hatte sie dauernd Herzklopfen gehabt, wenn sie mit ihm zusammen war, besonders wenn sie tanzten.

Und jetzt war er sauer und angefressen.

Er hatte sich wie ein alter, eifersüchtiger Ehemann benommen, sowohl am Tisch als auch nachher an der Bühne.

Warum freute er sich nicht mit ihr?

Er könnte doch stolz sein auf ihr Talent.

Sie waren beide jung und hungrig nach neuen Dingen und neuen Erlebnissen.

Zwänge gab es genug durch die Eltern, die Generation, die den Krieg erlebt hatte. Wie dem auch sei, sie würde jetzt erst einmal Musik machen.

Bereits am Mittwoch darauf ging sie zu dem Keller, in dem die Band probte.

Es hatte sie allerdings eine ganze Menge an Überzeugungskraft gekostet, denn die Eltern, die ja eher spießig waren, mussten in Schwerstarbeit überredet werden.

Mit Händen und Füßen hatten sie sich dagegen gewehrt, dass die Tochter in einer Band mitmachen und womöglich auch noch diese neumodische Zappelmusik aus Amerika singen wollte.

Die Bandkollegen begrüßten sie herzlich, und nach einem kurzen Beschnuppern besprachen sie die Auftritte für das kommende Wochenende, anschließend probten sie intensiv die Lieder, die Gerda singen sollte.

Darunter waren auch einige von Elvis, die sie zwar kannte, aber noch nie gesungen hatte.

»Du bist einfach ein Naturtalent«, befand Ralf am Ende der anstrengenden Probe, die sich über mehrere Stunden hingezogen hatte.

Gerda strahlte über das Lob und verabschiedete sich.

Am Donnerstag fuhr sie wie üblich zum Tanzkurs.

Sie war unsicher und gleichzeitig neugierig, wie ihr August wohl gegenübertreten würde.

Das tat er dann mit versteinerter Miene, kühl und zugeknöpft. Er kratzte sich kurz am Kopf.

»Grüß dich. Ich schlage vor, dass wir die paar restlichen Termine weiter zusammen tanzen. Es lohnt sich jetzt nicht mehr, andere Partner zu suchen«, erklärte er ihr.

»Mensch, August, warum bist du denn so kompliziert? Wir sind doch junge Leute, die endlich ihre Freiheit genießen können. Den alten Etiketten sind wir doch nicht mehr verpflichtet, so mit bei Papa abliefern und Handkuss geben, womöglich auch noch knicksen.«

Gerda konnte sich das Lachen kaum mehr verkneifen. Sie stellte sich vor, wie der kühle August vor ihr niederkniete. Ausgerechnet dieser Macho, der sich als Herr aufspielte, und just bei dieser Vorstellung prustete sie los.

»Hör auf zu lachen, alle schauen schon rüber.«

August drehte sich unangenehm berührt um.

Es war ihm sichtlich peinlich, dass er so beobachtet wurde. »Komm, lass uns unseren Kurs vernünftig zu Ende bringen«, bat er.

Sie fasste ihn am Arm, um ihn zu beruhigen.

Die kleine Berührung löste gleich wieder Herzklopfen bei ihr aus und ließ sie abermals davon träumen, dass er Ähnliches für sie empfinden könnte.

August nickte ihr zu und führte sie nach der Aufforderung des Tanzlehrers auf die Tanzfläche.

Die letzten Wochen des Tanzkurses vergingen schnell.

An ihrer Beziehung zueinander änderte sich allerdings nichts. August gab sich weiterhin zurückhaltend, nein, eher kalt und abweisend.

Er sprach kein persönliches Wort, und Gerda weinte sich gelegentlich deshalb die Augen aus. Sie wusste, dass sie diesen Mann liebte, dass er ihre erste große Liebe war, aber sie glaubte, dass es eine Liebe ohne Erfüllung blieb.

Auf jeden Fall würde sie diese Gefühle jetzt erst einmal unterdrücken, ihre Freiheit genießen und dabei die Hoffnung in sich tragen, dass es eines Tages doch anders kommen könnte.

»Was ist los, Gerda?«, fragte Ralf bei einer der nächsten Proben.

»Du siehst so traurig aus und bist so in dich gekehrt. Fehlt dir was? Kann ich dir irgendwie helfen?«

Sie hatten gerade mehr als eine Stunde lang den Titel *Love Me Tender* von Elvis geprobt. *Liebe mich zärtlich, liebe mich süß. Lass mich nie mehr gehen* ... So lautete ungefähr die Aussage dieses Liedes.

Und in Anbetracht ihrer nicht vorhandenen Beziehung zu August wurde sie doch etwas melancholisch.

»Ne, danke, das Lied lässt mich schwermütig werden. Ich habe gerade an August gedacht. Dieser Sturkopf hält einfach an seinen Prinzipien fest und geht kein bisschen mit der Strömung.«

»Ach, mach dich nicht verrückt. Die Zeit wird ihn schon ins Boot holen. Auch er kann sich nicht verweigern. Liebst du ihn so sehr, dass es dir derart zu schaffen macht?«

»So ganz genau weiß ich das auch nicht. Es ist das erste Mal, dass ich glaube, verliebt zu sein. Oder dass ich eigentlich weiß, dass ich verliebt bin. Aber mein Drang zur Musik und als junger, freier Mensch etwas zu erleben, ist mindestens genauso stark.«

»Ich verstehe.«

Ralf nickte nachdenklich. Gerda liebte August wohl mehr, als er selbst erhofft hatte. Aber er würde trotzdem noch nicht aufgeben. Er nahm sie kurz in den Arm.

»Das wird schon. Du wirst sehen, August fängt sich wieder. Mit mir redet er im Moment auch nicht, der Holzkopf.«

7

Gerda zwang sich aus der Zeit ihrer Jugend zurückzukommen in die Realität. Mittlerweile war sie mit den Bädern und den vielen Fliesen fertig, was gleichzeitig bedeutete, die anstrengende Etage endlich hinter sich gebracht zu haben.

Es war inzwischen zu einem Ritual für sie geworden, dass sie sich an dieser Stelle am frühen Nachmittag etwas Ruhe und eine Tasse Kaffee gönnte.

Heute war ein schöner Tag, und deshalb setzte sie sich auf die Terrasse.

Sie musste nachher noch die Wäsche aus dem Trockner holen und auch noch bügeln, danach war noch die Waschküche und die Terrasse zu fegen, und dann hatte sie endlich alles erledigt.

Viel Zeit würde am Ende nicht mehr übrig bleiben, weil sie spätestens gegen sechs mit den Vorbereitungen für die Gäste beginnen musste.

Ein Blick auf ihre Armbanduhr zeigte ihr, dass sie sich jetzt ein kleines Mittagsschläfchen von ungefähr dreißig Minuten gönnen konnte.

Sie zog sich die Sonnenliege zurecht und stellte den Wecker ihres Smartphones, damit sie nur nicht verschlafen möge.

Dann streckte sie sich auf der Liege aus und war schon nach wenigen Augenblicken eingeschlafen.

»Oma, Oma, du musst mir helfen!«

Gerda wurde innerhalb von Sekunden aus ihrem entspannenden Schlaf geholt und erschrak über die laute Stimme. Sie brauchte einen Moment, um sich zurechtzufinden und richtig wach zu werden.

Josefine stand neben ihr und hatte ihre Schultasche einfach fallen gelassen.

»Was gibt es denn?«, fragte Gerda noch etwas müde.

»Oma, ich habe eine Einladung zu einer ganz wichtigen Party, und zwar schon heute Abend!«

»Na und? Was habe ich damit zu tun?«

Erleichtert ließ sie sich wieder in die Liege zurückfallen.

»Du musst mir helfen. Ich brauche das goldene Top und den schwarzen Minirock. Außerdem musst du mir eine große Platte mit schnuckeligen Köstlichkeiten herrichten, wir müssen alle was zu essen mitbringen. Und dann musst du mich noch zum Friseur fahren.«

Gerda blieb ganz still liegen.

»Aber sonst hast du keine Wünsche, die ich dir erfüllen kann?«

»Ne, wir haben ja jetzt alle Zeit der Welt. Mama kommt bestimmt wieder später.«

Josefine lächelte sie unschuldig an.

Sie rauschte von ihrer Liege hoch.

»Ihr habt doch alle einen Knall! Euch haben sie doch tatsächlich ins Gehirn gesch…«

Josefine erschrak. So eine Explosion kannte sie gar nicht von ihrer Oma.

»Beruhige dich doch, es ist nicht der Rede wert. Die paar Kleinigkeiten machst du doch mit links.«

»Ich glaube, ihr müsst mal zum Psychiater auf die Couch, das ist alles nicht mehr normal. Das ist krank und muss behandelt werden!«, schrie Gerda.

Sie erhob sich und stemmte die Hände in die Hüften.

»Ich werde dir keine Klamotten suchen, die du irgendwo hingeworfen hast, ich werde dir keine Platte richten und dich schon gar nicht zum Friseur fahren. Hast du mich verstanden?«

Sie drehte sich ab, ließ das Mädchen einfach stehen und ging ins Haus.

Josefine brach in Tränen aus und rannte ins Wohnzimmer. Blitzschnell wählte sie die Büronummer ihrer Mutter.

»Mami, Mami, du musst Oma sagen, dass sie mir helfen muss«, schluchzte sie.

Dann erzählte sie unter Tränen, was sich aus ihrer Sicht gerade zugetragen hatte.

Nach einem längeren Gespräch bekam sie von ihrer Mutter neben Trost auch eine Anweisung.

Daraufhin brachte Josefine ihrer Oma das Telefon auf ihr Zimmer – natürlich ohne anzuklopfen.

»Mami will dich sprechen!«

»Ich aber sie nicht.«

Gerda schaute ihre Enkelin böse an.

»Schaff dich aus meinem Zimmer, ich habe keine Zeit. Deine Mutter kann ja nach Hause kommen und dir deine absurden Wünsche erfüllen. Sie kann aber auch ein Cateringunternehmen anrufen, damit das Töchterchen auf der Party glänzen kann«, rief sie aufgebracht.

Zum zweiten Mal zeigte sie heute schon mit der Hand zur Zimmertür.

»Verschwinde jetzt und sag deiner Mutter, dass sie mich in Ruhe lassen soll, schließlich will sie heute Abend für ihre Gäste ein Steak und ein paar andere Kleinigkeiten. Ah, und das blaue Geschirr natürlich.«

Nachdem Josefine aus dem Zimmer gerauscht war, warf Gerda energisch die Tür hinter ihr zu.

Tränen benetzten ihre Wangen.

In diesem Moment fühlte sie in sich Niedergeschlagenheit und Schwäche, Enttäuschung und ebenso eine große Portion Wut.

Nach einer halben Stunde hatte sie sich wieder einigermaßen gefangen und ging in die Küche, um die ersten Vorbereitungen für die Gäste zu treffen.

Während sie im Esszimmer den Tisch mit dem gewünschten blauen Geschirr eindeckte, kam Josefine herein.

»Damit du das weißt: Mami hat mir in der Fleischerei was bestellt, und ich fahre jetzt mit dem Bus in die Stadt und kaufe mir einen Rock und ein Top. Dann kann ich auch gleich zum Friseur. Du musst mir also nicht helfen, sondern kannst auf deiner Gartenliege liegen bleiben, hat Mami gesagt.«

Gerda antwortete nicht auf diese Frechheit.

Hatte ihre Tochter doch wieder einmal die Liederlichkeit des Mädchens unterstützt, anstatt ihr eine ordentliche Erziehung angedeihen zu lassen.

Während sie die Servietten faltete, kam ihr die erste Idee, wie sie das Essen heute Abend torpedieren konnte. Also nahm sie zwei der zartblauen Stoffservietten mit in die Küche und öffnete den Mülleimer, in dem ganz oben zwei gebrauchte Teebeutel lagen. Vorsichtig streifte sie mehrmals die Servietten an den nassen Teebeuteln ab, sodass kleine braune Flecken entstanden.

Dann breitete sie die Servietten aus, ließ sie trocknen, um sie anschließend kunstvoll zu falten und auf den Tisch zu stellen.

Zwei der Gäste würden also heute eine verschmutzte Serviette haben.

Ähnlich verfuhr sie mit einem Messer und einer Gabel, auf die sie mit Butter einen kleinen Fleischrest anklebte – klein und eigentlich unscheinbar, aber dennoch nicht zu übersehen.

Als Josefine das Haus verlassen hatte, suchte Gerda die Visitenkarte ihres damaligen Anwalts heraus und wählte seine Telefonnummer.

Allerdings war schon nach wenigen Minuten das Gespräch beendet und die Angelegenheit klar und präzise analysiert: Ihr waren die Hände gebunden, sie hatte ihr Haus verschenkt und konnte es nicht mehr rückgängig machen. Jetzt musste sie die Kröte schlucken, ob sie es wollte oder nicht.

»Schlimmer geht es nimmer«, murmelte sie vor sich hin.

Jetzt waren ein klarer Kopf und die richtige Strategie gefragt.

Gut Ding will Weile haben oder *Kommt Zeit, kommt Rat*, das waren die Redensarten, die ihr nun durch den Kopf schossen.

Ihr war, als wollten sie sie zur Geduld mahnen und Zuversicht auf eine spätere Lösung des Problems verbreiten.

Mit einem tiefen Seufzer lief sie zurück in die Küche.

Es war an der Zeit, die Vorbereitungen für das Gästeessen zu treffen. Sie richtete die Vorspeisen an und deckte alles mit Folie ab, ehe sie sie in den Kühlschrank stellte.

Dann kümmerte sie sich um den Salat, der gewaschen und geschnitten in einem Salatsieb auf seine Verarbeitung wartete. Das Dressing war schnell gemacht und wanderte ebenfalls in den Kühlschrank.

Blieben noch die Steaks – die ganz besonderen Steaks. Gerda lachte in sich hinein. Sie hatte sich vorgenommen, aus Versehen zu der Gewürzdose mit dem gemahlenen Chili zu greifen.

Außerdem würde sie die Steaks braten und braten und braten, während sie den Salat anrichtete.

Wirklich schade, dass sie den Garpunkt nicht treffen würde, weil sie heillos überfordert war.

Eine letzte Kontrolle im Esszimmer, und dann waren die Vorbereitungen abgeschlossen.

Just in diesem Moment kamen die beiden Mädels zur Haustür herein. Josefine schmollte natürlich, deshalb rauschte sie mit ihren Taschen und Beuteln wortlos an ihrer Oma vorbei.

Natalie schaute sie zumindest so lange freundlich an, bis sie die Tüte neben dem Schirmständer sah.

»Oma!«, rief sie laut.

»Oma, du hast ja meine Jacke vergessen. Das war wichtig für mich!«

Gerda fasste sich mit der Hand an den Mund, um ihr Bedauern zu unterstreichen.

»Oh, entschuldige bitte, Natalie, das habe ich völlig aus den Augen verloren. Heute ging es so hektisch zu.«

»Das hilft mir alles gar nicht. Ich habe übermorgen einen Vorstellungstermin für mein Praktikum, und da muss ich ein Business-Outfit haben.«

»Aber du hast doch so viele schöne dezente Blazer und Jacken. Da ist doch sicher was dabei, das du anziehen kannst.«

»Nein, Oma, da ist nichts dabei. Wäre das so, dann hätte ich dich nicht gebeten.«

»Ihr seid ja immer damit beschäftigt, mich um irgendetwas zu bitten, und habt pausenlos Wünsche, die ich erfüllen soll. Das heute mit der Jacke ist keine zufällige, wichtige Ausnahme.«

Gerda musste sich jetzt beherrschen, damit sie nicht anfing loszuschreien.

Josefine hatte sich mittlerweile zu ihnen gesellt.

»Das ist vergebliche Liebesmüh, Natalie. Oma hat keinen Bock mehr auf uns. Mich hat sie heute auch schon auflaufen lassen.«

»Josefine, du solltest mir etwas mehr Respekt entgegenbringen!«

»Pah, ich sage, was ich denke, und heute hast du mich einfach hängen lassen.«

»Ihr könnt mich alle mal.«

Gerda drehte sich um und verschwand in ihrem Zimmer.

Sie ahnte schon jetzt, dass es aufgrund der Vorkommnisse heute und der noch bevorstehenden Pannen beim Abendessen eine größere Diskussion und auch mächtig Streit mit Victoria geben würde.

Aber sie hatte sich ja dank August ein dickes Fell zugelegt.

Während sie die Zimmertür schloss, sah sie, dass sie das Bild von August immer noch nicht wieder zurückgedreht hatte.

Er schaute quasi seit heute Morgen zur Wand. Also ging sie hin, um das wieder in Ordnung zu bringen.

»Tut mir leid, August, ich habe doch glatt vergessen, dich umzudrehen. Jetzt hast du einen ganzen Tag lang nicht mitbekommen, wie sich deine Chaoten-Weiber danebenbenehmen.«

Sie stütze sich mit dem Ellbogen auf der kleinen Kommode neben dem Foto ab und holte tief Luft.

»Ja, ja, deine Mädels, die machen dir alle Ehre. Aber ich werde euch in die Suppe spucken, mein lieber August, das verspreche ich dir.«

Sie blinzelte ihm verschwörerisch zu.

Noch mehr als zwei Stunden hatte sie Zeit für sich, bis Victoria mit ihren Gästen kam.

Also setzte sie sich in ihren Sessel und schloss die Augen.

8

Sie sah sich wieder als junge Frau auf der Bühne stehen.

Es war damals eine total verrückte Zeit, und sie hatte die Bewunderung und den Applaus sehr genossen.

Jedes Wochenende waren sie zu fünft als Band im Umkreis von gut achtzig Kilometern unterwegs und bespielten die Säle der Dorfgaststätten und die Veranstaltungshallen der Kleinstädte.

Mal wurden sie für Stadtfeste und ein breites Publikum gebucht und manchmal für einen reinen Rock 'n' Roll Abend, der mehr von den jüngeren Menschen geliebt wurde.

Dort spielten sie dann, wie ihr Vater zu sagen pflegte, die Zappelmusik aus Amerika.

Der Zuspruch war in jedem Fall riesengroß, denn die Menschen hatten nach den mageren Jahren der Nachkriegszeit das Bedürfnis, vergnügt sein zu dürfen und sich des Lebens zu freuen.

Ralf war sehr aufmerksam zu Gerda und ein guter, verlässlicher Freund. Manchmal hatte sie allerdings das Gefühl, dass er mehr für sie empfand, als ihr lieb war.

»Gerda, wir haben viel erreicht. Wir könnten bald berühmt werden, wenn wir es richtig anstellen«, schwärmte er.

»Von was träumst du denn, wenn du schläfst?«

Sie kniff ihm in die Rippen.

Schnell umarmte er sie und hob sie hoch, um sich mit ihr im Kreis zu drehen.

»Wenn ich schlafe, dann träume ich auch, dass wir berühmt werden. Wir brauchen nur noch das Glück, dass uns ein Produzent beobachtet und uns entdeckt.«

»Lass mich runter, du kleiner Verrückter.«

Sie schüttelte den Kopf. Als sie wieder auf dem Boden stand, sah sie, dass sich die ganze Band um sie herumgruppiert und das Geplänkel beobachtet hatte.

»Leute, so wie ich jetzt wieder auf dem Boden stehe, sollten wir alle fest auf dem Boden der Tatsachen stehen. Dass uns ein Produzent entdeckt, ist wie eine Stecknadel im Heuhaufen zu finden. Also lasst uns unsere kleinen, aber feinen Brötchen backen. Uns geht es super, wir verdienen alle richtig gutes Geld dazu. Da wären viele froh, wenn sie das auch haben könnten. Und über den Spaß, den uns die Musik macht, brauche ich ja nichts zu sagen.«

Sie nickte den Jungs aufmunternd zu.

Hendrik, der noch an seinem Schlagzeug saß, legte einen Trommelwirbel ein. Als er geendet hatte, sagte er: »Howgh, unsere Band-Mutti hat gesprochen«, und alle stimmten in ein lautes Lachen ein.

Von August hatte sie nach dem Tanzkurs nichts mehr gehört. Eisern ließ er sie einfach links liegen, was sie absolut nicht nachvollziehen konnte.

Sie fand es sogar richtig schade und war sich sicher, dass er wusste, welchen Erfolg sie mittlerweile mit ihren Auftritten hatte.

Warum in aller Welt war er dann nicht stolz, eine Freundin zu haben, die von vielen Leuten geschätzt, ja sogar ein wenig bewundert wurde.

Wenn sie ehrlich zu sich selbst war, dann war sie immer noch in ihn verliebt und wünschte sich, dass aus ihnen beiden ein Paar wurde.

»Gerda, hey Gerda, wo bist du denn mit deinen Gedanken?«

Ralf schubste sie am Arm.

Erschrocken fuhr sie zusammen. Sie war so in Gedanken versunken gewesen und bemerkte gar nicht, dass sie angesprochen wurde.

»Entschuldige, ich war gerade geistig ein bisschen unterwegs. Was hast du gesagt?«

»Ich wollte wissen, ob du alle Termine notiert hast.«

»Klar, ich habe alle aufgeschrieben, und zwar bis Ende des Monats. Gibt es sonst noch was zu klären? Wenn nicht, dann würde ich gerne gehen. Ich habe heute noch eine Menge zu erledigen.«

»Nein, wir sind hier fertig. Grüße an deine Familie, wir sehen uns am Freitag.«

Als sie mit ihrem Fahrrad vom Proberaum nach Hause fuhr, hielt sie noch schnell beim Fleischer an, um für ihre Mutter den gewünschten Einkauf zu erledigen.

Im selben Moment öffnete sich die Ladentür des benachbarten Friseurgeschäfts, und August kam heraus.

Beinahe wären sie zusammengestoßen, weil er mit schnellen Schritten zu seinem Auto wollte.

Im letzten Moment stoppte er seinen Schritt.

»Grüß dich, Gerda«, sagte er etwas verlegen.

»Hallo, August. Ich freue mich, dich zu sehen. Wie geht es dir?«

»Gut.«

Jetzt, wo sie vor ihm stand, war er überrascht, dass sie ihn so beeindruckte.

Sie sah wirklich gut aus, das musste man ihr schon lassen.

»Dir augenscheinlich auch, wie man hört. Du stehst ja jetzt in der Öffentlichkeit.«

Er merkte, dass er eifersüchtig wurde auf alle die, die Gerda jetzt nahe sein durften, und das waren ja viele Leute.

»Ach ja, das ist alles relativ. Es ist ein Hobby, das gleichzeitig eine Arbeit ist, und es macht mir Freude, Musik machen zu dürfen.«

Gerda strahlte ihn an. Es war wie immer bei ihr, sie hatte sofort Herzklopfen. Es sah einfach toll aus, und sie hatte sich gleich am ersten Tag des Tanzkurses verliebt.

Jetzt spürte sie, dass es immer noch anhielt, und sie wusste hier und jetzt, dass sie diesen Mann liebte.

»Wollen wir da drüben einen Kaffee zusammen trinken?«, fragte er sie spontan.

Heute hatte er das Bedürfnis, noch ein wenig mit ihr zusammen zu sein, und er wollte sie noch nicht gehen lassen.

Sie schaute auf ihre Armbanduhr. Einerseits wartete ihre Mutter zu Hause auf die Einkäufe, aber andererseits waren die Lebensmittel ja erst für den nächsten Tag. Sie dachte kurz nach.

»Gern«, sagte sie schließlich.

»Geh schon mal vor. Ich hole nur schnell die Bestellung beim Fleischer ab, der schließt nämlich gleich den Laden. Dann komme ich sofort nach.«

Sie lächelte ihn mit einem bittenden Augenaufschlag an.

August konnte jedoch wieder einmal nicht über seinen Schatten springen. Er konnte nicht verstehen, dass sie ihn warten lassen wollte, aber er musste jetzt erst mal still sein und das hinnehmen.

»Gut, aber beeile dich. Ich habe leider nicht viel Zeit.«

Wumm! Das war eine Ansage, mitten in Gerdas Freude hinein. Ein Holzklotz, wie er im Buche stand. Merkte der Mann denn nicht, was er mit seinem Verhalten anrichtete?

»Ich bin gleich wieder da«, antwortete sie nur knapp. Sie wusste, bei diesen Worten hätte sie ihn eigentlich stehen lassen müssen.

Stattdessen flitzte sie zum Fleischer, holte die Einkäufe ab und lief dann mit schnellen Schritten in das Café.

»So, da bin ich schon wieder«, sagte sie, als sie an den Tisch kam.

Am liebsten hätte sie ihn gefragt, ob er noch ganz richtig tickte. Wie konnte er sie einladen und ihr gleichzeitig ins Gesicht schleudern, dass er nicht viel Zeit habe, nur weil sie ihm nicht sofort ihre Aufmerksamkeit schenkte?

»Darf ich mich setzen?«

Sie blieb demonstrativ stehen, in der Hoffnung, dass er aufstehen und ihr den Stuhl zurechtrücken würde.

Aber nichts da, weit gefehlt. Nicht im Traum fiel ihm ein, seinen Allerwertesten zu erheben.

»Klar doch, setz dich am besten hierhin.«

Er zeigte mit der Hand auf den Stuhl links von ihm und schob sein Glas und seine Tasse näher zu sich.

Warum wollte er jetzt, dass sie links von ihm Platz nahm und nicht rechts?

Gerda blickte über den Tisch.

Links hatte sie die Sonne mitten im Gesicht.

»Ich setze mich lieber hierhin.«

Sie zeigte auf den rechten Stuhl.

»Da brauche ich wenigstens keine Sonnenbrille.«

Schnell zog sie mit Karacho den Stuhl zurück und ließ sich demonstrativ draufplumpsen. Eigentlich war das nicht im Rahmen der Etikette und entsprach schon gar nicht der üblichen Erziehung eines Mädchens.

Er zog auch schon die Augenbrauen hoch.

»Du musst wohl immer das letzte Wort haben, was?«

»Und du wohl das einzig wahre Wort, das dann Gültigkeit hat! Warum hast du dir eigentlich schon was bestellt und nicht auf mich gewartet?«

Sie kannte ein solches Verhalten von ihrem Vater und ihrem Großvater. Dass August in die gleiche Kerbe schlug, war nicht das, was sie sich unter einer Beziehung vorstellte.

Allerdings verhielten sich mindestens achtzig Prozent aller Männer so. Warum sollte er da eine Ausnahme bilden?

Die Bedienung trat an den Tisch und fragte nach ihren Wünschen. Gerda wartete abermals einen Moment, ob August das übernehmen würde, aber auch hier Fehlanzeige.

»Einen Kaffee bitte.«

Sie wandte sich ihm zu.

»Warst du beim Friseur oder hast du deinen Freund besucht?«

Sie wusste, dass der Friseur ein Kumpel von ihm war.

»Siehst du das nicht? Ich habe mir die Haare schneiden lassen und dann natürlich auch meinen Kumpel besucht – alles sozusagen in einem Aufwasch.«

»Entschuldige, dass ich das nicht gleich riechen konnte.«

Sie lehnte sich zurück und nahm einen Schluck Kaffee. »

Und wie geht es dir sonst?«

»Gut, mein Vater hat mich gerade befördert. Habe die Leitung der Einkaufsabteilung übernommen.«

Er strahlte und war stolz wie ein Pfau.

»Na, dann gratuliere ich dir ganz herzlich. Das ist doch schön, wenn dein Vater dir so viel Verantwortung überträgt.«

»Ja, das stimmt. Darf ich dich morgen Abend zum Essen einladen?«

»Morgen ist Freitag, August. Immer freitags, samstags und manchmal auch sonntags bin ich mit der Band unterwegs. Leider!«

August zeigte ungeniert seine Unmutsfalten auf der Stirn.

»Ich bin es nicht gewöhnt, mir einen Korb abzuholen.«

»Ja, aber was soll ich machen? Ich bin Verpflichtungen eingegangen und kann die Jungs doch nicht im Stich lassen.«

»Meine Freundin ist keine Musikerin und spielt auch nicht in einer Band.«

»Ich weiß nichts davon, dass ich deine Freundin sein soll, August.«

»Ich wollte dich eigentlich morgen fragen.«

»Dann hättest du erst fragen und auch eine Antwort abwarten müssen. Ich bin doch nicht dein Eigentum.«

Sie stand auf, kramte in ihrer Tasche und legte ein paar Münzen für ihren Kaffee auf den Tisch.

»Tschüss August, mach's gut. Vielleicht treffen wir uns mal zufällig unter besseren Vorzeichen wieder.«

Rasch verließ sie das Café und ließ den perplexen August sitzen.

Was war er doch für ein Dickkopf, ein sturer Hund, dachte sie, als sie sich auf den Nachhauseweg machte.

Er konnte sich einfach nicht ändern. Entweder man ließ sich als Frau auf ihn ein, oder man musste auf ihn verzichten. Seit sie aber in der Band spielte, hatte sie doch sichtlich an Selbstbewusstsein gewonnen, da passte eigentlich Augusts Herr-und-Gebieter-Getue gar nicht mehr dazu.

Andererseits war aber die Rollenverteilung in der Gesellschaft immer noch so geregelt, dass der Mann der Herr im Hause war.

Gerne hätte sie mit jemandem darüber geredet, aber ihre beste Freundin war leider etwas schwatzhaft und würde es bestimmt nicht für sich behalten können, zumal August im Städtchen nicht gerade unbekannt war.

Ralf kam dafür nicht in Frage, schließlich gab er ihr immer wieder das Gefühl, dass er ein bisschen verliebt in sie war und nur darauf wartete, dass August in ihrem Leben keine Rolle mehr spielte.

Und ihre Eltern eigneten sich überhaupt nicht als Ansprechpartner.

Ihr Vater hätte bestimmt ein paar Bedenken, weil Augusts Familie zu den Neureichen gehörte, wie er es nannte. Ihre Mutter hingegen würde nur darauf achten, ob ihre Tochter gut versorgt wäre und einen guten Fang machte.

Sie stöhnte. Es war alles gar nicht so einfach, und deshalb musste sie darüber noch gründlich nachdenken.

Würde sie den Kerl nicht so lieben, dann wäre alles viel einfacher.

August blieb derweil verdattert zurück und konnte nicht verstehen, warum Gerda so reagiert hatte.

Er war ja eine sehr gute Partie, und so eine Möglichkeit hielt man sich doch eigentlich offen.

Aber sie schien ja total versessen zu sein auf ihre Musik. Doch er musste eine Frau nach Hause bringen, die sich um Haus und Kinder kümmerte.

Er war seinen Eltern und seiner Familie verpflichtet und musste überlegen, ob er sich weiter mit Gerda oder eventuell mit einer anderen in Frage kommenden jungen Frau beschäftigte.

Sein Vater hatte ihm gesagt, dass er bloß nicht mit Gefühlsduselei an die Familiengründung rangehen solle.

So was sei noch nie gut gegangen. Man müsse das Ganze rational betrachten, hatte er ihm verdeutlicht.

Der wichtigste Punkt sei die Herkunft des Mädchens, dann ihre Fähigkeit, sich unterzuordnen und alle Repräsentationspflichten zu übernehmen, ihre Gebärfähigkeit und schließlich noch ihr Aussehen und die Allgemeinbildung.

Wenn das alles stimmte, dann könne er sich binden. Gefühle entwickelten sich besser später im Alltag und in der Ehe.

9

Wieder einmal musste sich Gerda aus ihren Tagträumen der Erinnerungen lösen.

Sie blickte zur Uhr.

Ihre zwei Stunden waren fast um, und jetzt musste sie sich um das Essen für die Gäste kümmern.

Kurz darauf stand sie in der Küche und bereitete alles vor, sodass sie nur noch den Salat anrichten und die Steaks braten musste. Da vernahm sie auch schon die Stimmen ihrer Tochter und ihrer Begleitung.

»Willkommen in meinem Haus«, hörte sie Victoria sagen.

Gerda biss sich auf die Zähne und flüsterte: »Mein Haus. Dass ich nicht lache, du verlogenes Miststück.«

Da kam auch schon Victoria in die Küche gerauscht.

»Du kannst jetzt auftragen.«

Kein Wort des Grußes, kein netter Blick, geschweige denn, dass sie ihre Mutter den Gästen vorgestellt hätte.

Schließlich war sie ja diejenige, die das Essen zubereitete. Victoria behandelte sie tatsächlich wie eine Angestellte.

Na warte, meine Gute, dachte sie und ballte die Faust.

Sie beschloss aber, sich nichts anmerken zu lassen. Mit starrem Blick nahm sie die Folien von den Vorspeisen und trug die Platten ins Esszimmer.

Wie eine Marionette stellte sie diese ordentlich auf dem Tisch ab. Das Eingießen des Weines übernahm Victoria selbst.

Wieder zurück in der Küche richtete sie den Salat in einer Glasschüssel an und stellte die Pfanne auf den Herd. In aller Ruhe würzte sie die Steaks, und zwar genau so, wie sie sich das vorgenommen hatte.

Plötzlich flog die Tür auf, und Victoria stand mit hochrotem Gesicht und mit einer Gabel und einem Messer in der Hand vor ihr.

Blitzschnell warf sie das Besteck aus einem Meter Entfernung ins Spülbecken.

»Kannst du mir mal sagen, weshalb das Besteck nicht sauber war? So etwas hat es hier noch nie gegeben«, zischte sie mit gebremster Lautstärke durch die Zähne, damit die Gäste es ja nicht hören konnten.

Gerda ließ sich nicht aus der Ruhe bringen.

»Das Besteck war sauber. Was glaubst du denn, was ich als deine Haushälterin den ganzen Tag mache?«

Sie baute sich vor ihrer Tochter auf und stemmte die Hände in die Hüften. Rein äußerlich war sie auf Krawall gebürstet, aber innerlich zitterte sie wie Espenlaub.

»Verschwinde aus meiner Küche.«

»Bring neues Besteck und entschuldige dich gefälligst bei meinen Gästen«, befahl Victoria energisch, dann eilte sie zurück ins Esszimmer.

Nach dem Disput mit Victoria konnte sie sich beim besten Willen nicht mehr daran erinnern, ob sie vorhin schon alle Gewürze auf das Fleisch gemahlen hatte, dachte sie verschmitzt, und sie würzte zur Sicherheit alle Steaks noch einmal gründlich nach.

Immerhin war sie ja bereits fünfundsechzig, und bei so viel Arbeit und verbalen Anschissen konnte man schon mal was übersehen.

Mittlerweile hatte sie das Öl erhitzt und legte die Steaks in die Pfanne. Dann nahm sie frisches Besteck und brachte es ins Esszimmer.

»Wo darf ich das neue Besteck auflegen?«

Sie wusste es zwar, aber sie kannte ihre Tochter. Die pingelige Anwältin hätte mit ihren Adleraugen natürlich gleich registriert, wenn sie zielstrebig auf die entsprechenden Plätze zugelaufen wäre.

Gerda schaute Victoria aus dem Augenwinkel an, während ihr zwei der Gäste signalisierten, wo noch etwas fehlte. Rasch legte sie das Besteck ab – zugegebenermaßen etwas unaufmerksam, um es höflich zu umschreiben.

Sie ließ es einfach leicht von oben herabfallen, man könnte auch sagen, sie warf es beinahe hin. Dabei blickte sie die Gäste nicht direkt an und schaute ihnen erst recht nicht in die Augen, auch kam ihr keine Entschuldigung über die Lippen. Wortlos verließ sie wieder das Esszimmer.

In der Küche brutzelten inzwischen die Steaks kräftig vor sich hin. Gerda drehte sie schnell um und sah, dass sie den richtigen Garpunkt fast schon überschritten hatten.

Aber wollte sie das nicht so? Natürlich wollte sie das. Das würde sie jetzt noch mit der anderen Seite machen, und dann würde das Fleisch im Zusammenspiel mit den Gewürzen, vor allem mit dem Chili eine Gaumenexplosion der anderen Art auslösen.

Zufrieden lächelte sie. Eigentlich widerstrebte es ihr ja, so unfreundlich gegenüber Gästen zu sein, aber das

Verhalten ihrer Familie war so unterirdisch, dass sie keinen anderen Rat mehr wusste.

Victoria betrat die Küche, lehnte sich an die Tischkante und verschränkte die Arme vor der Brust.

»Kannst du mir mal bitte sagen, was heute mit dir los ist?«

»Mit mir ist gar nichts los. Du hast mich vorhin angemacht, schon vergessen?«

»Nein, aber unsere Gäste haben das nicht verdient.«

»Das sind deine Gäste und nicht meine. Und jetzt hau ab. Du hältst mich hier von der Arbeit ab, und am Ende verkohlen noch die Steaks.«

Sie drehte sich zum Herd und zog die Pfanne runter. »Mannomann, beinahe wäre es schief gegangen und verbrannt. Das Fleisch ist hart an der zulässigen Garzeit.«

Victoria blickte ihr skeptisch über die Schulter, als sie die Steaks auf den Tellern anrichtete, und verzog das Gesicht.

»Igitt, das Fleisch ist ja angekohlt!«

»So schlimm ist das nun auch wieder nicht. Ich habe es gerade noch rechtzeitig rausgenommen und dekoriere jetzt schön den Salat daneben. Du wirst sehen, es ist alles gut. Ich ziehe mich dann auf mein Zimmer zurück, wenn das hier erledigt ist.«

Gerda richtete an und brachte die Teller ins Esszimmer. Victoria übernahm den Rest.

Und der Rest kam dann einer Katastrophe gleich. Die Gäste saßen am Tisch, hatten Hustenanfälle, Schnappatmung und permanent ihre Wassergläser an den Lippen – und all dies gekrönt von schmutzigen Servietten.

Victoria stand mit rudernden Armen vor ihren Besuchern und wusste nicht mehr, wo sie zuerst hin fassen sollte.

Was geschah, war ihr megapeinlich und noch nie da gewesen. Sie musste jetzt unbedingt die Übersicht behalten und weiteren Schaden abwenden.

Mit ihrer Mutter würde sie sich dann morgen auseinandersetzen, das war jetzt endgültig des Guten zu viel.

Womöglich zeigte sie ja erste Ansätze einer Demenz, denn so etwas war ihr noch nie passiert. Aber jetzt mussten erst mal die Gäste versorgt werden, und der leidige Rest konnte warten.

Es stand ohnehin das Wochenende vor der Tür, dann blieb genug Zeit, um die familiären Probleme zu lösen.

Gerda hatte sich inzwischen auf ihr Zimmer verdrückt. Sie hatte heute das Fass zum Überlaufen gebracht: zuerst das Theater mit den Enkelinnen und jetzt noch das tolle Gästeessen. Zugegeben, es war nicht ganz fair, was sie getan hatte, aber was war schon fair?

War es von ihrer Tochter fair, die Mutter so auszunutzen, obwohl sie ihr ein Haus geschenkt hatte?

Nein, das war auch nicht fair.

Es blieben ihr nur wenige Mittel, um sich zu wehren, und die Möglichkeiten, die sie hatte, würde sie in nächster Zeit nutzen. Ein weitaus größeres Problem war ihre finanzielle Situation, wenn sie an eine Zukunft außerhalb dieser vier Wände dachte.

Im Moment konnte sie sich noch nicht vorstellen, wie sie das dann anging.

Vielleicht konnte sie ja aber durch ihre provokanten Handlungen Victoria dazu bringen, sie eher als Mitbewohnerin denn als Haushälterin zu sehen.

Dann könnte sie wenigstens ein eigenständiges Leben führen, das ihr ermöglichte, ihr soziales Umfeld selbst zu bestimmen und zu gestalten.

Sie machte sich zur Nacht fertig und legte sich körperlich und emotional völlig ausgepowert ins Bett.

Wie immer wanderte ihr letzter Blick des Tages zur Kommode und zu Augusts Foto.

Seit Längerem hatte sie aus dieser Zwiesprache eine Art Ritual gemacht, um sich an ihm zu reiben, um ihm einiges verbal zurückzuzahlen, um ihm das sagen zu können, was sie sich nie getraut hatte, und um daraus Stärke für ihren Alltag und ihr Selbstbewusstsein ziehen zu können.

»Na, August, hast du gesehen, wie ich heute deinem Töchterchen die Suppe versalzen, genauer gesagt das Fleisch verwürzt habe?«

Sie lachte hart auf.

»Das wird morgen erst noch ein Theater geben, das kann ich dir jetzt schon flüstern. Da kann ich mich auf einiges gefasst machen. Willst du es sehen, oder soll ich dein Bild lieber umdrehen, damit du nicht weinen musst, wenn ich deine Spinatwachtel von Tochter zurechtstutze?«

Sie stützte sich auf dem Ellbogen auf. Jetzt war wieder so ein Moment, wo seine Augen blitzten und hervorstachen.

»Dir fallen mal wieder die Augen raus, mein Lieber, das ist mir aber egal. Deine Befehle kannst du jetzt im

Himmel verbreiten. Hier auf Erden jedenfalls nicht mehr. Oder bist du in der Hölle? Gute Nacht, August.«

Doch sie schlief nicht sofort ein, sie wanderte wieder mit ihren Gedanken zurück in die Vergangenheit.

10

Eines Tages verließ ihr Schlagzeuger Hendrik die Band. An seiner Stelle kam ein Neuer aus dem Nachbardorf.

Gerda konnte den Typen von der ersten Stunde an nicht leiden, denn er war so was von arrogant, dass einem schon schlecht wurde, wenn man ihn nur sah.

Beim nächsten Probeabend explodierte schließlich die Stimmung, die ohnehin schon unter Strom gestanden hatte. Während sie eine Vielzahl aktueller Schlager übten, hatte der Schlagzeuger nur eines im Sinn: heiße Rhythmen für die Jugend zu spielen und einen neue Art von Club zu eröffnen.

»Leute, es ist zu früh, um eine Entscheidung über eine Musikrichtung zu treffen«, rief Ralf in die Runde.

Gerda stellte ihre Gitarre zur Seite.
»Ich verstehe euch überhaupt nicht. Seit fast zwei Jahren sind wir zusammen Woche für Woche unterwegs

und sind ausgebucht. Wir unterhalten alle Altersgruppen auf allen Festen im weiten Umkreis. Zwar sind wir weder berühmt noch haben wir eigene Platten, aber wir verdienen unser gutes Geld damit und haben ein tolles Leben."

Sie stellte sich näher an die Jungs.

„Und jetzt kommt einer daher, der so viel Ahnung und Erfahrung hat wie eine Kuh vom Tango tanzen, und will uns weismachen, dass wir in einer Abrissbude jede Woche Hunderte von Gästen empfangen könnten, die unsere Musik mögen.«

Mit hochrotem Gesicht baute sie sich vor allen auf und zeigte ihnen einen Vogel.

»Wenn ihr aufgewacht seid, dann könnt ihr mich ja anrufen. Aber nur, wenn ihr euch dann von diesem Wahnsinnigen am Schlagzeug getrennt habt. Bis dahin steige ich aus, so leid mir das tut.«

Sie schnappte sich ihre Tasche und verließ den Proberaum.

Kurz darauf erhielt sie Besuch von Ralf, der ihr erzählte, dass sich die Band wegen Unstimmigkeiten in der Gruppe aufgelöst habe. Er hoffte, bald neue Musiker zu finden, die bereit waren, zusammen mit ihm und Gerda eine neue Band zu gründen.

»Schade ist das schon, Ralf«, meinte sie enttäuscht. Jetzt, wo das so was Endgültiges hatte, machte sich schon eine gewisse Traurigkeit in ihr breit.

»Da hast du Recht. Ich versuche mein Bestes, um wieder was auf die Beine zu stellen. Nie hätte ich gedacht, dass zwei unserer alten Bandmitglieder zu einem ahnungslosen Greenhorn überlaufen würden. Das hat uns dann vollends gesprengt.«

Die Zeit verrann, aber Ralf meldete sich nicht mehr. Irgendwann hörte Gerda dann, dass er nach Amerika ausgewandert sei.

Sie selbst hatte vor wenigen Wochen ihre Lehre als Friseuse in der Nachbarstadt beendet und war froh, bei ihrem Arbeitgeber bleiben zu dürfen.

Heute trafen sich die Angestellten nach Feierabend, um sich gegenseitig die Haare zu schneiden, zu färben und zu locken, denn morgen fand wieder das jährliche Maifest statt.

Da wollten alle jungen Frauen hübsch aussehen, denn gerade auf solchen Veranstaltungen lernte man nicht selten den Mann fürs Leben kennen.

Wie jedes Jahr ging es am Vorabend des 1. Mai darum, was zum Maitanz aus dem Schrank geholt wurde.

Das neue Jahrzehnt hatte viele modische Veränderungen gebracht, denn die Zeit der Eleganz und der Etikette war zu Ende, und das starre Benehmen war bei der Jugend nicht mehr sonderlich gefragt.

Die jungen Leute bastelten gerade an einer neuen Ära und übernahmen Anfang der Sechziger auch modisch das Zepter.

So kam es, dass man nun nicht mehr den Stand eines Menschen in der Gesellschaft an dessen Kleidung ablesen konnte, wodurch diese plötzlich eine ganz andere Bedeutung erhielt.

Dafür konnte man jetzt die Lebensphilosophie an den mehr oder weniger auffälligen Drucken erkennen.

Die Kleider waren nicht mehr so verspielt, wurden schmaler und vor allem kürzer.

Der Minirock sorgte gar für helle Aufregung. So kamen auch Trägerröcke in Mode, und sogar die Hose für Frauen hielt in dieser Zeit Einzug.

Auch die Frisuren änderten sich und wurden auffälliger, die Haare kürzer und als Mopp mit auffälligem Pony geschnitten, oder sie wurden toupiert und hochgesteckt.

Gerda wählte für das Maifest ein schwarz-weißes Etuikleid mit geometrischen Mustern, dazu einen schmalen Gürtel und schwarze Pumps.

Von ihren langen Haaren wollte sie sich nicht trennen, deshalb ließ sie nur etwas von der Gesamtlänge wegnehmen, sodass sie aber immer noch schulterlang waren. Dazu schnitt die Kollegin einen auffälligen, frechen Pony, und heute föhnte sie die Haare unten nach außen und band sich ein breites weißes Haarband zwischen Pony und Haaransatz.

Nachdem sie ihr Aussehen ausführlich im Spiegel kontrolliert hatte, verließ sie zufrieden das Haus.

Sie hatte sich mit zwei Kolleginnen verabredet, die auch nicht alleine gehen wollten.

So hofften sie, einen guten Platz zu erwischen, und freuten sich auf ein schönes Fest.

Sie hatten Glück und fanden an der Seite der Bühne ziemlich weit vorne einen kleinen Tisch, von wo sie ganz prima auf die Tanzfläche und die Bühne sehen konnten.

Gerda erinnerte sich spontan an das Fest vor mittlerweile drei Jahren, als sie mit August hier gewesen war und auch die Band kennengelernt hatte.

Natürlich saßen sie heute nicht so exklusiv wie damals, aber sie hatten dennoch einen guten Platz erwischt.

Der Abend begann dann auch feuchtfröhlich, und die jungen Frauen konnten sich über Aufforderungen zum Tanzen und nette Flirts nicht beklagen.

Gerda hatte sich gerade selbst eine Auszeit verordnet, weil ihr die Füße wehtaten, und deshalb gab sie den jungen Männern, die sie auffordern wollten, einfach mal kurzerhand einen Korb.

Genussvoll nippte sie an ihrer Cola mit Schuss und ließ zum ersten Mal an diesem Abend ihren Blick über die Leute an den Tischen schweifen.

Plötzlich wurde sie ganz blass um die Nase und traute ihren Augen kaum. Nur zwei Tische weiter saß August mit fast den gleichen Leuten wie damals.

Neu hinzugekommen schien lediglich eine junge Frau mit einem modischen braunen Haarschnitt, toupiert wie zu einem Vogelnest unter Einsatz von wahrscheinlich Unmengen an Haarspray.

Dazu trug sie eine kunterbunte Schlaghose und eine gelbe Bluse. Jetzt beugte sie sich zu August und umschlang seinen Arm, um ihm etwas zuzuflüstern.

»Meine Güte, die benimmt sich ja wie eine Klette. Und aufgetakelt ist sie wie eine, die auf der Straße arbeitet«, flüsterte Gerda.

»Was hast du gesagt?«

Die Kollegin neben ihr hatte sie bei dem Lärm der Musik nicht verstanden.

»Da drüben sitzt ein Bekannter, besser gesagt mein Tanzpartner aus der Tanzschule, und der scheint jetzt eine Freundin zu haben. Schau mal, wie die aussieht und wie die da bei ihm am Ärmel hängt.«

Sie konnte den Blick nicht von den beiden abwenden.

»Erst habe ich mich etwas geärgert, dass er eine andere mir vorgezogen hat, aber um die Tussi beneide ich ihn wirklich nicht.«

Beide schauten zu August hin und mussten loslachen.

»Ne, das brauchst du auch nicht«, meinte die Kollegin trocken.

»Die sieht aus wie ein Gockel, und wenn du die Klamotten anschaust, dann haust die in einer WG, pflegt die freie Liebe und zieht sich Gras rein.«

Gerda riss die Augen auf und schlug sich die Hand vor den Mund.

»An so etwas habe ich ja überhaupt nicht gedacht.«

»Musst du aber. Die Blumenklamotten sagen doch alles«, stellte ihre Kollegin ziemlich herablassend fest.

Gerda hatte es irgendwie die Sprache verschlagen, weil sie sich noch nicht einmal in besoffenem Zustand vorstellen konnte, dass August und dieser Papagei zusammen waren.

»Die passt überhaupt nicht zu dem August, den ich kenne. Der ist so ein richtiger Macho, einer, der in den Fünfzigern stecken geblieben ist. Der wollte mir die Band verbieten und war noch nicht einmal mit mir zusammen. Und als wir gemeinsam hier zum Maitanz waren, hat er mich einfach wie eine alte Ehefrau neben sich sitzen lassen und sich mit anderen unterhalten. Und jetzt hängt so ein Paradiesvogel an ihm.«

Die beiden anderen Mädels lachten, als sie diese leidenschaftliche Rede hörten.

»Na, so schlimm wird's wohl nicht gleich sein«, meinte die eine.

Und die andere stellte fest: »Du hörst dich übrigens sehr eifersüchtig an.«

Gerda lief rot an.

»Ich … ich bin doch nicht eifersüchtig. Wir waren ja gar nicht richtig zusammen, und ich habe August jetzt fast drei Jahre nicht mehr gesehen.«

Die Mädels schwiegen wie auf Kommando und wippten mit Kopf und Oberkörper im Takt der Musik.

»Darf ich bitten?«, fragte auf einmal eine Stimme, die Gerda unter Hunderten sofort erkannt hätte.

Sie drehte sich um und schaute in die großen Augen von August.

Ihre Kehle war ganz ausgetrocknet und zugeschnürt vor Aufregung.

Sie konnte nur nicken. Mit zittrigen Beinen erhob sie sich und ließ sich von ihm zur Tanzfläche führen. Gekonnt nahm er sie in den Arm und schwebte mit ihr über das Parkett.

Während der nächsten Pause sah er erst sie an, dann nickte er mit dem Kopf in Richtung Bühne, wo lauter männliche Bandmitglieder saßen.

»Ich habe mich schon gewundert, dass du da nicht dabei bist.«

»Ne, das ist ja nicht unsere alte Band. Du siehst doch, dass Ralf nicht dabei ist.«

»Ralf ist ausgewandert, wie ich gehört habe, und als mein alter Freund hat er sich noch nicht einmal von mir verabschiedet.«

Der nächste Tanz war ein Schmusesong, und August nahm sie in die Arme und zog sie ganz fest an sich heran, sodass sie seinen ganzen Körper und seine Männlichkeit spüren konnte. Sie wurde von der Musik in den Bann der Gefühle gezogen und vergaß Raum und Zeit und ebenso die ganzen Menschen im Saal.

Aber mit dem letzten Takt der Musik war auch die schöne Atmosphäre dahin, und August gab sich wieder wie immer.

Gerda fragte sich, ob er kein Blut in den Adern hatte. Sie konnte ihm nichts anmerken, keine Regung, absolut nichts, was eigentlich nicht gerade für sie sprach, wenn sie richtig darüber nachdachte.

Dieser Tanz war so eng und so emotional gewesen, dass selbst ein Eisberg geschmolzen wäre. Nur August war weder dahingeschmolzen noch zeigte seine Männlichkeit, dass er gerne mit ihr zusammen wäre.

Nach einem weiteren Tanz führte er Gerda zur Bar und bestellte zwei Cocktails, ohne sie zu fragen, ob sie diese Geschmacksrichtung überhaupt mochte.

Wenigstens schob er ihr noch einen Barhocker hin, damit sie sich setzen konnte. Das war ja zumindest der kleinste Nenner an Höflichkeit.

Er prostete ihr zu.

»Wie geht es dir eigentlich? Wir haben uns ja lange nicht mehr gesehen.«

»Ach, mir geht es gut. Ich habe meine Lehre beendet, arbeite in einem guten Salon und wohne noch zu Hause. Sonst gibt es nichts Aufregendes.«

»Und die Musik? Machst du keine Musik mehr?«

»Nein, im Moment nicht. Die Band hat sich damals aufgelöst, weil es Unstimmigkeiten unter den Musikern gab, und Ralf hat es wohl nicht geschafft, eine neue Band zu gründen. Keine Ahnung, was da noch alles geschehen ist.«

»Ach, so war das. Ich habe es nicht so richtig mitbekommen, weil ich ja gleich von Beginn an in der Likörfabrik gearbeitet habe.«

»Und wie geht es dir so?«

Sie wollte nicht direkt nach der jungen Frau fragen.

»Ja, sehr gut. Ich bin ja schon lange Abteilungsleiter und wohne auch noch zu Hause. Jetzt baue ich aber ein Haus für mich und meine Zukunft. Sonst gibt es nichts Neues.«

»Bist du schon verheiratet? Ich habe gesehen, dass du nicht alleine hier bist.«

»Ne, ne, um Gottes willen, das ist nur eine Bekannte.« Er lachte leise.

»Die brauche ich nicht bei meinen Eltern anbringen, die ist zu verrückt und nicht standesgemäß. Aber ich habe Spaß mit ihr.«

»Das denke ich mir, dass man mit so einer Spaß hat.«

»Hey, hey, nicht wie du vielleicht denkst. Ne, ne, ich gehe da kein Risiko ein. Nur so zum Feiern, nicht mehr und nicht weniger.«

»So kann man das auch nennen. Aber das ist ja nicht von Belang, du musst dich nicht erklären, es ist ja deine Sache. Danke für die freundliche Einladung. Ich muss wieder zu meinen Mädels, mit denen ich hergekommen bin.«

Sie erhob sich und reichte ihm die Hand zum Abschied.

»Mach's gut, Gerda, ich rufe dich mal an. Oder darf ich dich nachher nach Hause fahren?«

»Ruf lieber mal an. Für heute bist du ja schon als Taxi gebucht.«

Sie lachte, als sie sich auf den Weg machte.

August blieb an der Bar sitzen. Er hatte Gerda heute nach langer Zeit wiedergesehen und war angenehm überrascht. Sie war vorher schon hübsch gewesen, hatte sich aber in den letzten Jahren so richtig zu ihrem Vorteil verändert. Aus ihr war eine schöne junge Frau geworden, und nachdem sie jetzt auch noch die Musikauftritte aufgegeben hatte, wäre sie genau richtig für seine geplante Familiengründung.

Er würde sie demnächst einladen und versuchen, etwas mehr über sie zu erfahren.

Gerda setzte sich wieder an den Tisch zu ihren Kolleginnen, die schon neugierig darauf warteten, etwas über den jungen Mann zu erfahren, mit dem sie sich getroffen hatte.

»Erzähl schon«, riefen beide wie aus einem Mund.

»Was soll ich erzählen? Wir haben drei Tänze getanzt und einen Cocktail getrunken. Und mit dem Paradiesvogel scheint er nicht zusammen zu sein, nicht richtig, sagt er zumindest.«

»Du glaubst ihm das doch hoffentlich nicht.«

Zwei Augenpaare schauten sie gespannt an.

»Ich weiß gerade nicht, was ihr meint. Er ist ein langjähriger Bekannter. Wir haben weder jemals miteinander geschlafen, noch haben wir uns ewige Treue oder gar die Hochzeit versprochen. Und heute haben wir lediglich getanzt und kurz an der Bar gesessen.«

Sie beugte sich über den Tisch, damit die beiden sie besser verstehen konnten.

»Also hört auf, da irgendetwas hineinzuinterpretieren, was nicht vorhanden ist.«

Aus dem schönen Abend wurde dann letztendlich doch noch eine lange Nacht mit vielen Tänzen in den Wonnemonat Mai.

Nach ein paar Tagen verließ Gerda nach Feierabend den Salon. Vor dem Laden wartete August mit seinem Käfer.

Er lehnte sich lässig gegen das Auto und rauchte eine Zigarette, was zu der Zeit modern war und ihn sehr männlich aussehen ließ.

»Hallo Gerda, ich war zufällig hier in der Gegend. Wollen wir was trinken gehen, da drüben in der kleinen Bierbar?«

»Wo kommst du denn her? Und das alles ganz zufällig?«

»Ah, nicht ganz zufällig. Ich hatte ja versprochen, mich zu melden, und da dachte ich, es ist besser, wenn ich gleich selbst vorbeikomme.«

Sie musste lachen. Das war eben August. Alles lieber rational.

Gemeinsam gingen sie über die Straße in das kleine Lokal und bestellten sich ein Erfrischungsgetränk.

»Du hast dich verändert, Gerda«, stellte er fest.

»Ne, das habe ich nun wirklich nicht. Ich bin nur etwas älter geworden.«

»Du gefällst mir.«

»Was willst du damit sagen?«

»Äh, das ist jetzt nicht so einfach für mich.«

Er schwieg für ein paar Sekunden. Sein Blick richtete sich starr nach unten auf die Tischdecke. Nervös drehte er sein Glas in den Händen.

»Ich suche eine Frau, die mich heiratet, mein Haus versorgt und meine Kinder großzieht.«

»Oh! Und die Frau soll vielleicht ich sein?«

Er schaute ihr vorsichtig in die Augen.

»Ich könnte mir das ganz gut vorstellen.«

»Aha, und mit welchen Pluspunkten habe ich mir dieses Vertrauen verdient?«

Sie war hin und her gerissen und wusste, dass er nicht über seinen Schatten springen konnte und seine Gefühle nicht auf der Zunge trug.

Sie wusste aber auch, dass sie ihn liebte, und sie verstand, dass sie damit leben musste, stets aufs Neue herauszufinden, ob er etwas mehr als nur freundschaftliche Gefühle für sie hegte.

»Du hast dir das insgesamt verdient. Mein Vater hat mir immer gesagt, ich soll auf alles achten, dann kommt die Freundschaft und das andere automatisch.«

»August, das klingt ja vielversprechend. Hast du schon einmal etwas von dem Wort *Liebe* gehört, oder existiert das in deinem Vokabular gar nicht?«

»Ich denke, die kommt schon, wenn man sich im Alltag gut versteht. Wichtig ist der äußere Rahmen, und der stimmt bei uns.«

»Ich weiß noch nicht, August. Lass uns erst einmal eine Weile Zeit, um uns besser kennenzulernen.«

»Ja klar. Du bist jetzt einfach meine Freundin, und wenn alles gut geht, verloben wir uns in einigen Monaten.«

Gerda musste lachen über so viel Unverständnis, was Frauen anbelangte. Aber sie wusste, dass sie das Glück jetzt herausfordern musste und dass viel Arbeit auf sie zukommen würde.

11

Schon nach wenigen Wochen fand die offizielle Verlobung von August und Gerda statt.

Beide Eltern waren natürlich total zufrieden mit der Wahl ihrer Kinder. Es war alles standesgemäß und gut, und da die Familien sehr angesehen waren, wurde die darauf folgende Hochzeit zum Fest des Jahres. August ließ auf dem Rathausplatz einen Bierwagen, Bierzelttische und Bänke aufstellen. Und natürlich durften ein Bratwurststand und der Musikverein nicht fehlen.

Das ganze Städtchen sollte an diesem Freudentag teilnehmen.

Gerda war die schönste Braut, die man sich vorstellen konnte. Sie trug ein bodenlanges weißes Kleid aus echter Brüsseler Spitze und einen langen Schleier.

Ihr Brautstrauß war ein edles Gebilde aus weißen und zartlila Orchideen.

Die Trauungen im Rathaus und in der Kirche liefen feierlich und präzise nach Protokoll und Ritualen ab.

Unzählige Schaulustige säumten die Straße von der Kirche bis zum Gasthof, um das Brautpaar zu bewundern. Der Saal im Gasthof war für mehr als hundert Gäste festlich eingedeckt, die Reden der Väter und das erste Prosit eröffneten die denkwürdige Feier.

Bis zum Eröffnungstanz genoss sie alles in vollen Zügen. Sie war so stolz, Gerda Wagner geworden zu sein und in den Armen ihres Mannes August Wagner dahinzuschweben.

Ja, bis dahin war alles gut.

Aber dann!

August trank in ihren Augen etwas zu viel.

Immerhin sollten sie heute vielleicht noch ihre Hochzeitsnacht zelebrieren – auch wenn sie natürlich die Wochen davor nicht enthaltsam verbracht hatten –, dann wäre der viele Alkohol da doch eindeutig ein Hindernis.

»August«, sie fasste ihn am Arm, »August, kannst du dich nicht ein bisschen zurückhalten?

Nachher bist du an unserem Hochzeitstag noch besoffen, wenn du so weitermachst.«

»Red kein Scheiß, du bist doch nicht meine Mutter«, stieß er bereits etwas unkontrolliert heraus.

Gerda schossen die Tränen in die Augen.

Damit hatte sie überhaupt nicht gerechnet.

Und das alles am vermeintlich schönsten Tag ihres Lebens.

»Warum bist du ausgerechnet heute so gemein zu mir? Ich habe doch gar nicht viel gesagt, sondern dich nur gebeten, nicht so viel zu trinken.«

Sie schaute ihn mit feuchten Augen an.

»Halts Maul. Ich brauche keinen klaren Blick, ich muss dich ja nachher noch ertragen können.«

Er lachte gehässig.

»Schau nicht so, ich habe mich nur gefügt und den Wünschen meiner Eltern gebeugt, damit ich die Fabrik nicht verliere. Sie haben mich gedrängt, mir endlich eine Frau zu suchen.«

»Was sagst du da?«

Ihr stand das blanke Entsetzen ins Gesicht geschrieben, und ihr war, als hätte ihr jemand mit dem Hammer auf den Kopf geschlagen.

Sie schaute über die langen, festlich geschmückten Tafeln und die vielen gut gelaunten Menschen, die sich prächtig zu unterhalten schienen.

Sie alle kamen ihr auf einmal unwirklich vor, und am liebsten hätte sie laut gebrüllt und sie gebeten, zu gehen.

Aber sie wusste, dass das nicht sein durfte.

Sie konnte sich doch nicht so getäuscht haben? Natürlich war August ein etwas gefühlskalter Mensch, das hatte sie vorher schon gewusst, aber was er jetzt rausgelassen hatte, sprengte alles zuvor Dagewesene.

Warum hatte sie das nicht gemerkt? Ob sie die Ehe gleich morgen annullieren lassen konnte?

Aber was würden ihre Eltern sagen?

Und wozu sollte das alles gut sein?

Er hätte sicher auch einen anderen Weg finden können, seine Eltern zufriedenzustellen.

Fragen über Fragen und keine Antworten. Wie in aller Welt sollte sie diesen langen Tag und dann auch noch diese unwirkliche Nacht überstehen?

Wie sollte sie überhaupt weiterleben?

Urplötzlich schoss ihr das Gesicht des Paradiesvogels vom Maitanz in den Kopf.

Die junge Frau war bestimmt mehr für August als das, was er damals vorgegeben hatte.

Vielleicht hatte er in der Zwischenzeit Gefallen an einem so freien Leben gefunden und fand es lästig, was seine Eltern da von ihm verlangten.

Wenn das so wäre, dann würde er sie ja für bieder und langweilig halten.

August prostete ihr mit einem gehässigen Grinsen zu, aber sie blickte nur apathisch zur Seite.

Die nächsten Stunden waren für sie eine Anstrengung ohnegleichen. Bis morgens um drei klebte sie wie angewurzelt auf ihrem Stuhl, und allen Gästen, die bei ihr vorbeikamen, um ihr etwas Nettes zu sagen, widmete sie ein wenig Aufmerksamkeit.

Es kostete sie ungeheuer viel Kraft, wie eine Marionette bis zum Schluss durchzuhalten.

Müde schleppte sie sich schließlich alleine in die Suite, die für das Brautpaar reserviert war.

August stand völlig betrunken mit einem Kumpel an der Bar und kümmerte sich gar nicht mehr um seine Frau.

Schnell entkleidete sie sich und schminkte sich ab.

Dann kroch sie frierend ins Bett, in der Hoffnung, dass ihr Ehemann sich nicht mehr sehen lassen würde.

Sie wollte nur noch ihre Ruhe, denn sie musste nachdenken, über ihn und ihre Situation.

Aber weit gefehlt. Dieser Wunsch wurde ihr nicht erfüllt. Nach einer Stunde polterte es an der Tür, die August nur mühsam öffnen konnte.

Er stolperte ins Zimmer.

»Na, schöne Braut, bist du bereit?«

Er ließ sich auf seine Bettkante fallen und entledigte sich umständlich seiner Kleidung, die er unkoordiniert und lieblos auf die Erde warf.

Gerda antwortete ihm nicht. Sie hatte die Hoffnung noch nicht aufgegeben, dass er mit seinem Alkoholpegel einfach einschlafen würde.

Er dachte aber nicht daran, sondern wälzte sich auf Gerdas Körper mit einer Brutalität, die sie sich in ihren kühnsten Träumen nicht hätte ausmalen können.

Als er sich ihrem Gesicht näherte, wurde ihr von seinem abgestandenen Mundgeruch speiübel.

Nur mit äußerster Anstrengung konnte sie ihren Kopf zur Seite drehen. In der Zwischenzeit drückte er ihre Arme nach oben, sodass er ihren ganzen Körper in der Zange hatte.

»August! Nein!«

Er stoppte für einen kurzen Moment und dachte nach.

Dann aber drückte er ihr mit den Knien grob die Beine auseinander und drang mit aller Brutalität in sie ein.

Als er fertig war, ließ er sich einfach von ihr herunterrollen und schnarchte schon kurz darauf in einer Lautstärke, als wollte er einen ganzen Wald abholzen.

Sie lag neben ihm, unfähig, sich zu bewegen, unfähig, einen klaren Gedanken zu fassen.

Heute war ihrer Seele viel Leid zugefügt worden, heute an ihrem Hochzeitstag stand sie vor dem Scherbenhaufen ihres Lebens.

Wie lange sie so bewegungslos dagelegen hatte, wusste sie nicht. Es war mittlerweile schon hell, und der neue Tag war längst angebrochen.

August lag neben ihr quer auf dem Bett mit entblößtem Unterkörper, aber noch in seinem weißen Hemd. Nicht einmal die Fliege hatte er abgelegt – ein ekelhafter Anblick, den sie nun nicht mehr ertragen konnte.

Langsam zog sie sich hoch und drehte sich aus dem Bett heraus.

In einer Tasche neben dem Schrank hatte sie gestern frische Wäsche und andere Kleidung für die Hochzeitsreise bereitgestellt, aber die brauchte sie ja nun nicht mehr.

Sie verzichtete sogar auf die Dusche im Hotel, zog sich lediglich an und verließ auf Zehenspitzen die Suite.

Gerne hätte sie jetzt mit irgendjemandem geredet, aber es war so Ungeheuerliches passiert, das sie niemandem zumuten konnte.

In ihrer Handtasche befand sich der Schlüssel zu ihrem neuen Haus.

Gestern noch war sie so was von stolz auf ihr neues Leben gewesen, und heute war alles zerstört.

Was sollte sie tun? Sollte sie ins Haus gehen, eine Tasche packen und wegfahren?

Aber wohin?

Sollte sie zu ihrer Mutter flüchten? Aber die war vom alten Schlag, sie würde ihr sagen, dass sie zu ihrem Mann gehen müsse.

Sollte sie im neuen Haus auf ihn warten und ihm sagen, dass sie ihn verlassen werde? Wenn ja, wie würde er reagieren?

Sollte sie mit einer ihrer Kolleginnen darüber reden?

Aber es waren ja ehemalige Kolleginnen, denn sie hatte ja noch vor der Hochzeit kündigen müssen.

Hatte sie noch eine Freundin, die jetzt ihre beste Freundin sein konnte?

Ohne viel Aufsehen zu erregen, schlich sie aus dem Hotel. Sie wollte unbedingt vermeiden, dass sie vom Personal angesprochen wurde.

Während ihr die Gedanken darüber, was sie nun tun sollte, durch den Kopf jagten, lief sie einfach die Straße entlang, ohne festes Ziel und ohne zu wissen, was sie nun wirklich wollte.

Kurz bevor sie die Straße erreicht hatte, die zu ihrem neuen Haus führte, blieb sie stehen und schaute sich um.

Es war eine Gegend, die sie noch nicht gut kannte, und sie sollte eigentlich ihr neues Zuhause werden.

Aber was würde jetzt geschehen?

Sie straffte die Schultern. Soeben hatte sie sich entschieden, zunächst zum Haus zu gehen.

Sie musste duschen, ihren geschundenen Körper waschen und pflegen, sich etwas Frisches anziehen, und vor allen Dingen musste sie der Tatsache ins Auge sehen.

Wohl oder übel musste sie warten, bis August seinen Rausch ausgeschlafen hatte und nach Hause kam, erst dann konnte es eine Entscheidung geben.

Eines stand auf jeden Fall für sie fest: Seit gestern hieß sie Gerda Wagner, und eine Frau Wagner hatte Rechte und auch Anspruch auf Unterhalt.

So leicht würde sie es dem gefühlskalten August nicht machen.

Er hatte sich eine Frau mit Rückgrat genommen, und das würde sie jetzt beweisen.

Nachdem sie das alles so beschlossen hatte, lief sie die Straße entlang zum Haus, holte den Schlüssel aus der Handtasche und schloss die Eingangstür auf.

Alles roch noch ganz neu.

Die Räume waren modern und geschmackvoll eingerichtet, flauschige Teppiche und edle Gardinen rundeten die Einrichtung ab und schufen eine gemütliche Atmosphäre. Sie sah sich um und wurde für einen Moment von Wehmut erfasst.

Es hatte noch nicht einmal richtig angefangen, da schien schon wieder alles vorbei zu sein.

Rasch lief sie die Treppe hoch ins Schlafzimmer und suchte sich frische Kleidung aus. Dann duschte sie extrem lange, als könnte sie damit alles von ihrem Körper abwaschen.

Als sie sich anschließend eincremte, entdeckte sie mehrere Blutergüsse an den Innenseiten ihrer Oberschenkel. Vorsichtig tastete sie die Verletzungen mit den Fingern ab und ließ ihren Tränen freien Lauf.

Nachdem sie sich wieder etwas beruhigt hatte, zog sie sich einen Rock und eine Bluse an und lief in die Küche, um sich eine Tasse Kaffee zu kochen, mit der sie sich dann ins Wohnzimmer setzte.

Sie seufzte. Wenn sie jetzt eine gute Freundin hätte, die etwas weiter weg wohnte, würde sie jetzt hinfahren und sich bei ihr ausheulen.

Mitten hinein in ihre Überlegungen hörte sie die Haustür knacken und dann auch schon Augusts Schritte.

Allerdings kam er nicht zu ihr ins Wohnzimmer, sondern ging schnurstracks die Treppe hoch. Dann hörte sie die Dusche rauschen.

August ließ das heiße Wasser über sein Gesicht laufen, und seine Gedanken spielten Pingpong mit ihm. Er wusste sehr wohl, dass ihm gestern dank des Alkohols der Gaul durchgegangen war.

Allerdings konnte er sich nicht mehr daran erinnern, was er alles gesagt und vor allem was er möglicherweise getan hatte.

Sollte er sich völlig danebenbenommen haben, dann konnte der Bumerang auf ihn zurückfallen, denn seine Eltern würden sich auf Gerdas Seite stellen.

Die hielten nämlich eine ganze Menge von ihr.

Nachdem er seine Körperpflege in die Länge gezogen hatte wie Kaugummi, um möglichst viel Zeit zu gewinnen, war der Moment gekommen, in dem er sich nicht mehr im Schlafzimmer aufhalten konnte.

Er musste hinunter und herausfinden, was gestern passiert war.

Mutig betrat er das Wohnzimmer und sah Gerda im Sessel sitzen.

»Du bist ja schon hier. Warum hast du nicht auf mich gewartet?«, fragte er und setzte sich auf das Sofa.

Sie schaute ihn nur an. Irgendwie bekam sie das alles gerade nicht auf die Reihe.

Der tat ja, als ob gar nichts gewesen wäre. Das war doch nicht möglich.

»Was willst du von mir? Sag mir, was das Getue jetzt soll.«

Sie stand auf und ging zum Fenster.

»Das ist kein Getue. Ja, ich hatte ein bisschen zu viel getrunken. Aber mehr auch nicht.«

»Mehr nicht? August, du Schwein. Du hast mich im Hochzeitskleid ausgelacht, mir gesagt, dass du mich nur im Suff ertragen könntest, und damit sich das auch richtig lohnt, hast du mich noch vergewaltigt. Willst du meine Blutergüsse sehen? Die Verletzungen von meinem Hochzeitstag?«

August wurde ganz blass um die Nase.

Nie hätte er gedacht, dass er sich so etwas geleistet hatte. Das überstieg alle Vorstellungskraft. Er durfte jetzt keinen Fehler machen, noch nicht einmal einen ganz kleinen. Oh Mann, oh Mann, ich Hornochse, wie konnte mir das nur passieren, dachte er.

»Gerda, was du da sagst, verschlägt mir echt die Sprache. Da muss mir einer viel Schnaps ins Bier gekippt haben, anders kann ich mir diesen Blackout nicht erklären. Du musst mir glauben, so etwas würde ich nie tun!«

Sie lachte auf.

»Du würdest das nie tun? Du hast es aber getan. Alles, was ich aufgezählt habe, und noch viel mehr hast du getan. Wie hast du das gemeint, dass du mich im Bett nur im Suff ertragen kannst? Ist es der bunte Kanarienvogel vom Maitanz, mit dem du eine Beziehung hast? Lebst du heimlich in einer Kommune mit Freizügigen zusammen, und ich bin dein Alibi für deine Eltern und deine Arbeit?«

»Nein, um Gottes willen, nein. So etwas mache ich doch nicht.«

August fuhr sich mit den Händen durch die Haare.

Er hätte sich diese raufen können wegen seiner Blödheit und seiner Unfähigkeit, sich selbst im Griff zu haben.

Ja, er hatte mit der Kleinen – dem Papagei, wie Gerda sagte – eine Beziehung.

Ja, sie lebte in einer WG in der Großstadt, aber nicht in einer Kommune.

Und ja, er würde das gerne noch weiter aufrechterhalten. Sie war humorvoll, unkompliziert, auch etwas verrucht, und was ihm sehr gut gefiel, sie hatte gar nichts Langweiliges an sich, weder im Alltag noch im Bett.

Wie er sich Gerda gegenüber so gehen lassen konnte, begriff er im Nachhinein nicht mehr.

Er erhob sich.

»Du musst mir glauben. Jemand hat mir den Alkohol untergeschoben. Ich weiß, dass wir uns nicht nur aus Liebe verlobt haben. Es haben auch die Vernunft und die kluge Überlegung, ob man zusammenpasst, eine Rolle gespielt, das habe ich dir ja gesagt. Wir wollten es aber beide versuchen.«

»Ich muss dir nicht glauben, August, und ich weiß noch nicht, wie ich mich entscheiden werde. Du hast mir nicht nur körperlich wehgetan, du hast auf deine Art mein Leben zerstört.«

Er trat auf sie zu.

»Ich möchte mich bei dir entschuldigen, Gerda. Ich habe ganz bewusst dich gefragt, ob du meine Frau werden willst. Lass uns bitte versuchen, unsere Ehe auf ein gutes Fundament zu stellen.«

»Weißt du, was ich glaube, August?«

Sie stellte sich vor ihn hin und verschränkte die Arme vor der Brust. Eine ganze Weile schaute sie ihn schweigend an.

»Ich glaube, dass du lügst, und ich denke, dass du ein gefühlskalter Banause bist. Wir werden erst einmal gar nichts versuchen. Nach außen werden wir das perfekte Ehepaar spielen, indem du mir ausreichend Geld für den Haushalt und ein großzügiges Taschengeld gibst, weil ich ja deinetwegen meine Arbeit aufgegeben habe. Und nach innen haben wir zunächst nichts miteinander zu tun. Ich koche, wasche und putze und ziehe freiwillig ins Gästezimmer. Ob das so bleibt oder ob sich das irgendwann einmal ändert, kann ich dir heute noch nicht sagen.«

August stöhnte. Gerdas Vorschlag war nicht so ganz nach seinem Geschmack.

Eigentlich wollte er sich an sie gewöhnen und Kinder haben, aber anderseits konnte er jetzt noch eine Weile seine Freiheit genießen, es durfte nur nichts nach außen dringen.

»Gut, ich bin einverstanden«, sagte er schließlich.

»Ich möchte aber nicht, dass unsere Eltern etwas merken. Und ich wünsche mir, dass wir uns bald wieder vertragen.«

Sie schüttelte den Kopf.

»Vertragen willst du dich? Dann hättest du nicht so ein Mistkerl sein dürfen.«

Sie hatte keine Kraft mehr, sich weiter mit ihm zu unterhalten, sondern ging hinaus in den Garten und setzte sich in eine ruhige Ecke. Was für ein scheiß Leben, das da gerade heute seinen Anfang nahm.

Die Zeit verging ohne besondere Vorkommnisse, und irgendwann merkte Gerda, dass ihre Tage ausgefallen waren und ihr andauernd schlecht wurde.

Sie ahnte warum und ging zum Arzt, der ihr die Schwangerschaft bestätigte.

Danach brauchte sie Wochen, um diese zu akzeptieren. Es war in der Nacht der Vergewaltigung passiert, und das Kind würde sie ihr ganzes Leben daran erinnern. In dieser Zeit, in der auch August noch nicht wusste, dass er Vater wurde, reifte in ihr die Entscheidung, diese

Ehe mit allen Mitteln aufrechtzuerhalten, und zwar aus mehreren Gründen.

Sie wollte, dass August für sie und das Kind Verantwortung übernahm.

Sie wollte nicht als abgestempelte Frau leben.

Es sollte nicht im Gerichtssaal in aller Öffentlichkeit über Schuld und Unschuld diskutiert werden, und sie wollte so etwas auch ihren Eltern und Schwiegereltern nicht antun.

Es könnte auch durchaus passieren, dass ihr Schwiegervater August aus der Firma warf, und dann wäre auch ihre Absicherung dahin.

Als sie bereits im dritten Monat war, erzählte sie August, dass er Vater wurde.

Rein äußerlich war er völlig aus dem Häuschen, doch wie es in ihm aussah, vermochte sie nicht zu erkennen.

Von diesem Tag verlangte er von ihr, dass sie ins Schlafzimmer einzog und sie eine normale Ehe führten.

Er wusste, dass er sie in gewisser Weise in der Hand hatte. Und sie hatte sich für dieses Leben mit all seinen Konsequenzen entschieden und fügte sich.

12

Obwohl ihre Tagträume sie sehr aufgewühlt hatten, schlief Gerda irgendwann doch ein und erwachte frühmorgens um sechs.

Als sie auf die Uhr schaute, drehte sie sich noch einmal um.

Es war Samstag, und die drei Mädels pflegten in der Regel auszuschlafen, sodass sie nicht vor neun das Frühstück vorbereiten musste.

Heute würde es ohnehin etwas schwierig werden.

Das Chaos von gestern würde ihr auf die Füße fallen.

War es das eigentlich wert? Jetzt war ihr doch etwas mulmig zumute, denn bei Tage besehen und vor allem, nachdem sie nun eine Nacht darüber geschlafen hatte, erschien ihr das, was sie getan hatte, nicht mehr ganz so klug.

Warum konnte man sie nicht einfach in Ruhe lassen? Sie griff nach dem Buch, das gerade auf dem Nachttisch lag, um sich ein wenig abzulenken.

Kurz vor dem Aufstehen blickte sie zu August hinüber.

»August, heute wird es spannend.«

Sie nahm das Bild von der Kommode und setzte sich damit aufs Bett.

»Deine Beißzange von Tochter hat genau deinen Charakter, und du weißt, dass der ziemlich miserabel war.«

Sie schaute ihn lange an.

»Es hätte so schön sein können mit uns, denn ich habe dich Blödhammel ja geliebt.«

Dann brachte sie das Foto zurück auf die Kommode.

»Aber umdrehen tue ich dich heute nicht, mein Lieber. Das schaust du dir an. Sie wird sich genauso verhalten, wie du das immer getan hast. Aber ich werde mir das nun nicht mehr gefallen lassen.«

Gegen neun war sie fertig angezogen und betrat die Küche, um das Frühstück vorzubereiten. Bereits nach zehn Minuten tauchte Victoria auf, die sonst nicht vor zehn herauskam. Es musste wohl gestern Abend schlimm gewesen sein, dass es sie heute so früh aus dem Bett trieb.

»Guten Morgen Victoria, du bist aber heute früh auf den Beinen.«

Gerda hatte sich entschieden, in die Offensive zu gehen. Sie wollte alles so schnell wie möglich hinter sich bringen.

»Darüber wunderst du dich auch noch, Mama?«

Victoria nahm sich eine Tasse Kaffee und setzte sich an den Küchentisch.

»Das gestern war einfach zu viel. Was war denn mit den Kindern los? Und wie konnte das gestern Abend mit meinen Gästen passieren?«

»Gar nichts war los. Deine Töchter sind verzogene Gören, und das gestern Abend war einfach ein Missgeschick. Ich finde, du verlangst ein bisschen viel von mir.

Dieses Haus ist ein großes Haus, und ich bin keine zwanzig mehr.«

Sie setzte sich ebenfalls mit einem Kaffee Victoria gegenüber.

»Immer das gleiche Theater mit dir. Das Haus ist pflegeleicht, Papa hat damals an alles gedacht. Die Mädels sind den ganzen Tag in der Schule, und ich bin auch mehr als beschäftigt. Das sind doch alles nur Ausreden.«

»Mein liebes Kind, du machst es dir viel zu einfach. Du bist eine gut verdienende Anwältin, übrigens auch, weil ich immer für dich da gewesen bin und dich unterstützt habe. Das Haus hast du jetzt schon geerbt und musstest fast nichts versteuern. Warum nimmst du keine Rücksicht auf deine Mutter? Warum stellst du nicht eine Putzfrau für das Haus und die Wäsche ein? Das Essen mache ich euch gerne. Aber ich habe genug gearbeitet, jetzt möchte ich meine Freiheit genießen.«

»Warum so theatralisch, Mama? Für das bisschen brauchen wir keine Putzfrau. Aber ist es nicht eher so, dass du viel zu schnell vergesslich wirst? Gestern Morgen Natalies Jacke, gestern Abend das Gewürz und das Fleisch in der Pfanne. Und warum hast du das Besteck nicht kontrolliert? Muss ich mir Sorgen machen? Sollten wir nicht besser zum Arzt gehen und dich untersuchen lassen?«

Gerda schlug die Hände vors Gesicht. »Oh, das ist aber mal eine Aussage! Was vermutet da meine ach so liebe Tochter? Kann es sein, dass du denkst, dass ich dement werde? Ist es das, was du sagen willst?«

Victoria wurde jetzt für einen Moment leicht unsicher. Immerhin hatte sie einen schweren Verdacht ausgesprochen, ohne zu wissen, ob er Substanz hatte.

Gerda musste die Tränen und den Frust runterschlucken. Auf keinen Fall durfte sie ihrer Tochter gegenüber Schwäche zeigen. Nach ein paar schweigsamen Minuten schaute sie Victoria traurig an.

»Du schreckst aber auch vor nichts zurück, genau wie dein Vater. Ehe du jetzt aber deiner Mutter unterstellst, dass sie ihr Gedächtnis verliert, werde ich dir noch ein paar unangenehme Dinge sagen müssen, mit denen du dich dann auseinandersetzen kannst. Es wäre doch zu schade, wenn dir das Ganze wegen meiner angeblichen Demenz erspart bliebe.«

Sie beugte sich über den Tisch und hielt sich an ihrer Kaffeetasse fest, bevor sie mit ernsten Worten sprach: »Dein ach so geliebter Vater hatte so viel Dreck am Stecken, dass du die ganze Stadt damit pflastern könntest. Und dich, dich hat er besoffen in seiner Hochzeitsnacht gezeugt, als er mich vergewaltigte. Du kannst dem Himmel dankbar sein, dass du keine geistige Behinderung mitbekommen hast, denn er stand an diesem Abend kurz vor dem Delirium.«

Victoria sprang von ihrem Stuhl hoch. Ihr war, als hätte man ihr einen Kübel Eis übergestülpt.

Gerda ließ sich aber nicht beirren.

»Ich habe ihn damals nicht verlassen, weil ich immer noch dachte, dass es trotzdem gut werden könnte. Aber nichts da. Aus einem Schwein kann man keinen anschmiegsamen Dackel machen. Er hat weiter gesoffen, und ich habe immer wieder meine Prügel bezogen.«

Gerdas Mund verzog sich zu einem kalten Lächeln, dann sprach sie weiter.

»Und als er ein Pflegefall wurde, habe ich ihm bis zu seinem Tode den Hintern geputzt und die Windeln gewechselt. Und dass ich dir das Haus gegeben habe, das war mein größter Fehler. Es war eigentlich mein Kapital, ich hätte es verkaufen und mir mit dem Geld ein schönes Leben machen sollen.«

Sie zog ihre Stirn kraus, erhob die Hand und deutete mit dem Zeigefinger auf ihre Tochter.

»Stattdessen habe ich deine Zukunft gesichert, und zum Dank darf ich euch den Dreck wegmachen und werde behandelt wie eine fremde Angestellte.«

Gerda sog die Luft ein, ihr Herz raste, als sie alles noch einmal bruchstückhaft vor ihrem geistigen Auge vorüberziehen sah.

»Wie konnte ich nur so blöd sein, nachdem du dein ganzes Leben deinen Papa vergöttert und mich benutzt hast?«

»Du übertreibst, Mama«, flüsterte Victoria sichtlich aufgewühlt.

»Was du gesagt hast, muss ich jetzt erst einmal verarbeiten. Ich kann mir das alles nicht vorstellen. Mein Papa war ein herzensguter Mann. Und findest du es nicht etwas unfair, solche schlimmen Anschuldigungen erst jetzt vorzubringen? Schließlich kann er sich ja nicht mehr verteidigen.«

Gerda lachte auf.

»Ja, dein Papa, der kann so etwas ja nicht getan haben. Nein, nein, niemals!«

Sie setzte sich wieder.

»Es ist mir wurscht, wie du das verarbeitest. Ich lasse mich weder von dir noch von deinen Töchtern zum Hampelmann machen. Du kannst mich ja aus meinem Wohnrecht rausklagen. Bis dahin mache ich ganz normal den Haushalt weiter, eure Extratouren könnt ihr allerdings vergessen.«

Energisch verließ sie die Küche. Klasse, das hast du gut gemacht, sagte sie sich und klopfte sich in Gedanken auf die Schulter. Jetzt hatte das Töchterlein erst mal was zum Knabbern. Nützen würde es allerdings nichts, Victoria war nun einmal ihres Vaters Tochter.

Als sie zurück in ihr Zimmer kam, schaute sie sofort zu August.

»Na, August, heute habe ich dir wehgetan, was? Ich habe endlich gesagt, was du für einer warst. Mein ganzes Leben habe ich mein Wissen für mich behalten, und nun hat der Heiligenschein, den dir deine Tochter aufgesetzt hat, Risse bekommen.«

Sie setzte sich auf das Bett.

»Aber jetzt kann ich endlich mit dir abschließen, August. Nun ist alles gesagt, und ich habe mich von dir befreit. Wie mein Leben weitergeht, wird die Zeit bringen, aber ich werde nichts überstürzen. Dein Foto stelle ich jetzt ganz hinten auf die Kommode. Du wirst mich nicht mehr jeden Tag ansehen müssen und ich dich auch nicht. Mach's gut, du altes Arschloch, wo immer du auch bist.«

Die nächsten Wochen verliefen relativ ruhig, und Gerda hatte das Gefühl, dass sich die Mädchen einen kleinen Tick mehr zurückhielten.

Was Victoria dachte, konnte sie nicht einordnen. Es schien ihr eher so, als ob ihre Tochter das Gehörte verdrängte und den Alltag möglichst unverändert weiterlaufen ließ.

Die gemeinsamen Gespräche verliefen sehr zurückgenommen, immer darauf bedacht, keinen Streit vom Zaun zu brechen, aber auch immer so, dass Gerda weiterhin als das Hausmädchen angesehen wurde.

Eines Tages, als sie Natalies Zimmer aufräumte, waren verschiedene Kleidungsstücke unter das Bett gerutscht. Verärgert zog sie sie hervor, aber ein Shirt am Ende des Bettes blieb hängen. Irgendetwas stand darauf, und sie griff zwischen Bett und Schrank hinein.

»Ah, die Gitarre«, flüsterte sie und hob das Instrument hoch, um das Shirt hervorzuholen.

Als sie die Gitarre wieder zurückstellen wollte, betrachtete sie das gute Stück eine Weile.

Und Gerda wäre nicht Gerda, wenn sie sich in so einer Situation nicht ihren Tagträumen hingeben würde. Mit flinken Fingern steckte sie die Kabel ein und stimmte die Saiten.

Ohne nachzudenken begann sie, von Elvis das Lied *Muss i denn zum Städtele hinaus* zu spielen. Sie sang mit traumwandlerischer Sicherheit, voller Begeisterung und Inbrunst, und dann stand sie in Gedanken wieder wie damals auf der Bühne.

Ihr Herz ging auf, und als das Lied zu Ende war, stellte sie die Gitarre wieder zurück zwischen Schrank und Bett.

Dann lief sie zum Fenster.

»Muss i denn zum Städtele hinaus?«, fragte sie sich selbst zaghaft, während sie hinaus in den Garten schaute.

Ihr Blick blieb am Schuppen hängen, in dem noch das alte Motorrad von August stand.

War er nicht damals mit diesem Motorrad immer in die Stadt gefahren?

Hatte er nicht damit die Entfernung zu seinem zweiten Leben und seinem Paradiesvogel überbrückt?

Als ob sie das nicht gemerkt hätte.

Natürlich hatte sie.

Eine Frau, die sensibel ist, merkt so etwas.

War das nicht ein Wink mit dem Zaunpfahl?

Sie hatte heute endlich einmal wieder ein wenig Musik gemacht.

Vielleicht könnte sie ja an einem anderen Ort, wenn sie denn frei wäre, ihr Hobby, ihre Musik wieder pflegen – natürlich ohne Auftritte.

Musste sie Angst davor haben, sich eine Arbeit zu suchen?

Nein, das musste sie nicht.

Musste sie zum Städtele hinaus? Ja, sie musste hinaus. Und sie würde Augusts Motorrad nehmen. Welch Ironie des Schicksals.

Der war nämlich genau mit diesem Motorrad auch in ein ganz anderes Leben, in ein für ihn verrücktes Leben gefahren.

Sie griff erneut zur Gitarre und schmetterte aus vollem Herzen *It's now or never.*

Mit jedem Ton strömte die neu erwachte Energie durch ihren Körper.

Gerda beschloss, die Maschine heimlich zu reparieren und flottzumachen.

Und wenn alles passte, dann würde sie ihr altes Leben hinter sich lassen.

»Gerda, du bist ein verrücktes Huhn. Aber es ist gut, was du machst«, sprach sie sich selbst den Mut zu, den sie in nächster Zeit ganz sicher brauchen würde.

Oma dreht durch, dachte sie noch und machte sich weiter an ihre Hausarbeit.

13

Endlich war es soweit. Es konnte losgehen.

Das Motorrad war fertig und schnurrte wie ein Kater.

Ab heute würde sie frei sein, frei wie ein Vogel im Wind.

Es war Vormittag, die beiden Mädchen waren in der Schule und Victoria in ihrer Kanzlei.

Wie immer um diese Zeit war Gerda allein im Haus. Und auch wie immer musste sie jetzt eigentlich im ersten Stock die Schlafzimmer aufräumen und die Betten machen.

Aber heute war alles anders. Ihr Herz klopfte bis zum Hals, als sie Natalies Zimmer betrat.

Doch anstatt mit der Arbeit zu beginnen, griff sie nach der Gitarre, die wie üblich in der Ecke zwischen Bett und Schrank stand. Genau vor drei Monaten, an einem Montag, hatte sie auch hier gesessen und sich mit der Gitarre in der Hand zum ersten Mal nach mehr als einem halben Leben der Unterdrückung so richtig wohl gefühlt.

Und genau wie vor eben diesen drei Monaten griff sie auch jetzt in die Saiten, entlockte der E-Gitarre die ersten Töne und schmetterte mit lauter Stimme: »It's now or never, come hold me tight. Kiss me, my darling, be mine tonight …«

Am Ende des Liedes kullerten dann ein paar Tränen. Die Gefühle überwältigten sie einfach, denn heute begann ihr neues Leben, ein Leben, von dem sie keine Ahnung hatte, wie es ablaufen würde. Ein Leben, das ebenso beschissen wie phantastisch sein konnte. Mit fünfundsechzig ging es ab in die Zukunft.

Energisch stellte sie die Gitarre an ihren Platz, ging nach unten in ihr Zimmer und zog den kleinen Reisekoffer, der noch aus den Fünfzigern stammte und den sie in den letzten Tagen heimlich gepackt hatte, unter dem Kleiderschrank hervor. Raus aus dem Kleid und rein in Augusts alte Lederkluft, Motorradmütze und -brille auf, Handtasche umgehängt, ein letzter Blick in den Spiegel – und dann rauf auf die Maschine und ab ging die Post.

Zwei Stunden lang fuhr sie über die Dörfer und Landstraßen in Richtung Norden, bis sie an einer großen

Tankstelle den ersten längeren Stopp machte. Mit einem Kaffee und einem Brötchen setzte sie sich an einen Tisch, an dem bereits ein älterer Herr seine Suppe löffelte.

Nachdem er Gerda eine Weile aus den Augenwinkeln betrachtet hatte, fragte er voller Neugier: »Na, als Motorradbraut unterwegs?«

»Klar doch. Und du? Etwa als Rentner?«

»Natürlich, das sieht man doch. Aber auch ich habe eine Motorradhose an. Schau!«

Er erhob sich kurz und drehte sich vor ihr einmal um die eigene Achse.

»Ich bin Abraham. Wie heißt du, und wo fährst du hin?«

»Ich heiße Gerda. Und ich bin auf dem Weg nach …«

Sie erschrak vor ihren eigenen Worten.

»Wenn ich ehrlich sein soll, ich weiß nicht, wohin ich fahre. Ich war so frech und bin vor meiner Familie getürmt.«

»Hey, das klingt aber spannend. Wie kommt es, dass du dich dazu entschlossen hast?«

Gerda überlegte einen Moment und begann, herzhaft zu lachen.

Als sie sich wieder beruhigt hatte, rutschte sie näher zu ihrem Nachbarn und erzählte ihm: »Ich habe die E-Gitarre meiner Enkelin genommen, *It's now or never* geschmettert, mich an meine Jugend und meine Freiheit erinnert und dann beschlossen, meine vierzigjährige

Knechtschaft hinter mir zu lassen und noch einmal neu durchzustarten.«

Abraham starrte sie mit offenem Mund an.

»Du bist Musikerin?«

Sie lachte.

»Wenn du das so nennen willst. Ich habe früher in einer Band gespielt und natürlich auch gesungen. Ich war wirklich ein verrücktes Huhn und habe die Zeit des Rock 'n' Roll geliebt.«

»Wow, was für eine nette Begegnung. Ich bin auch einer aus dieser Zeit und ein ewig jung gebliebener Musiker.«

Sie nickte ihm verstehend zu.

»Und wo wohnst du?«

»Ich lebe in Berlin«, antwortete er voller Stolz.

Gerdas Augen verdunkelten sich, und sie senkte den Kopf. Jetzt musste sie doch ein paar Tränen verdrücken.

»Hast du was, Gerda?«

»Ne, ich habe nur einen sentimentalen Moment. Ich hätte dir gerne gesagt, dass ich in den Urlaub oder eben auch nach Hause fahre. Aber nichts von alledem stimmt. Ich habe kein Zuhause mehr, und ich weiß auch noch nicht, wohin ich fahre.«

Abraham legte ihr den Arm um die Schultern. »Komm, Gerda, fahre hinter mir her in die Hauptstadt. Da pulsiert das Leben, und das ist der richtige Ort, um ein neues Leben zu beginnen.«

»Meinst du?«

»Ja, das meine ich. Ich bringe dich schon vorübergehend irgendwo unter und helfe dir, wo ich kann.«

»Na dann, auf nach Berlin!«

Gerda lachte über das ganze Gesicht und zog ihre Motorradjacke an.

Abraham folgte ihr, und gemeinsam düsten die beiden in Richtung Berlin.

In einer engen Straße mit vielen alten sechs- bis siebenstöckigen Häusern hielt Abraham an und schob seine Maschine durch eine Einfahrt auf einen typischen Berliner Hinterhof.

Gerda folgte ihm und schaute verwundert die unzähligen Fenster hoch, die auf drei Seiten den Innenhof umzingelten. Sie hatte so etwas noch nie in ihrem Leben gesehen. Bisher kannte sie nur ihre Kleinstadt, deren Häuser in einer überschaubaren Größe und mit ausreichendem Abstand gebaut waren.

Aber hier, wenn man sie hier in der Nacht abstellen würde, wüsste sie nicht mehr, aus welcher Haustür sie herausgekommen war, denn sie sahen ringsum alle gleich aus. Und die Sonne? Wie sollte die da reinscheinen?

»Was ist, Gerda? Noch nie einen Hinterhof gesehen?«

»Ne, Abraham, so etwas habe ich noch nie gesehen.«

Abrahams Augen blitzten vor Freude.

»Und das ist nur der erste Hinterhof, weiter hinten kommt der Durchgang zum zweiten und dann auch noch zum dritten Hinterhof.«

Gerda war baff.

»Wo sind wir hier eigentlich?«, fragte sie voller Erstaunen, während sie sich um die eigene Achse drehte.

Das Licht der beginnenden Dämmerung verlieh den Häuserfluchten ein unfreundliches und dunkles, beinahe gespenstisches Aussehen.

Ein wohliges Gefühl, an einem Zuhause angekommen zu sein, wollte sich bei ihr nur schwerlich einstellen.

»In Kreuzberg biste. Im schönen Kreuzberg, Gerda.«

»Davon habe ich schon einmal gehört. Sind da nicht die Hausbesetzer zu Hause?«

Abraham fielen bei dieser Bemerkung beinahe die Augen aus dem Kopf. Er fasste sich an die Stirn.

»Gerda, du bist vielleicht 'ne Marke!

Das ist mittlerweile so um die dreißig Jahre her. Die Jünglinge, die damals Häuser besetzt haben, dürften inzwischen Papas mit Geheimratsecken oder Halbglatzen sein.«

»Kann ja sein, dann sind das heute eben andere Jünglinge, die das Pflaster zum Kochen bringen. Kreuzberg ist doch schon öfter für das Extreme und nicht für das Schöne durch die Nachrichten gegeistert.«

»Das lass mal nicht die Kreuzberger hören. Die lieben ihren Bezirk, und da hat sich auch in den letzten Jahrzehnten ganz viel verändert.«

»Nein, natürlich möchte ich die Menschen hier nicht beleidigen. Das liegt mir fern. Du hast Recht, Vorurteile aus der Ferne sind nicht die richtige Wahl.«

Sie drückte ihn am Arm.

»Weißt du schon, bei wem du mich abliefern wirst?«

Während sich Abraham durch seinen Bart strich, betrachtete ihn Gerda zum ersten Mal richtig, seit sie sich zufällig in der Raststätte kennengelernt hatten.

Er war ein großer, stattlicher Mann, der mit seinen siebenundsechzig Jahren immer noch eine athletische, schlanke Figur aufweisen konnte.

Seine Haare waren fast weiß, dafür aber noch zahlreich vorhanden, und sie fielen ihm in Wellen bis hinab zur Schulter.

Er trug einen Vollbart, der ihn männlich und attraktiv aussehen ließ. Seine Kleidung war sportlich, ausgesprochen modern und dem Anschein nach von hoher Qualität, auch die Motorradhose.

»Ich habe da so eine Idee, wo du die nächste Zeit wohnen kannst und dich wohlfühlen wirst.«

Gerda wartete auf eine genauere Erklärung, aber Abraham schaute sie nur schweigend an.

»Was ist?«, fragte sie schließlich, weil er viel zu lange nichts sagte.

»Ich habe dich gerade so richtig bewundert. In unserem Alter noch einmal ins Ungewisse zu starten, neu anzufangen und nicht zu wissen, ob man das finanziell stemmen kann, ist schon eine scharfe Leistung. Respekt! Aber eines Tages musst du mir ein bisschen mehr über dich erzählen.«

»Danke für deine warmen Worte, Abraham. Irgendwann erzähle ich dir meine Story, aber jetzt, jetzt bin ich einfach nur noch müde. Wo finde ich ein Bett?«

Sie lächelte ihn an und fasste ihn an der Hand, um ihm damit ein Zeichen zu geben, jetzt mit ihr in dieses Haus – wo immer das auch sein mochte – zu gehen.

»Zu Befehl! Ich bringe dich jetzt in eine WG.«

»Du bringst mich wohin?«

»In eine WG mit lauter jungen Menschen.«

»Oje.«

Gerda klappten die Mundwinkel herunter. Das war jetzt wirklich das Letzte, was sie wollte.

Abraham schaute sie misstrauisch an.

»Was heißt hier oje?«

»Ich habe gerade so eine WG hinter mir, nämlich meine Tochter mit zwei jungen Mädchen. Natürlich bin ich skeptisch, weil ich eher von einem ruhigen Zimmer geträumt habe, in dem ich erst mal alleine sein darf.«

»Was möchtest du, Gerda? Möchtest du ein neues Leben mit neuen Kontakten? Oder möchtest du ein Zimmer, wo du dich einschließen kannst? Abgesehen davon sind wir ganz spontan zusammen hier angekommen, und die leeren Zimmer sind in Berlin auch nicht gerade zu Tausenden gesät«, antwortete Abraham angefressen.

Das gefiel ihm nicht. Immerhin hatte er sich um Gerda gekümmert, ihr seine Hilfe angeboten, und jetzt standen bei ihr erst einmal Ansprüche im Vordergrund, die er nicht erfüllen konnte.

Er wusste, dass in der Wohngemeinschaft ein Zimmer frei geworden war, das erst einmal ein neues Zuhause für sie sein könnte. In seinen Augen war es besser für sie, unter Menschen zu leben, damit sie sich in der ungewohnten Metropole leichter zurechtfand.

»Du kannst gerne in eine Pension gehen, kein Problem«, meinte er.

»Ich kenne da eine in der Nähe. Das Zimmer kostet fünfzig Euro die Nacht, das Zimmer in der WG hundertachtzig im Monat. Es ist deine Entscheidung.«

»Jetzt war ich undankbar, was, Abraham?«

Gerda merkte, dass sie ihm mit ihrem Anspruchsdenken wehgetan hatte, und dazu hatte sie auch noch sein geliebtes Kreuzberg in eine fragwürdige Ecke geschoben.

»Nein, Gerda, wir sind nur beide müde. Sag mir einfach, wo ich dich hinbringen soll.«

»In die WG. Bring mich bitte in die WG.«

»Na, dann komm. Wir gehen jetzt in den zweiten Hinterhof, also hier durch das Tor neben dem üppigen Efeu. Am Efeu, dem einzigen Gewächs auf diesem sonnenarmen Hinterhof, kannst du dich die ersten Tage orientieren, wenn du rausgehst.«

»Ist das kompliziert. Wie soll ich mir das alles merken?«

»Alles halb so schlimm. Schau, hier befindet sich gleich nach dem Durchgang rechts ein Eingang, und das ist dein Weg. Die WG ist im zweiten Stock.«

Zusammen stiegen sie die ausgetretenen Holzstufen bis in den zweiten Stock hoch. Auf jeder Etage gab es zwei Wohnungen.

Abraham klingelte auf der linken Seite.

Nach kurzer Zeit öffnete eine junge Frau mit schönen Augen und einem modernen Kurzhaarschnitt. Sie lächelte und reichte den beiden die Hand zur Begrüßung. »Hallo Abraham, du bist ja schon da.«

»Ja, und das ist Gerda, von der ich euch erzählt habe. Sie braucht dringend ein Zimmer.«

»Freut mich, dich kennenzulernen, Gerda. Ich bin Emmi. Darf ich trotz des Altersunterschieds Du sagen? Weißt du, das gehört zu unseren Regeln hier, weil es das Zusammenleben einfacher macht.«

»Ja, klar doch. Sag mir einfach, auf was ich achten muss. Ich bin anpassungsfähig, allerdings heute sehr müde von der Reise. Zeigst du mir mein Zimmer?«

»Komm.«

Emmi ging voraus. Sie öffnete die letzte Tür auf der linken Seite und ließ Gerda eintreten, die sich perplex in dem Zimmer umsah.

Es war größer als der Raum, den sie in ihrem eigenen Haus bewohnt hatte, schätzungsweise um die dreißig Quadratmeter – und was noch besser war, er war schon eingerichtet für den Neubeginn.

Das Zimmer hatte alles, was man zum Leben brauchte: neben einem großen Bett einen Schrank, einen Tisch und Stühle, einen Sessel und eine Stehlampe zum Lesen sowie einen Schreibtisch am Fenster.

Hübsche Gardinen und ein zugegeben etwas abgetretener Teppich sorgten für eine behagliche Atmosphäre.

»Bist du zufrieden, Gerda?«, wollte Abraham wissen.

»Sehr zufrieden. Ich bin glücklich und habe eine Bitte: Darf ich erst schlafen und morgen über die Details sprechen?«

Emmi lachte.

»Na klar. Schlaf gut und träum was Schönes von Berlin. Gute Nacht!«

»Danke und gute Nacht zusammen.«

Gerda schloss die Tür, zog sich aus und ließ sich einfach auf das Bett fallen. Sie war todmüde und schlief sofort ein.

14

Sie erwachte sehr früh und brauchte einen Moment, um sich zu orientieren und zu wissen, wo sie war.

Aufmerksam betrachtete sie vom Bett aus ihr Zimmer, ihr neues Zuhause. Gestern war sie viel zu müde gewesen, um alles richtig in sich aufzunehmen.

Also Luxus, liebe Gerda, ist das nicht, stellte sie fest. Der erste Eindruck gestern Abend war im Dämmerlicht etwas zu positiv ausgefallen. Bei Tage besehen wirkten die Möbel doch etwas heruntergekommen und hatten ihre beste Zeit schon hinter sich.

Gerda fragte sich, ob es richtig war, von zu Hause wegzugehen in eine unsichere Zukunft – und das mit dem wirtschaftlichen Druck, als Frau von fünfundsechzig Jahren einen beruflichen Neustart hinlegen zu müssen.

Sie erhob sich und setzte sich aufrecht im Bett hin. Nachdem sie ein paar Minuten starr aus dem Fenster geblickt hatte, klopfte sie sich erst selbst auf die Schulter und schlug sich dann mit der Hand an die Stirn.

»Gerda, du hast nicht mehr alle Tassen im Schrank!«

Wie es wohl ihre Familie aufgenommen hatte, dass sie nun weg war? Ob sie das überhaupt richtig wahrgenommen hatten?

Sie hatte ihnen lediglich ein paar Worte geschrieben und den Brief auf Victorias Schreibtisch gelegt. Trotz aller Ungewissheit musste Gerda jetzt lächeln.

Ich bin dann ab heute mal weg! Das war alles, was sie ihrer Familie zu sagen hatte.

Mehr wollte sie gar nicht erklären und ausführen. Sie hätten längst vorher spüren müssen, dass es nicht in Ordnung war, wie sie sich verhielten.

Ob sie wenigstens jetzt merkten, was passiert war? Ob sie sich Gedanken machten, wo ihre Oma hingegangen sein könnte? Sie dachten wahrscheinlich, dass sie in Kürze wiederkommen würde.

Die wenigen Worte, die sie hinterlassen hatte, konnten auch bedeuten, dass sie nur für ein paar Tage verreist war. Außerdem trauten sie ihr bestimmt auch gar nicht zu, für immer zu verschwinden.

Sie wussten ja, dass sie nicht mit einer goldenen Kreditkarte reisen konnte.

Rasch stand sie auf und suchte aus ihrem alten Koffer frische Wäsche, eine saubere Jeans und ein Shirt heraus.

Mit den Kleidern unter dem Arm und dem Kosmetikbeutel in der Hand öffnete sie die Zimmertür, und ihr fiel ein, dass sie gar nicht wusste, wo sich das Bad befand. Ganz leise schlich sie barfuß den Flur entlang und blickte auf alle Türen – und siehe da, es war gar nicht schwer.

Sie genehmigte sich eine ausgiebige Dusche und cremte ihre noch feuchte Haut mit einer weichen, duftenden Lotion ein. In frischer Kleidung, mit leichter Schminke und exakt geföhnten Haaren fühlte sie sich gleich zufrieden und konnte tatkräftig in ihren ersten Tag in Berlin starten.

Auf dem Flur kam ihr ziemlich verschlafen Emmi mit zerzausten Haaren und in einem langen, ausgewaschenen Shirt entgegen.

»Du bist ja schon wach, Gerda.«

»Ja, ich bin Frühaufsteherin«, erklärte sie mit einem Lächeln.

»Aber du bist bestimmt noch müde, Emmi.«

»Stimmt, aber heute muss ich unbedingt zur Vorlesung.«

»Na, dann wünsche ich dir einen schönen Tag.«

»Danke. Und was machst du heute?«

Gerda stockte kurz. Es war ihr peinlich, davon zu sprechen, dass sie Arbeit suchen musste, zumal sie noch nicht ihre erste Monatsmiete bezahlt hatte.

Es sollte ja nicht so aussehen, als hätte sie in ihrem langen Leben nichts gearbeitet.

»Och, ich habe sicher einen spannenden Tag«, sagte sie in ihrer Verlegenheit.

»Ich muss die Umgebung kennenlernen, und dann will ich mir eine Beschäftigung suchen. Ich will nicht den ganzen Tag im Zimmer sitzen.«

»Dann wünsche ich dir viel Spaß und viel Glück.«

Gott sei Dank, gerade noch mal mit guten Argumenten die Kurve bekommen. War das peinlich.

Sie schlich sich in ihr Zimmer. Eigentlich hatte sie Hunger auf ein Frühstück. Da sie aber die Küche noch nicht gesehen, geschweige denn etwas eingekauft hatte, erübrigte sich das.

Heute würde sie sich irgendwo in einem Supermarkt ein kleines Frühstück gönnen.

Sie schaute aus dem Fenster und hatte alle Mühe, den Himmel zu sehen. Durch das Fenster im zweiten Stock hinaus auf den Hinterhof schien grundsätzlich keine Sonne herein.

Wenn überhaupt, dann waren es die Wohnungen in den obersten Etagen, die noch ein paar Strahlen abbekamen.

»Meine Güte, wie trostlos ist das denn?«, flüsterte sie.

Das konnte doch gar nicht möglich sein. Die meisten Leute im Hinterhof hatten ganz sicher kaum Tageslicht, und von Sonnenstrahlen konnte man hier nur träumen. Das war doch kein schönes Leben.

Jetzt fehlte nur noch das Plumpsklo auf halber Treppe, dann hatte man das Flair des neunzehnten Jahrhunderts, als die Arbeiter in den Fabriken malochten und die Frauen sich an der Nähmaschine ein paar Taler dazuverdienten.

»Gerda, das wird jetzt aber eine Herausforderung für uns beide«, erklärte ihre innere Stimme.

»Hier möchten wir beide nicht versauern. Das kann nicht unser Leben sein, mein liebes Ich.«

Das Smartphone fing an, seine Melodie zu spielen, und Gerda war froh, aus diesen Kummergedanken herausgeholt zu werden. Zum Glück hatte sie sich noch eine neue Karte mit einer anderen Telefonnummer gekauft.

So konnte sie sicher sein, dass sie für ihre Familie so lange nicht erreichbar war, wie sie es für richtig hielt. Die neue Nummer kannte bisher nur Abraham.

»Guten Morgen, Abraham. Das ist aber schön, dass du anrufst. Ich brauche ein kleines Frühstück. Hast du Zeit und Lust?«

»Klar doch, das habe ich mir gedacht.«

Abraham lachte und schickte ihr damit eine Prise Fröhlichkeit ins Ohr, die sie jetzt ganz gut gebrauchen konnte.

»Gerda, mach dich hübsch, ich hole dich ab. Bis gleich«, verabschiedete er sich knapp.

Schon kurz darauf saßen sie zusammen in einem kleinen Bistro in der Nähe ihrer ungewohnten Bleibe.

Gerda sog die neue Atmosphäre auf wie ein Schwamm: das quirlige Leben auf den Straßen und Plätzen, die vielen Autos und Fahrräder, ein Geschäft am anderen mit Körben vor den Fenstern, die die Sonderangebote anpriesen.

»Abraham, das ist ja Wahnsinn«, meinte sie begeistert. »Ich komme gar nicht mehr hinterher, überall hinzuschauen. Ist das hier immer so?«

»Ja, das ist ganz normal.«

Er musste schmunzeln, als er sah, dass sie mit halb offenem Mund aus dem großen, bis zum Boden reichenden Fenster starrte und anscheinend völlig vergessen hatte, dass sie eigentlich frühstücken wollte.

»Was möchtest du denn essen?«

»Ach ja, stimmt.«

Sie lachte.

»Ich habe Hunger und esse alles, was du auftreiben kannst.«

Abraham ließ sich nicht zweimal bitten. Er ging zum Tresen und bestellte ein großes Frühstück mit Wurst, Käse, Butter, Marmelade, Ei, Quark, Kaffee und verschiedenen Brötchen.

»Wie hast du die erste Nacht verbracht?«, fragte er, nachdem er sich wieder gesetzt hatte.

»Ich habe wie ein Stein geschlafen, aber heute Morgen dann doch ein paar Zweifel bekommen, als ich mich in ausgeschlafenem Zustand in der Wohnung umsah.«

»Wieso, bist du nicht zufrieden? Gestern Abend hat es dir doch gefallen.«

»Doch, schon. Ich habe heute Morgen allerdings am Fenster gestanden und auf den Hinterhof geschaut. Da wurde mir für einen kurzen Moment ganz anders.«

»Warum? Was hat dich verunsichert?«

»Diese Düsterheit, der graubraune Gebäudekomplex, keine Sonne, das Gefühl, bei Tag und bei Nacht immer das Licht einschalten zu müssen … Ach, ich weiß nicht, ich kann das schlecht beschreiben.«

»Ja, ich ahne, was in dir vorgeht. Du hast bisher eher in einer ländlichen Umgebung gewohnt, mit ausreichend Abstand zwischen den Häusern, Gärten drum herum und niedrigeren Gebäuden. Und das hier erschlägt dich nun sozusagen. Oder wie wir hier sagen: Du glaubst, dich tritt ein Pferd!«

Sie musste lachen.

»Du beschreibst das besser, als ich das je sagen könnte. Genau so ist das.«

Er nahm ihre Hand.

»Lass dir Zeit, Gerda. Das ist für dich alles ein bisschen viel auf einmal.«

»Na, so nun auch wieder nicht. Ich bin ja nicht krank oder gebrechlich.«

»So habe ich das auch nicht gemeint.«

Er fuhr nervös mit den Händen über die Tischdecke.

»Ich dachte, dass die vielen neuen Dinge etwas viel für dich sein könnten.«

»Ein bisschen viel auf einmal«, ahmte sie ihn nach, und ihre Augen funkelten ihn dabei zornig an.

»Weißt du, wie sich das anhört?«

»Wie soll es sich anhören? Besorgt würde ich sagen.«

Abraham verstand die aus seiner Sicht überflüssige Unhöflichkeit in Gerdas Stimme nicht. Er fand sogar, dass das schöne, harmonische Frühstück nun einen etwas fahlen Beigeschmack bekam. Kein Mensch zwang sie, in Berlin und in einer WG im zweiten Hinterhof zu leben.

»Abraham, das klingt, als ob ich eine alte daddelige Schachtel wäre, die nix mehr aushält.«

Jetzt musste sie selbst lachen.

114

»Entschuldige, ich habe mich kindisch benommen. Wahrscheinlich bin ich doch etwas unsicher. Danke für das tolle Frühstück.«

Sie strich ihm über den Arm.

»Danke für die Unterstützung, und ich freue mich, wenn du mir weiter zur Seite stehst.«

»Ich bin erleichtert, meine liebe Gerda. Das Gespräch wäre uns beinahe aus den Händen geglitten.«

»Ich muss mich heute noch um meinen Mietvertrag in der WG kümmern und meine Miete bezahlen.«

Sie rutschte etwas unruhig auf ihrem Stuhl hin und her.

»Sag mal, kannst du mir sagen, in welchen Zeitungen ich am besten Jobs finden kann, oder kennst du einen Laden oder eine Kneipe, wo sie Hilfe suchen. Ich mache sauber, spüle Geschirr und kann gut kochen. Im Prinzip mache ich fast alles. Hauptsache, ich kann Geld verdienen.«

»Hm, so spontan weiß ich niemanden. Ich bin ja aus dem Thema Arbeit raus. Aber ich kann mich mal umhören und für dich im Internet recherchieren.«

»Danke, das ist lieb von dir.«

Abraham kratzte sich am Kopf. Er tat das immer, wenn er nachdachte. Und er musste nachdenken, weil eine Arbeit für Gerda ungeheuer wichtig war. Ohne Arbeit war ihre Zukunft nicht gesichert.

»Weißt du eigentlich, mit wem du deine Wohnung teilst?«, fragte er.

»Ne, ich habe bisher nur die Emmi kennengelernt. Und auch über sie weiß ich nichts.«

»Das ist eine Künstler-WG!«

»Eine … Was ist das?«

»Eine Künstler-WG.«

»Ja, das hat was, Abraham.«

»Das hat wirklich was«, erklärte Abraham.

»Das sind nicht nur Künstler, das sind auch Lebenskünstler. Und Lebenskünstler sind immer auf der Suche nach Jobs und nach Geld.«

»Na, dann bin ich ja da genau richtig. Deine Erklärung klingt plausibel.«

Gerda musste lachen.

Ihr halbes Leben hatte sie eine innere Ablehnung gegenüber WGs oder Kommunen, wie sie das nannte, gepflegt, und nun wohnte sie selbst in einer. So schloss sich der Kreis.

Gemeinsam gingen sie zurück in die WG. Gerda stellte sich allen Bewohnern vor, und Clara, Emmi, Kati, Benjamin und Falco begrüßten sie ganz herzlich.

»Ich möchte euch noch ein paar Worte über mich erzählen, schließlich sollt ihr wissen, wer unter eurem Dach eingezogen ist.«

Gerda fuhr sich mit der Zunge über die Lippen.

»Zunächst einmal bin ich Mitte sechzig und ihr alle, so schätze ich, Mitte zwanzig, ich könnte also eure Oma sein. Aber sonst sind die Unterschiede zwischen uns nicht ganz so groß. Ihr seid Bildhauer, Maler, Designer, Fotograf und Schauspieler, wie ich gehört habe, und ich bin eine Musikerin und Sängerin gewesen, bevor ich Hausfrau und Mutter wurde.«

Die jungen Künstler schauten sie überrascht an.

„Mein Mann ist tot, und mit meiner Tochter und meinen Enkelinnen verstehe ich mich nicht sehr gut, um das mal ganz vorsichtig zu umschreiben, aber ich will euch damit wirklich nicht langweilen. Ich bin einfach von zu Hause abgehauen, und jetzt beginne ich ein neues Leben. Am besten lässt sich das so beschreiben: Oma dreht durch!«

Dieser Satz lockerte die Stimmung auf, und wenn es vorher noch in dem einen oder anderen Kopf Bedenken gegeben hatte, dann waren diese nun wie weggewischt.

Allgemeines Gelächter und nach oben gestreckte Daumen bestärkten Gerda mehr, als die jungen Menschen ahnten.

»Du schaffst das, Gerda!«, ermutigte sie Clara.

Und Emmi wollte wissen: »Wo hast du denn damals Musik gemacht?«

»Halt, halt, nicht alle auf einmal!«, rief Gerda und lachte.

»Ich habe noch eine Bitte an euch: Mir wäre es ganz recht, wenn ich eine Arbeit finden könnte, auch gerne stundenweise. Erstens kann man Geld immer gebrauchen – ich ganz besonders –, und zweitens lerne ich so besser die Stadt kennen. Abraham hat mir gesagt, dass ihr alle ziemlich gute Kontakte und Erfahrung mit Jobs habt. Also wenn ihr was wisst oder mir einen Tipp geben könnt, freue ich mich sehr.«

Sie stand auf, holte ihre Handtasche und nahm einen Umschlag aus dem Seitenfach.

»Und hier ist die Miete für die nächsten drei Monate. Ich danke euch sehr, dass ich hier wohnen darf.«

Kati hatte die ganze Zeit zugehört und trat jetzt auf sie zu.

»Ich bewundere deinen Mut, Gerda, und wünsche dir ganz viel Glück für dein neues Leben. Möglicherweise habe ich den ersten Arbeitsplatz für dich.«

»Oh, das wäre aber super.«

»Ja, ganz zufällig. Ich arbeite aushilfsweise an der Garderobe vom Café Keese und in Clärchens Ballhaus. Ich weiß, dass eine Kollegin aufhört und der Chef rumgefragt hat, ob wir jemanden empfehlen können.«

»Was sind das für Etablissements?«

Gerda wollte zwar arbeiten, aber sie war hier in einer Großstadt, und da war ein bisschen Vorsicht schon angebracht.

»Kennst du die denn nicht?«, fragte Falco ganz erstaunt.

»Nein, ich komme aus einer Kleinstadt und war noch nie in Berlin. Muss man die kennen? Habe ich da etwa eine Bildungslücke?«

Abraham, der die ganze Zeit über das Geschehen beobachtet hatte, mischte sich jetzt ein.

»Meine liebe Gerda, das sind zwei alte Ballhäuser, die einen Namen und eine gewisse Berühmtheit haben. Clärchen ist sogar ein Kulturgut und mehr als hundert Jahre alt. Beide sind dafür bekannt, dass dort Menschen gerne zu Livemusik tanzen und manchmal auch hoffen, die große Liebe zu finden. Aber auf jeden Fall ist das seriös dort, wenn du da Sorgen hattest.«

Gerda wurde etwas verlegen.

»Es war wohl eher die Sorge vor mir selbst. Ich habe eine Cocktailbar vor meinem geistigen Auge gesehen. Bei Kati habe ich nicht gedacht, dass sie in der Unterwelt arbeitet. Eine Bar wäre für mich schon ein unsicherer Schritt.«

Kati nahm sie in den Arm.

»Du musst keine Angst haben, das ist eine Garderobe wie in einem Theater. Soll ich mal für dich anrufen?«

»Ja, danke. Ich würde mich freuen, wenn es klappt.«

Benjamin, der Schauspieler, hatte bisher noch gar nichts gesagt.

»Was hast du denn als Musikerin so gemacht?«, wollte er nun wissen.

»Ende der Fünfziger und Anfang der Sechziger war ich Frontsängerin und Gitarristin in einer Band. Es war eine ganz verrückte Zeit mit Liedern von Catarina Valente und anderen beliebten Künstlern, mit Elvis, dem Rock ’n’ Roll überhaupt, den Anfängen der Hippies und den Auflehnungen der Jugend.«

»Ich stelle mir die Zeit toll vor. Rock ’n’ Roll ist für mich alles, ist eine Musikepoche, die sich bis heute gehalten hat. Ich denke da an die vielen Clubs, wo sich die Liebhaber dieser Musik, zu denen ich auch gehöre, regelmäßig treffen.«

Benjamin war in seinem Element. Er war ein echter Rock 'n' Roller.

Gerda schaute ihn gebannt an.

»Würdest du mich mal mitnehmen in so einen Club? Ich vermisse diese Musik.«

»Das mache ich gerne. Ich freue mich, wenn du mitkommst.«

Für Gerda ging es in Berlin gar nicht so schlecht los.

Sie hatte erst einmal ein Zimmer und wahrscheinlich auch für ein paar Stunden am Abend eine Arbeit.

Sie hatte Abraham als guten Freund und eine Handvoll junger Menschen, die ihr in jedem Fall helfen wollten.

Das war eine ganze Menge, wie sie fand. An den Blick auf den Hinterhof allerdings wollte sie sich nicht gewöhnen. Es musste ihr Ziel sein, das baldmöglichst zu ändern. Und wenn sie ehrlich war, dann träumte sie natürlich von einer eigenen Wohnung, wo sie der Herr im Hause war und keine Rücksicht auf andere nehmen musste.

Aber sie wusste auch, dass sie nicht undankbar sein durfte. Hätte sie Abraham nicht an der Tankstelle getroffen, dann hätte das alles ganz anders ausgehen können.

Sie wollte sich gar nicht ausmalen, wie es war, in Berlin ohne Wohnung dazustehen, zumal sie ja nicht mehr die Jüngste war.

Deshalb würde sie ihre Träume erst mal ganz tief in ihrem Herzen einschließen und niemandem etwas davon erzählen.

Alle sollten denken, dass sie total glücklich war.

15

Schon nach zwei Tagen hatte Gerda ihren ersten Einsatz als Garderobiere.

Im Café Keese wurde sie freundlich empfangen, und eine nette Kollegin namens Ludmilla erklärte ihr, was sie zu tun hatte. Aufmerksam hörte sie zu und nahm alles mit äußerster Konzentration in sich auf, damit sie die Probezeit heil überstehen konnte.

Und dann begann der Stress, die Gäste strömten in großer Anzahl herein und wollten ihre Garderobe versorgt wissen.

In manchen Momenten sah Gerda sprichwörtlich den Wald vor lauter Bäumen nicht mehr, eine Menschentraube ohne vermeintliches Ende stand vor ihnen und wartete teils ungeduldig, bis ihre Mäntel und Jacken einen Haken gefunden hatten.

Nach etwa einer halben Stunde hatten sie aber alle versorgt, und die beiden Frauen, die etwa im gleichen Alter waren, gönnten sich auf zwei Stühlen im hinteren Teil der Garderobe eine kleine Pause.

»Na, wie ist es dir bei deinem ersten Ansturm ergangen?«, wollte Ludmilla wissen.

»Es ging so. Etwas hektisch, und ich hatte Mühe, die Übersicht zu behalten, weil ich keinen Fehler machen wollte.«

Sie lachte verlegen.

Ludmilla strich ihr beruhigend über den Arm.

»Das ging mir genauso, als ich hier angefangen habe.«

»Wie lange arbeitest denn du schon hier?«

Sie fand ihre Kollegin sehr sympathisch.

»So um die vier Jahre. Seit mein Mann gestorben ist und ich festgestellt habe, dass das Geld ohne ihn für mich nicht ausreicht.«

Ludmilla strich sich durch das Haar und hing ihren Gedanken nach.

»Ich finde es ganz schön traurig, dass man in unserem Alter noch arbeiten muss, wenn man einigermaßen vernünftig leben möchte.«

Mit traurigen Augen sah sie Gerda an.

»Weißt du, ich frage mich, was passiert, wenn ich mal krank werde und das hier nicht mehr machen kann oder wenn die Chefs sich junge Leute für diesen Job suchen.«

»Das ist dann unser Schicksal, Ludmilla«, erklärte Gerda ihre Meinung zu diesem Thema.

»Ich möchte momentan gar nicht darüber nachdenken, was irgendwann sein könnte. Gerade auch deshalb, weil ich erst vor Kurzem dem Mut hatte, nach Berlin zu kommen, um ein neues Leben zu beginnen.«

»Du bist noch nicht lange in Berlin?«

»Nein, erst ein paar Tage. Ich habe meiner Familie die rote Karte gezeigt und bin mit dem alten Motorrad meines verstorbenen August einfach gegangen – ohne Ziel und ohne zu wissen, was kommt.«

Voller Stolz klopfte sie sich selbst auf die Schulter.

»Und was hat dich ausgerechnet nach Berlin verschlagen?«

Gerda musste lächeln, als sie daran dachte.

»Der Biker Abraham, den ich während einer Kaffeepause an einer Tankstelle kennengelernt habe. Ihm verdanke ich sehr viel. Er hat mir ein Zimmer in einer WG besorgt, und meine Mitbewohnerin Kati hat mir diesen Job hier vermittelt. Wie du siehst, sind es also viele gute Geister, denen ich mein neues Leben zu verdanken habe.«

»Ludmilla!«, rief eine Männerstimme in die Garderobe. »Kommt beide. Es gibt Arbeit.«

»Mist!« Ludmilla zeigte den Stinkefinger, erhob sich aber und gab Gerda ein Zeichen, mitzukommen.

Der Mann fuhr mit seinen Befehlen fort: »Ab jetzt werdet ihr jede Stunde die Toiletten reinigen und dazwischen in der Küche am Geschirrband die Maschine füllen und Töpfe waschen.«

Gerda traute ihren Ohren nicht, marschierte aber hinter ihrer Kollegin her in die Toilette, um die erste Aufgabe zu erledigen.

»Was war das denn? Ludmilla, sag was!«

Diese schloss die Tür, begann aber bereits, die Waschbecken zu säubern. Gerda griff ebenfalls zu den Putztüchern und schloss sich ihr gleich an.

»Das war unser Betriebsleiter. Immer wenn Not am Mann ist, und das ist es eigentlich jeden Tag, müssen wir eben auch andere Arbeiten verrichten. Mir gefällt das auch nicht, aber was soll man machen?«

Sie schwieg einen Moment.

»Ein bisschen kann ich das sogar verstehen, sie bezahlen uns doch nicht dafür, dass wir nur rumsitzen, bis einer seine Jacke haben will. Bis gegen zehn kommt eh keiner, der gehen möchte, und danach können wir uns abwechseln.«

Gerda stand sprachlos da und hielt den nassen Schwamm in der Hand.

»Hast du mir gerade erklärt, dass wir hier als Toilettenfrau und Küchenhilfe arbeiten sollen?«

»Ja, meine Gute, genau das habe ich dir gesagt.«

»Aber mir hat vorher niemand gesagt, dass ich so etwas machen muss. Ich wurde als Garderobiere eingestellt. Das ist ja ein Alptraum. Das ist ja schlimmer als bei meiner Familie.«

Ludmilla forderte sie mit den Augen auf zu schweigen. Sie hatte die Schritte des Betriebsleiters gehört.

»Alles klar?«, rief dieser.

»Beeilt euch, in der Küche stapelt sich das Geschirr, und dann kann gleich noch eine von euch ein paar Kisten Limonade auffüllen.«

Er verschwand wieder so schnell, wie er gekommen war.

»Ich glaub, ich steh im Wald!«, flüsterte Gerda.

Das hatte sie überhaupt nicht erwartet, und sie war auch nicht darauf vorbereitet.

»Was regst du dich überhaupt so auf? Es ist doch egal, was wir tun. Wir müssen arbeiten und haben eine Arbeit, und wir brauchen unseren Lohn.«

Inzwischen waren sie in der Küche angekommen.

»Ich hätte gerne die Wahl gehabt.«

Gerda stapelte ganz mechanisch Teller um Teller in die Maschine und arbeitete so ihren Frust ab. Ludmilla hatte natürlich Recht. Es war völlig wurscht, was sie arbeiteten, wichtig war nur der Job und am Ende des Monats das Geld.

»Die Wahl wolltest du? Das ist doch Humbug. Du lügst dir doch selbst in die Tasche. Hast du nicht gesagt, dass du dankbar bist, weil du das Geld brauchst?«

»Ist ja schon gut, hör auf, mich zurechtzuweisen. Ich habe das ja mittlerweile selbst erkannt.«

»Na, dann ist ja gut.«

Ludmilla holte tief Luft und wischte sich die Schweißperlen von der Stirn.

»Wir haben noch zwei Stunden, und dann ist erst mal Feierabend. Gleich um die Ecke ist eine kleine Kneipe, die ich besonders liebe. Ich bin dort Stammgast, damit ich mich nach der Arbeit ein bisschen erholen und abreagieren kann. Kommst du mit auf ein Bierchen?«

»Das mache ich gern. Ich freue mich jetzt auf ein Bier, nach dieser Dampfsauna in der Küche.«

Gerda klebten die Klamotten am Körper, und sie war froh, dass es die Dienstkleidung war und sie nicht damit auf die Straße musste.

Gegen Mitternacht betraten die beiden Frauen die Kneipe und fanden in der Ecke noch einen kleinen Tisch.

Beide waren so durstig, dass sie beinahe das halbe Bierglas in einem Zug leer tranken. Gerda schaute sich um. Das war wirklich eine gemütliche Kneipe, da konnte man sich wohlfühlen. Die Gäste waren eine gesunde Mischung so ab vierzig aufwärts. Im Hintergrund spielte Musik, die einen leise berieselte.

»Was hat dich überhaupt dazu bewegt, deine Familie zu verlassen?«

Gerda war eigentlich zu müde, um jetzt auch noch dieses Thema anzugehen. Sie wollte aber Ludmilla nicht enttäuschen, schließlich war das heute ihr erster Tag, und ihre Kollegin hatte sich doch sehr um sie gekümmert. Also erzählte sie in groben Zügen ihre Beweggründe und ihre Geschichte.

»Das ist ja spannend. Und wo ist die WG, in der du wohnst?«

»In Kreuzberg. Und Kati, die mir den Job vermittelt hat, kennst du bestimmt auch. Sie arbeitet ja gelegentlich in der Tanzbar im Service.«

»Ja, stimmt, die kenne ich. Das ist eine ganz Nette.«

»Entschuldige bitte, dass ich etwas drängle. Ich muss ja noch nach Kreuzberg fahren, und ich bin nach meinem ersten Tag hundemüde. Deshalb würde ich mich jetzt gerne verabschieden.«

»Aber das verstehe ich doch. Ich bleibe noch ein bisschen und trinke noch ein Bier. Bis dann und einen guten Nachhauseweg.«

Mit müden Beinen schleppte sich Gerda um die Ecke und die Treppe zur U-Bahn runter. Der Zug sollte in zehn Minuten fahren, wie sie auf der Anzeige lesen konnte, also hatte sie das ganz gut erwischt. Sie setzte sich auf eine Bank und wartete.

Plötzlich grölten vier junge Männer neben ihr, sie hatten Bierflaschen in der Hand und waren sichtlich angetrunken.

Lautstark unterhielten sie sich auf eine etwas abfällige Art über Mädchen. Am liebsten wäre Gerda aufgestanden und ein Stück auf dem Bahnsteig nach vorne gelaufen. Aber die Jungs standen direkt vor ihr und nötigten ihr einen gewissen Respekt ab.

Dann überlegte sie es sich doch anders.

Die Bahn würde ohnehin gleich kommen, und deshalb erhob sie sich.

»Verzeihung, darf ich bitte mal durch?«

Die vier fühlten sich gestört.

»Halt die Fresse, Oma«, lallte einer, und die anderen lachten.

Gerda antwortete nicht, sondern versuchte, sich möglichst ohne viel Aufhebens an ihnen vorbeizuschieben.

Einer der Jungs kam ihr mit seinem Gesicht ganz nahe und fasste mit der Hand an ihren Hals.

»Rück dein Portemonnaie raus, Olle!«

Jetzt kroch die Angst in ihr hoch. Sie schaute sich aus dem Augenwinkel um, ob es Leute auf dem Bahnsteig gab, die sie um Hilfe bitten konnte. Aber diese standen alle eher in der Mitte des Bahnsteigs, also ein ganzes Stück weg.

»Ich bin eine arme Frau«, antwortete sie schließlich. »Ich habe nichts, was ich euch geben könnte. Lasst mich bitte durch.«

»Die geht mer uff'n Keks«, lallte ein anderer und schubste seine Kumpels zur Seite. Dann griff er nach Gerdas Handtasche, die in ihrer Armbeuge baumelte. Er lachte kalt und stank entsetzlich nach Alkohol. Mit einem gewaltigen Ruck zerrte er an der Tasche. Sie schrie vor Schmerz auf und streckte ihren Arm aus, sodass er wenig Mühe hatte, die Tasche herauszuziehen.

Zu zweit öffneten sie die Handtasche und den Geldbeutel. Gerda hatte lediglich vierzig Euro in Scheinen dabei, und als die Kerle das erkannten, wurden sie wütend. Einer von ihnen nahm die Scheine und warf ihr die Tasche mitsamt dem Inhalt und dem leeren Portemonnaie vor die Füße.

Zum Abschied schlug er ihr mit der flachen Hand und mit Wucht zweimal mitten ins Gesicht. Dann war der Spuk vorbei.

Gerda schlotterten die Knie. Sie ließ sich auf die Bank fallen und weinte sich die Angst von der Seele.

Ihr Gesicht brannte und schmerzte. Ganz vorsichtig tastete sie es ab, denn sie hatte Sorge, dass sie eventuell blutete.

»Kann ich Ihnen helfen?«, fragte ein älterer Herr, der gerade die Treppe heruntergekommen war.

»Geht es Ihnen nicht gut? Soll ich einen Arzt rufen?«

»Nein, nein, vielen Dank, ich bin nur etwas durcheinander. Gerade wurde ich von vier Betrunkenen überfallen, die mein Geld wollten. Und dann haben sie mir mitten ins Gesicht geschlagen.«

»Oje, ist Ihnen was geschehen?«

»Ich habe eine Ohrfeige bekommen, und vierzig Euro sind auch weg«, sagte sie trocken und konnte schon wieder ein wenig lächeln.

»Sie haben trotz Ihrer Situation einen bemerkenswerten Humor. Wo müssen Sie jetzt hin?«

»Nach Kreuzberg.«

»Kommen Sie, in die Richtung muss ich auch. Ein paar Stationen können wir zusammen fahren.«

Sie war dankbar und plauderte angeregt mit dem netten Herrn.

»Ich heiße übrigens Carlo, hier ist meine Karte. Ich würde mich freuen, wenn wir mal eine Tasse Kaffee zusammen trinken.«

Fragend schaute er sie an und wartete auf eine Antwort.

»Das mache ich gerne, ganz bestimmt. Ich rufe Sie nächste Woche an, dann können wir uns verabreden.«

»Vielen Dank und gute Nacht.«

Carlo stieg aus, und nach nur zwei weiteren Stationen war auch Gerda zu Hause angekommen.

Leise betrat sie die Wohnung und schlich in ihr Zimmer. Sie wollte wenn möglich jetzt wirklich niemanden mehr sehen und schon gar nicht mit jemandem sprechen, das hoffte sie wenigstens.

Ihr frommer Wunsch ging natürlich nicht in Erfüllung. Sie wollte und musste duschen, um den Küchengestank loszuwerden.

Auch wollte sie nachschauen, ob sie sichtbare Verletzungen davongetragen hatte.

Und wie sollte es auch anders sein: Als sie wieder aus dem Badezimmer kam, öffnete sich die Tür, und Emmi betrat die Wohnung.

»Hallo Gerda, geht es dir gut?«

»Ja, danke. Dir auch?«

»Alles super. Bin nur müde von der vielen Arbeit im Restaurant.«

Emmi wollte sich eigentlich schon in ihr Zimmer verziehen, da sah sie, dass Gerda ein etwas angeschwollenes, krebsrotes Gesicht und zwei kleine Hämatome hatte. Sie schlug die Hand vor den Mund.

»Gerda!«, rief sie. »Was ist passiert?«

»Reg dich nicht auf. Mich haben sie nur an meinem ersten Tag in der U-Bahn vermöbelt und mir meine Geldscheine geklaut.«

»Das gibt es doch gar nicht.«

Emmi fasste ihr unter das Kinn, um sie näher betrachten zu können.

»Bis morgen bekommst du bestimmt noch ein paar Veilchen.«

»Das denke ich auch. Die muss ich eben gut überschminken.«

»Es tut mir so leid, was dir passiert ist, wirklich. Hat dir wenigstens die neue Arbeit gefallen?«

Gerda überlegte kurz. Jetzt durfte sie nur nichts Falsches sagen.

»Ja, eigentlich schon. Die Küchenarbeit ist etwas anstrengend, aber das gibt sich sicher, wenn ich mich daran gewöhnt habe. Lass uns schlafen gehen, Emmi. Ich kann nicht mehr.«

Emmi nickte. Ihr ging es ja auch nicht anders.

»Gute Nacht und schlaf gut.«

»Mach ich, hoffentlich.«

Am nächsten Morgen war Gerda wie gerädert. Alles tat ihr weh, und dann hatte sie auch noch ein paar unschöne Träume gehabt, die sie in einen U-Bahnhof schickten und sie immer wieder wach werden ließen. Deshalb blieb sie einfach entgegen ihrer sonstigen Gewohnheit im Bett liegen.

Sie hatte heute weder Termine noch andere Verabredungen oder Verpflichtungen. Aber eine Tasse Kaffee wäre jetzt schön, dachte sie.

Und dann hörte sie auch schon ein leises Klopfen.

»Ja?«

Emmi öffnete die Tür und trat ein paar Schritte ins Zimmer.

»Guten Morgen. Ich möchte nur mal kurz nach dir sehen und habe eine schöne Tasse Kaffee für dich.«

»Oh, das ist ja Gedankenübertragung. Ganz lieben Dank.«

»Gern geschehen. Konntest du schlafen? Und wie geht es dir heute?«

»Danke der Nachfrage, es ging. Ich habe etwas schlecht geträumt und bin immer wieder aufgewacht. Aber alles halb so schlimm.«

»Du musst zur Polizei gehen und Anzeige erstatten.«

»Das mache ich nicht, das ist doch sinnlos. Da gönne ich mir lieber einen schönen Tag.«

»Ich weiß nicht, ob das richtig ist.«

Emmi setzte sich auf die Bettkante.

»Manchmal erwischen die dann doch die Gauner. Gerade auf den U-Bahnhöfen sind viele Kameras installiert.«

»Kann sein. Aber ich habe keine Lust dazu.«

»Kann es sein, dass du das verdrängen willst? Das schaffst du nicht. Jeden Abend, wenn du arbeitest, musst du wieder auf diesen Bahnsteig.«

Gerda starrte auf ihre Bettdecke.

»Möglich, dass es besser wäre, der Angelegenheit ins Auge zu schauen. Aber ich möchte einfach nicht. Ich komme schon zurecht.«

»Na gut. Aber wenn du Hilfe brauchst, dann lass es mich wissen. Ich muss jetzt los und wünsche dir einen schönen Tag.«

»Danke.«

Während sie genüsslich ihren Kaffee schlürfte, dachte sie über Emmis mahnende Worte nach. Ganz klar, wenn sie nicht zur Polizei ging, dann schützte sie ungewollt Diebe vor einer verdienten Bestrafung.

Bei näherer Betrachtung fand sie das auch nicht in Ordnung.

Mitten in ihre Gedanken hinein meldete sich ihr Smartphone.

»Abraham«, stöhnte sie.

Eigentlich störte er gerade.

»Hallo Abraham, schön, dass du anrufst.«

Er lachte fröhlich.

»Ja, ich habe gedacht, dass ich mich mal um dich kümmern sollte.«

»Das finde ich sehr nett von dir.«

Sie setzte sich auf, es sprach sich im Liegen doch nicht so gut.

»Wollen wir zusammen frühstücken gehen? Ich hole dich gerne ab.«

Gespannt wartete er auf ihre Antwort. Er hoffte, dass sie zusagen würde, denn er hatte sich in sie verliebt.

Eigentlich hatte er von Anfang an starke Sympathien für sie entwickelt, vielleicht auch, weil er sie für ihre Entscheidung bewunderte, ein neues Leben anzufangen.

»Eigentlich liege ich noch im Bett.«

Es war ihr unangenehm, zu dieser doch schon fortgeschrittenen Zeit am Vormittag zugeben zu müssen, dass sie noch nicht für den Tag vorbereitet war.

»Du liegst noch im Bett? Na, das finde ich aber lustig. Du bist doch sonst so früh auf den Beinen.«

»Ja, das stimmt. Lass mir bitte noch ein Stündchen. Wir treffen uns dann drüben im Café.«

Abraham war alles recht. Hauptsache, er konnte sie sehen.

»Mach ich, ich bin rechtzeitig da und belege einen schönen Tisch.«

Gerda ließ sich wieder in die Kissen fallen. Sie hatte eigentlich keine Lust auf das Frühstück mit Abraham.

Auch bei ihm hatte sie den leisen Verdacht, dass er sich, genau wie damals Ralf, in sie verliebt haben könnte.

Er wurde jetzt langsam anstrengend mit seinen ständigen Anrufen und den Treffen, die er arrangierte.

Es konnte aber auch sein, dass sie sich das lediglich einbildete und er sich nur deshalb verpflichtet fühlte, sie zu unterstützen, weil er sie mit nach Berlin gebracht hatte.

In der Hoffnung, dass Letzteres der Fall war, beschloss sie, das Ganze noch eine Weile zu beobachten.

Als sie sich angezogen hatte, betrachte sie sich noch einmal im Spiegel.

Die Hämatome waren doch nicht so zahlreich und auch nicht in dem Maße aufgeblüht, wie sie vermutet hatte. Trotzdem reichten die Schminke und vor allem ihre Geschicklichkeit nicht aus, um alle Spuren zu überdecken.

»So muss es gehen, meine Liebe«, redete sie sich gut zu.

Sie prüfte noch einmal sorgfältig den Sitz ihres Kleides, dann nickte sie zufrieden und verließ die Wohnung.

Abraham saß bereits an einem Tisch im hinteren Teil des kleinen Cafés und lächelte ihr entgegen, als sie durch die Tür kam.

»Du hast den Tisch wohl gepachtet oder als deinen Stammtisch auserkoren«, stellte sie fest.

»So viel Glück habe ich nie, wenn ich hier reinkomme.«

»Nein, so einfach ist das nicht. Ich musste auch warten, bis hier frei wurde.«

Er strahlt wie ein frisch geputzter Eimer, dachte sie, als sie sich an den Tisch setzte.

»Alles gut bei dir? Aber es kann ja fast nichts passiert sein, wir haben ja erst gestern Morgen miteinander telefoniert.«

»Du ahnst ja nicht, was an einem Tag alles passieren kann, aber du hast Recht, bei mir ist es gerade relativ ruhig.«

Abraham beugte sich nach vorne und betrachtete sie eingehend.

»Sag mal, was hast du denn für blaue Flecken im Gesicht? Bis du hingefallen?«

»Nein, bin ich nicht.«

Er wartete gar nicht erst ab, was sie ihm antwortete, sondern fragte einfach weiter:

»Und wie war die Arbeit? Das interessiert mich ja ganz besonders.«

»Was ist denn an einer Garderobiere so interessant?«

Sie wäre jetzt gern ein bisschen zickig gewesen. Stattdessen winkte sie der Kellnerin, und beide bestellten sich erst einmal ein kleines Frühstück.

Das gab ihr Gelegenheit, sich ein wenig zu sammeln, bevor sie weitersprach: »Es gibt da nicht viel zu erzählen, Abraham. Ich muss bis in die Nacht hinein ziemlich hart arbeiten, auch in der Küche. Meine Kollegin Ludmilla allerdings ist sehr nett.«

»Das ist aber nicht viel.«

Enttäuscht blickte er sie an.

»Ich dachte, du erzählst mir was von den Gästen und der Musikkapelle und den Pärchen.«

Für einen Moment blieb ihr der Bissen im Halse stecken.

»Wann hattest du denn das letzte Mal etwas mit der Arbeitswelt zu tun, mein Lieber?«

»Wieso? Ist schon zehn Jahre her. Bin frühpensioniert worden.«

»Das merkt man.«

Gerda fing an zu lachen.

»Es ist momentan nicht die Zeit für die schönen Dinge des Lebens. Aber vielleicht kommt ja noch was. Vom Tellerwäscher zum Millionär, das wäre eine schöne Vorstellung.«

»Und was ist mit den Flecken in deinem Gesicht? Was hast du gemacht?«

Sie atmete etwas schwer.

»Ich wurde in der U-Bahn überfallen.«

»Was?«

»Du hast schon richtig gehört.«

»Erzähl und lass dir nicht jedes Wort aus der Nase ziehen.«

Gerda berichtete ihm im Schnelldurchlauf, was in der vergangenen Nacht passiert war.

»Ich habe ein bisschen schlecht geschlafen und darüber nachgedacht, ob ich nicht doch besser Anzeige erstatten sollte, damit die Jungs das nicht noch mal machen können. Das hat mir Emmi geraten.«

»Ja, das solltest du tun. Wir können auch überlegen, ob ich dich nicht abhole, wenn du Feierabend hast.«

»Ne, das werden wir nicht machen. Ich habe nur zehn Tage im Monat zu arbeiten. Und ich muss alleine zurechtkommen. Das fehlt noch, dass ich einen Aufpasser brauche«, fügte sie aufgebracht hinzu. Sie fühlte sich nun eher bevormundet als verstanden.

»Warum regst du dich denn gleich so auf? Ich habe es doch nur gut gemeint. Du musst nicht nachts Angst haben, wenn ich dich doch abholen kann.«

»Nein, Abraham, nein! Das kommt mir überhaupt nicht in die Tüte. Ich bin und bleibe ein selbstständiger Mensch.

Deshalb bin ich nämlich von zu Hause weggelaufen, verstehst du? Und dazu gehört auch, dass ich mich selbst versorge und selbst meine Wege gehe, und zwar alleine. Haben wir uns verstanden?«

Er schüttelte den Kopf. Heute war nicht mit ihr zu reden. Vielleicht hatte ihr dieser Überfall doch mehr zugesetzt, als sie sich eingestehen wollte. Er rief nach der Serviererin und bat um die Rechnung. Dann erhob er sich.

»Ich gehe jetzt. Wenn du wieder besser gelaunt bist, kannst du dich ja melden.«

»Mach ich.«

Sie nickte und lächelte ihm zu.

»Ich wünsche dir noch einen schönen Tag. Wir telefonieren.«

Als er gegangen war, lehnte sich Gerda zurück und bestellte sich noch einen Kaffee.

War sie jetzt zu grob gewesen? Oder hätte er sich anders verhalten müssen?

Gerade heute Morgen hatte sie überlegt, wie seine Gefühle ihr gegenüber wohl aussahen.

Sie wollte sich nicht binden, kaum dass sie wieder frei war in ihren Entscheidungen.

Und sie wollte schon gar keinen, der sie überwachte und sie als Aufpasser womöglich bis in die Kneipe begleitete.

»Morgen, Gerda«, rief auf einmal eine männliche Stimme mitten in ihre Gedanken hinein.

Sie musste sich erst einmal umschauen, wer da mit ihr redete.

»Morgen, Benjamin«, antwortete sie, als sie ihren Mitbewohner erkannte.

»Willst du auch frühstücken?«

»Nein, das nicht. Aber einen Kaffee möchte ich trinken. Darf ich mich zu dir setzen?«

Ohne eine Antwort abzuwarten, ließ er sich gleich auf den freien Stuhl fallen, auf dem zuvor Abraham gesessen hatte.

Sie nickte ihm trotzdem freundlich zu.

»Na klar. Wie geht es dir? Ich habe dich ja eine ganze Weile nicht mehr gesehen.«

»Ich hatte zwei Wochen lang viele Prüfungen und anschließend noch eine Ausstellung. Es war alles ziemlich anstrengend.«

»Das kann ich mir vorstellen. Bist du jetzt ganz fertig mit deinem Studium?«

»Ja, zum Glück bin ich fertig. Jetzt gönne ich mir eine berufliche Pause von einem Jahr, um mich künstlerisch weiterzuentwickeln. Ich habe so viel geschuftet, dass ich mir das leisten kann.«

»Das glaube ich dir, und das ist doch schön. Nutze die Zeit, danach musst du in deinem Leben noch genug arbeiten.«

»Ja, und zur Feier des Tages gehe ich heute Abend in meinen Rock 'n' Roll Club. Das habe ich mir eine ganze Weile nicht erlaubt.«

Gerdas Augen leuchteten.

Alleine das Wort *Rock 'n' Roll* löste bei ihr die pure Freude aus.

»Das mach mal, Benjamin. Das ist eine Musik, die immer ins Blut geht.«

»Ja, das ist ein unbeschreibliches Lebensgefühl. Ich habe nicht vergessen, dass wir uns darüber unterhalten haben und dass du mich gefragt hast, ob ich dich mal mitnehme.«

Ihre Hände strichen vor Aufregung über die Tischdecke.

»Du hast das nicht vergessen?«

»Nein, natürlich nicht. Ich würde liebend gerne zusammen mit einer Musikerin in den Club gehen. Sagen wir so gegen acht? Ich klopfe dann an deine Zimmertür.«

»Du könntest mir keine größere Freude machen. Vielen Dank.«

Beide standen gemeinsam auf und verabschiedeten sich auf der Straße.

Gerda war ganz hibbelig vor Freude.

Schlimmer als ein junges Mädchen vor der ersten Verabredung, dachte sie und überlegte, ob sie sich nicht ein neues Kleid kaufen sollte, damit sie heute Abend standesgemäß daherkam.

Das war eine Idee, über die sie erst kurz nachdenken musste. Dazu huschte sie über die Straße, wo sich auf der anderen Seite ein Mini-Park mit Bäumen und Bänken befand.

Die erstbeste freie Bank war dann ihre. An der frischen Luft konnte sie besser nachdenken.

Da kam auch schon das nächste bekannte Gesicht um die Ecke.

»Hi Gerda, schön dich zu treffen.«

Clara war hocherfreut, ihre Mitbewohnerin zu sehen.

»Heute trifft sich fast die ganze WG auf der Straße, als hätten wir zu Hause keine Gelegenheit dazu«, stellte Gerda fest und lachte so laut, dass sich teilweise die Passanten nach ihr umdrehten.

Clara nickte und stimmte in das Lachen ein.

»Stimmt, ich habe dich eine ganze Woche nicht mehr gesehen. Ich war nicht in Berlin, weil ich meine Eltern besucht habe.«

»Benjamin hat mich heute eingeladen, mit ihm in einen Rock 'n' Roll Club zu gehen. Ich bin jetzt schon ganz aufgeregt.«

»Magst du diese Musik? Ach, entschuldige, du hast uns ja erzählt, dass du Musikerin und Sängerin warst.«

»Ja, und du hast mir an dem Abend Mut gemacht und gesagt, dass ich es schaffen werde. Noch einmal vielen Dank dafür. Ich bin ja schon ein Stückchen des neuen Weges gegangen, wenn auch nur einen kleinen Schritt.«

»Das ist doch prima. Lass dir Zeit, das ist schon alles richtig, wie du das machst.«

»Ich sitze hier, weil ich überlege, ob ich mir ein neues Kleid für heute Abend kaufen soll. Wenn schon, dann muss ich standesgemäß wie in den Fünfzigern oder Sechzigern angezogen sein. Und ich frage dich, wo finde ich so etwas, wenn ich verrückt sein möchte?«

Clara runzelte die Stirn, ein untrügliches Zeichen, dass sie nachdachte.

»Weißt du, Gerda, das ist das Schöne an Berlin und erst recht das Schöne an Kreuzberg. Hier gibt es einfach alles, auch das, was es nicht gibt.«

Sie zwinkerte ihr zu und zeigte mit dem Arm zur anderen Straßenseite.

»Schau, die Seitenstraße da drüben, da ist ein kleiner Laden für Fifties Fashion. Das ist es doch, was du meinst, oder?«

»Ja genau, das ist es, was ich mir vorgestellt habe. Ich gehe da gleich mal hin. Einen schönen Tag wünsche ich dir.«

Claras Antwort hörte Gerda nicht mehr. Mit raschen Schritten lief sie über die Straße und suchte den kleinen Laden.

Vor dem Schaufenster blieb sie stehen und bewunderte die Auslagen.

Ihr Herz klopfte bis zu Hals. Sofort fühlte sie sich in ihre schönste Zeit zurückversetzt.

Sie sah sich wieder mit Ralf und Hendrik auf der Bühne stehen, und gleichzeitig summte sie altbekannte Melodien aus jener Zeit.

»Toll, einfach nur toll«, flüsterte sie und öffnete die Ladentür.

Eine Frau kam ihr entgegen und begrüßte sie freundlich sogar mit Handschlag.

»Was kann ich für Sie tun?«, fragte sie Gerda mit einem Lächeln.

»Ich gehe heute Abend in einen Club und brauche ein passendes Kleid.«

»Ja, das bekommen wir hin. Da finden wir bestimmt das Richtige«, erklärte die Frau, die die Inhaberin des Ladens zu sein schien.

»So einfach wird das glaube ich nicht. Ich sehe nur Petticoat-Kleider, und die kann ich bestimmt in meinem Alter nicht mehr tragen. Dazu bin ich auch nicht mehr schlank genug.«

»Mir geht es ähnlich. Die weiten Röcke mit einem Petticoat kann ich auch nicht mehr anziehen. Da ist das Hüftgold im Wege.«

Sie lachte und fasste sich mit den Händen an die Hüften, um ihre Aussage zu unterstreichen und Gerda ein gutes Gefühl zu geben.

Nun musste auch Gerda lachen.

»Hüftgold! Den Namen kenne ich noch gar nicht. Ich spreche immer von meinen Rettungsringen.«

Die Inhaberin hatte inzwischen schon zwei Kleider von der Stange genommen.

»Und das kenne ich jetzt nicht, das muss ich mir merken. Es ist auch eine nette Umschreibung für unsere kleinen unübersehbaren Veränderungen. Hier habe ich mal zwei Ideen, wie Sie die Probleme im Griff behalten können. Es sind zwar Kleider mit weiten Röcken, aber eben nicht so weit wie damals, als wir noch gertenschlank waren, und außerdem natürlich ohne Petticoat. Den Gürtel habe ich auch etwas schmaler ausgesucht, sodass die Hüfte nicht mehr ganz so stark betont wird wie früher. Sie können die Kleider hier hinten in der

Umkleide anprobieren«, sagte sie und gab Gerda ein Zeichen, ihr zu folgen.

In der Kabine schlüpfte Gerda zuerst in das knallrote Kleid. Sofort nachdem sie den Reißverschluss hochgezogen hatte, erkannte sie, dass es ihr Kleid war. Begeistert drehte sie sich vor dem Spiegel. Dann schob sie den Vorhang zurück und trat hinaus.

»Das ist es!«, flüsterte sie, als sie im hellen Licht des Ladens vor dem großen Spiegel stand.

»Ja, das sieht traumhaft an Ihnen aus«, pflichtete ihr die Inhaberin bei.

»Darf ich Ihnen noch ein paar rote Schuhe zeigen?«

»Oh ja, das wäre schön.«

Und auch die passten wie angegossen.

Gerda blickte wieder in den Spiegel und auf das Kleid.

»Was ich sehr gut finde, ist, dass ich das auch als elegantes Kleid zu anderen Anlässen, die nichts mit den Fünfzigern zu tun haben, anziehen kann.«

Die Inhaberin nickte.

»Das stimmt. Es ist ein Kleid, mit dem Sie auch jetzt in unserer Zeit modisch punkten können. Ich freue mich, wenn meine Kunden zu allen Zeiten und Gelegenheiten gut angezogen sind.«

»Das kann man aber von draußen nicht auf den ersten Blick erkennen«, gab Gerda zu bedenken.

»Normalerweise schon, aber gerade heute habe ich ein paar Kleider aus dem Fenster genommen, um neu zu dekorieren. Ich bin Designerin, die Mode aus den Fünfzigern ist mein Hobby und eine Nische für die, die diese Zeit spüren wollen. Außerdem arbeite ich für Clubs und

Tanzschulen. Bei mir bekommen Sie aktuelle Mode und Mode aus der Vergangenheit.«

»Ich verstehe. Dann werde ich öfter bei Ihnen vorbeikommen, versprochen.«

Gerda bezahlte ihren Einkauf und schwebte wie auf einer Wolke nach Hause.

Am Abend kleidete sie sich sorgsam an und schminkte sich dezent. Das einzig auffällige Zugeständnis war der rote Kussmund als Symbol für die damalige Zeit.

Einen Friseurbesuch hatte sie sich nach langem Überlegen doch nicht gegönnt.

Es war nicht die Zeit, um mit dem Geld leichtsinnig umzugehen. Das Kleid und die Schuhe hatten heute schon ein Loch in ihr Portemonnaie gerissen und mussten für mindestens zwei Monate die Ausnahme bleiben. Sie war schließlich noch in der Probezeit.

So stand sie eine Weile vor dem Spiegel und überlegte, wie ihre Frisur für den heutigen Abend aussehen sollte.

Sie trug immer noch halblange Haare, die sie meistens mit einer modernen Haarklammer am Hinterkopf locker zusammenhielt oder auch sehr flexibel zu einer Hochsteckfrisur stylte.

Um das Grau zu verdecken, färbte sie sich selbst die Haare regelmäßig in einem warmen Braunton.

Heute entschied sie sich, ausnahmsweise die Haare einmal offen zu tragen. Dazu föhnte sie sich kleine lockige Strähnen, die ihr Gesicht umspielten.

Benjamin klopfte pünktlich, und als sie die Tür öffnete, pfiff er durch die Zähne.

»Gerda, du bist 'ne Wucht. Du siehst aus, als wärest du direkt den Fifties entstiegen. Wow.«

Sie lachte erleichtert auf.

»Zurück in die Zukunft, geht dir das durch den Sinn?«

»So ähnlich vielleicht. Komm, lass uns gehen.«

Der Club befand sich in einem alten Fabrikgebäude in Kreuzberg, das sie in ungefähr zehn Minuten zu Fuß erreichen konnten. Benjamin wurde herzlich begrüßt. Man konnte sehen, dass er hier ein gern gesehener Gast war. Er führte Gerda an einen freien Tisch und bestellte für sie beide eine Flasche Wein.

Gerda schaute sich aufmerksam um und nahm eine ganz tolle und angenehme Atmosphäre in sich auf.

Eine Band betrat die Bühne und begann mit mehreren Liedern von Ted Herold, dabei füllte sich schnell die Tanzfläche mit Paaren.

Sie bemerkte, dass ein paar Mädels interessiert zu Benjamin herübersahen.

»Benjamin, geh ruhig tanzen«, ermutigte sie ihn.

»Die jungen Frauen warten schon auf dich. Ich erfreue mich erst einmal an der Musik, und dann kommt bestimmt einer, der sich meinem Tempo anpassen muss.«

Sie strich ihm über den Arm.

»Bitte. Das ist wirklich lieb, dass du mich mitgenommen hast. Aber wir vergnügen uns getrennt und treffen uns hier ab und zu am Tisch.«

Benjamin nickte dankbar, und gerade als er aufstehen wollte, trat ein älterer Herr an den Tisch und verbeugte sich vor Gerda.

»Darf ich bitten?«, fragte er.

Sie wandte den Kopf zu ihm, denn die Stimme kam ihr bekannt vor.

»Das glaube ich jetzt aber nicht. Wo kommen Sie denn her, Carlo?«

»Ich bin hier sozusagen zu Hause.«

Benjamin staunte nicht schlecht.

»Ihr beide kennt euch?«

»Ja, in der Tat kennen wir uns. Er war mein psychologischer Retter auf dem U-Bahnhof.«

Benjamin schmunzelte.

»Carlo als Seelenretter, das ist wieder mal typisch. Ich lasse euch beide jetzt allein und suche mir eine Tanzpartnerin. Bis später.«

Gerda erhob sich und ließ sich auf die Tanzfläche führen. Sie hatte so lange nicht mehr dieses Gefühl gespürt und freute sich unbändig.

Nach einigen Tänzen lud Carlo sie an die Bar ein und bestellte zwei Gläser Champagner.

»Wollen wir uns duzen, wenn wir beide schon zwei Rock 'n' Roller sind?«, fragte er und reichte ihr das Glas.

»Ja, gern.«

Sie prostete ihm zu.

»Ich heiße Gerda.«

»Carlo. Prost Gerda, auf eine schöne Zeit.«

Sie tranken einen Schluck und setzten sich auf zwei freie Barhocker.

»Erzähle mir was über dich. Was machst du so, und wieso ist das hier eine Art Zuhause für dich?«

»Ich bin pensionierter Geschäftsführer einer Fabrik für Verpackungen, und meine beiden Kinder sind erwachsen und leben in London und New York.

Vor fünf Jahren starb meine Frau. Wir waren beide verrückt nach Rock 'n' Roll, denn ich hatte sie damals als junger Mann immer mitgenommen, als ich in einer Band spielte. Und so kam es, dass wir später als Ehepaar einmal in der Woche hier im Club waren. Als ich dann alleine zurückblieb, wurde er zu meiner Zuflucht.«

»Das kann ich gut verstehen. Es tut mir leid, dass deine Frau gestorben ist.«

Carlo lächelte sie an.

»Jetzt habe ich so viel über mich erzählt, nun bist du dran. Wie hast du bisher gelebt, und wie kommst du hierher?«

Gerda überlegte erst, ob sie ihm die ganze Wahrheit erzählen sollte. Sie kannte ihn ja so gut wie gar nicht.

»Bei mir ist das Leben etwas turbulenter verlaufen«, begann sie schließlich.

»Als junge Frau habe ich auch in einer Band gespielt und gesungen. Dann heiratete ich August. Der war allerdings kein liebevoller und guter Mensch, das gehört aber nicht hierher. Als er gestorben war, habe ich einen Fehler gemacht und meiner Tochter das Haus überschrieben. Und die hatte mit ihren Mädchen nichts Besseres zu tun, als mich als Haushälterin zu betrachten.«

Aus Gerdas Augenblitzte der Schalk.

»Vor ein paar Wochen bin ich dann auf dem alten Motorrad meines Mannes einfach davongefahren und durch einen Biker hier in Berlin gelandet. Jetzt wohne ich in einer Künstler-WG und arbeite als Garderobiere.«

Carlo schüttelte den Kopf.

»Zusammenfassen tue ich das immer mit den Worten: Oma dreht durch.«

Sie lachte ihn offen an.

»Hätte besser laufen können, findest du nicht?«

Carlo schaute sie für einen Moment schweigend an. Dann hob er sein Glas.

»Prost, Gerda. Ich bewundere dich. Und du hast auf der Bühne gestanden und gesungen? Habe ich richtig gehört?«

»Ja, das stimmt. Ich habe gesungen und Gitarre gespielt.«

»Soll ich dir was verraten? Ich träume schon lange davon, wieder mal auf einer Bühne zu stehen. Aber lach mich jetzt bitte nicht aus. Ich weiß, dass so ein alter Bock da nichts mehr zu suchen hat.«

Beide schüttelten sich vor Lachen.

Sie beugte sich zu ihm hinüber, weil die Musik jetzt wieder lauter wurde.

»Wenn ich so darüber nachdenke und ehrlich bin, dann träume auch ich davon.«

Ihr kroch die Röte der Peinlichkeit den Hals hoch. Eine Oma als Bandleader – unvorstellbar!

Carlo erhob sich.

»Ich habe eine Idee. Komm mit.«

Er nahm Gerda an der Hand und schleppte sie mit sich zur Bühne.

»Hey Jungs«, sagte er zu den Mitgliedern der Band, »würdet ihr etwas Verrücktes mit uns machen?«

Gerda stand mit offenem Mund neben ihm und fühlte sich fast zurückgeschleudert in ihre Jugend. So hatte sie damals mit Ralf an der Bühne gestanden, als er versuchte, sie zum Singen zu bewegen.

»Du kennst uns doch und weißt, dass wir immer verrückt sind. Was sollen wir tun?«

»Das hier ist Gerda«, stellte Carlo sie vor.

»Sie war mit einer Band unterwegs – und ich auch, wie ihr wisst. Schaut mal, wir sind bühnenreif als Rock 'n' Roller gestylt, und ich würde gerne mit Gerda ein Elvis-Lied zum Besten geben.«

Den Jungs fiel erst mal die Kinnlade herunter. Zwei Alte, die mit Elvis-Liedern auf die Bühne wollten. Dümmer ging's ja eigentlich nimmer. Aber keiner traute sich, Nein zu sagen, weil Carlo mit dem Besitzer des Clubs befreundet war.

Carlo konnte in ihren Gesichtern lesen.

»Ich sehe schon, ihr denkt, ich habe nicht mehr alle Tassen im Schrank. Zwei so alte Säcke auf der Bühne, das könnt ihr euch überhaupt nicht vorstellen.«

»Nein, so war das ja nicht gemeint«, versuchte sich der Sänger herauszureden.

Jetzt war auch Gerda angestachelt. Aber nur, weil sie sah, dass die da oben auf der Bühne sich mit ihren Vorurteilen das eigene Gehirn verstopften.

»Wir haben schon Elvis gesungen, da hat nicht im Traum einer damit gerechnet, dass es euch jemals geben könnte. Und deshalb sind wir euch um Lichtjahre voraus. Aber nicht an Alter und Blödheit, sondern an Wissen, Können und Intelligenz.«

Sie streckte den Arm aus.

»Hilf mir hoch, du verbohrter Schnösel. Wir zeigen dir jetzt, wie es geht. Komm, Carlo.«

Beide schnappten sich eine Gitarre und prüften, ob alles passte.

»Was singen wir?«, wollte Carlo wissen.

»*In the Ghetto*?«

Fragend schaute Gerda in die Runde.

Alle nickten zustimmend. Keiner traute sich mehr, etwas zu entgegnen.

»Also, gut. Dann lasst uns jetzt die letzten Abstimmungen vornehmen, und dann legen wir los. Ich singe.«

Wie vor Jahrzehnten faszinierte Gerda mit ihrem Gesang und ihrer Stimme das Publikum.

Der ganze Club stand, kein Paar tanzte mehr, sondern alle schauten gebannt auf die Bühne und ließen sich in den Song hineinziehen. Und natürlich konnte sich keiner im Saal dagegen wehren, dass er eine Gänsehaut bekam.

Am Ende des Liedes brandeten tosender Beifall und Zugabe-Rufe auf, und Gerda verneigte sich gemeinsam mit Carlo. Dann übergaben sie ihre Gitarren wieder den Bandmitgliedern.

Diese standen konsterniert auf der Bühne und starrten sie an, bis einer von ihnen sich schließlich ein Herz fasste.

»Gerda, ich möchte mich entschuldigen. Du hattest Recht, wir hatten einfach nur Vorurteile wegen eures Alters. Aber ihr beide seid so toll, und euer perfekter Auftritt war so unbeschreiblich gut, dass sich jeder junge Musiker davon eine Scheibe abschneiden kann.«

Sie lachte und reichte dem jungen Mann die Hand.

»Danke für dein Lob und deine Einsicht. Man sollte die Alten nie abschreiben. Die sind immer für eine Überraschung gut. Bring das auch deinen Kollegen bei, dann haben wir für die Zukunft was gewonnen.«

Sie setzte sich mit Carlo wieder an ihren Tisch, und beide schwiegen sich zunächst an. Zu sehr waren sie berührt von ihrem eigenen Auftritt.

Benjamin kam dazu und überschlug sich fast vor Begeisterung.

»Hey Leute, das war einfach spitze!«

Gerda bremste ihn aus. Er musste jetzt den Mund halten. Stattdessen wandte sie sich an Carlo: »Ich hatte richtig Muffensausen. Meine Stimme war nicht geübt und nicht trainiert. Das hätte in die Hose gehen können.«

Carlo schüttelte den Kopf.

»Ist es aber nicht. Du warst ja so was von gut. Ich finde keine Worte.«

»Dann schweig und trink einen Schluck Wein. Das war einfach nur ein schöner Abend.«

»Ich will meinen Traum wahr machen und wieder in einer Band spielen. Gerda, lass uns einfach eine gründen. Wir brauchen noch drei Leute, einen für das Schlagzeug, einen für die Gitarre und jemand für das Keyboard. Und ich kann mehrere Instrumente spielen.«

»Du spinnst.«

Sie schüttelte den Kopf.

»Nein, das tue ich nicht. Wir sind was Besonderes, und wir werden gebucht werden. Du wirst es sehen.«

»Okay, versuchen wir es. Einen Schlagzeuger kenne ich, den kann ich fragen.«

Das schmeckte ihr zwar überhaupt nicht, aber Abraham war wirklich ein guter Schlagzeuger und konnte auch andere Instrumente spielen. Das konnte sie nicht übergehen.

»Und ich kenne eine nette Kollegin für das Keyboard«, ergänzte Carlo voller Tatendrang.

»Nora, sie ist vierundsechzig und passt prima zu uns. Ich rufe sie gleich morgen früh an und kümmere mich hier in der Fabrik um einen Proberaum für uns.«

»Dann schauen wir mal, was Abraham sagt und wo wir eine Gitarre finden. Morgen kann ich zwar nicht, da muss ich arbeiten. Aber übermorgen können wir uns bei mir gegenüber im Café zum Frühstück treffen.«

Gerda erklärte Carlo noch den Weg und gab ihm ihre Handynummer. Dann verabschiedete sie sich.

Als sie schließlich im Bett lag, ließ sie den Abend noch einmal Revue passieren.

Innerhalb weniger Stunden hatte sich wieder einmal ihr Leben verändert, und wenn das gutging, auch gleich ihre ganze Welt.

Natürlich machte sie sich nichts vor. Wer würde schon eine Oldie-Band buchen? Aber andererseits waren sie hier in Berlin, einer Stadt voll von Kreativen und Freischaffenden. Irgendwann schlief sie dann über ihren Gedanken ein.

Am darauffolgenden Abend hatte sie wieder Dienst in der Garderobe. Ludmilla begrüßte sie fröhlich.

»Gibt es was Neues bei dir, Gerda? Wir haben uns ja jetzt zwei Tage nicht gesehen«, fragte sie in der Pause.

»Einiges. Zuerst einmal, ich wurde überfallen, nachdem wir uns voneinander verabschiedet hatten.«

»Ach du lieber Gott.«

Ludmilla hielt sich vor Schreck die Hand vor den Mund.

»Ist dir was passiert?«

»Sie haben mir ins Gesicht geschlagen, aber ich habe Glück gehabt.«

»Na, du machst aber Sachen.«

»Ja, und dann habe ich noch etwas sehr Schönes erlebt.«

Ohne Punkt und Komma erzählte Gerda vom Club, von Carlo, von der bevorstehenden Gründung der Band und von ihren Träumen.

»Jetzt suchen wir noch jemanden für die Gitarre, und einen Bekannten muss ich noch fragen, ob er das Schlagzeug übernimmt.«

Sie strahlte, und ihre ganze Körperhaltung drückte Spannung und Stolz aus.

»Ich wasche heute bestimmt doppelt so viele Teller«, stellte sie lachend fest.

Ludmilla spritzte von ihrem Stuhl hoch.

»Weißt du, dass ich auch Musik gemacht habe? Früher, als ich jung war, in Russland.«

»Was? Das ist es doch! Willst du mal zu einer Probe kommen, wenn wir unseren Raum haben?«

»Ja klar, was für eine Frage. Mein Gott, welch ein Glück.«

Nach Feierabend gönnten sich die beiden Frauen wieder ihr Bierchen in der Kneipe nebenan und besprachen die nächsten Schritte.

Dann fuhr Gerda zurück nach Kreuzberg. Die Angst auf dem U-Bahnhof schluckte sie tapfer hinunter.

Am nächsten Morgen rief sie Abraham an und fragte ihn ganz direkt, ob er mitmachen wolle.

Und wie sie das bereits erwartet hatte, war er natürlich ohne zu zögern dabei.

Sie bestellte ihn zum gemeinsamen Treffen ins Café.

Die Band gründete sich und gab sich den Namen *Silberoldies*.

Carlo hatte in der Fabrik einen kleinen Proberaum gefunden. Bereits nach einigen Monaten, in denen sie mehrmals die Woche geübt und ihr Programm zusammengestellt hatten, wurden sie von ihrem Club gebucht und durch die Mundpropaganda schließlich auch von Clubs in anderen Stadtteilen. Auch erschien ein kleiner Beitrag über die Band im regionalen Fernsehen.

Während einer Probe erzählte Ludmilla, dass sie auf die Idee gekommen sei, mit der Band bei dieser bekannten Fernseh-Castingshow mitzumachen, die jedes Jahr nach Talenten suchte.

Heimlich, ohne die anderen vorher zu fragen, hatte sie eine Anmeldung ausgefüllt, und bereits in zwei Tagen mussten sie in einer Halle zum ersten Casting erscheinen.

Am Anfang reagierten alle etwas angesäuert, weil Ludmilla die Bewerbung heimlich abgeschickt hatte.

Andererseits war das aber schon eine Möglichkeit, auf sich aufmerksam zu machen, falls sie es schaffen würden.

Und sie schafften es bis ins Finale.

16

Müde kam Victoria vom Büro nach Hause. Ihre beiden Töchter warteten schon ganz aufgeregt auf sie. Sie hatten das Laptop vor sich stehen.

»Mami, wir haben Oma im Fernsehen gesehen!«
»Ihr habt was? Das kann ja gar nicht sein.«

Victoria ließ sich auf den Sessel fallen und schlüpfte aus den High Heels, weil ihre Füße brannten.

Vor gut achtzehn Monaten hatte ihre Mutter in einer Nacht-und-Nebel-Aktion das Haus verlassen.

Erst hatte Victoria sich darüber gar nicht groß aufgeregt, weil sie der Überzeugung war, dass Gerda nur ein paar Tage weg sein und nach der ersten Frustbewältigung oder spätestens, wenn das Taschengeld zu Ende war, wieder vor der Tür stehen würde.

Aber dem war bisher nicht so.

Seit Gerda weg war, hatte sie auch stets Zoff mit ihren beiden Mädchen.

Ihre Mutter hatte in manchen Dingen nicht ganz Unrecht gehabt, aber das zugeben, nein, das konnte sie nicht, zumal sie ihr damals nach dem großen Disput wegen ihres Vaters auch ihr eigenes Verhalten gegenüber ihrem geschiedenen Mann, dem Vater ihrer Kinder, aufs Brot schmierte.

»Du hast deinen Mann genauso mies behandelt wie dein Vater mich. Und was hast du damit erreicht? Du bist alleine, wirst zur verstaubten Schabracke, hast deinen Mädchen den Vater und damit auch eine männliche Bezugsperson für eine ordentliche Erziehung genommen. Viel Spaß mit deinem beschissenen Leben und mit der Freude, immer alles alleine machen zu müssen.«

Ja, das hatte ihr Gerda damals noch ins Gesicht geschleudert.

»Mami, komm und schau«, rissen die Mädchen sie aus ihren Gedanken.

»Oma war in einem Magazin zu sehen. Sie spielt jetzt in einer Band.«

Natalie drückte auf die Entertaste, und alle schauten gespannt auf den Monitor. Ja, da war tatsächlich Gerda als Frontsängerin mit mehreren Bandmitgliedern, die heiße Elvis-Rhythmen spielten.

Dann folgte ein längeres Interview. Dabei stellte sich heraus, dass sich die Band bei einer Castingshow für Talente beworben und es mit ihrer Musik bis ins Finale geschafft hatte.

Der Band winkten nun im Falle des Sieges eine sechsstellige Geldsumme und ein Plattenvertrag.

Dann wurde Gerda befragt.

»Sie haben schon als junge Frau in einer Band gespielt und sind aufgetreten?«, wollte die Moderatorin wissen.

»Ja, das stimmt. Ich war etwa zwei Jahre mit meinen Kollegen unterwegs, und es hat mir viel Spaß gemacht.«

Victoria drückte auf die Stopptaste.

»Mami, wieso wissen wir nicht, dass Oma Musikerin war?«, fragte Josefine.

»Sie hat nie darüber gesprochen. Und ehrlich, ich habe sie nie gefragt, was sie als junges Mädchen so gemacht hat. Ich kenne sie nur als Hausfrau und Mutter.«

Victoria ging dieser Satz noch nicht einmal schwer über die Lippen.

»Das wurde bestimmt verschwiegen, weil sich das nicht schickte. Die hatten ja die Fabrik, und da musste man seriös unterwegs sein, sonst hätte euer Urgroßvater bestimmt geschimpft.«

»Ich finde es trotzdem schade. Wenn ich das gewusst hätte, dann hätte ich mit Oma mal Gitarre gespielt.«

»Ja, das hätte noch gefehlt.«

Victoria erhob sich, um sich umzuziehen.

Josefine war nachdenklich geworden.

»Wenn ich das so sehe, dann kommt Oma nicht mehr zurück. Und du hast gedacht, dass sie bald wieder den Haushalt übernimmt, Mami.«

»Das ist vielleicht gar nicht so schlecht«, überlegte Natalie, und ihr Blick ging verträumt in die Ferne.

»Wenn sie gewinnt, dann kann sie mir auch zu einem Auftritt verhelfen.«

Und mir könnte sie das Geld geben, dachte Victoria.

Meine Kanzlei läuft nicht mehr so gut. Ich war wohl nicht menschlich genug. Irgendwann bin ich eine eiserne Frau geworden und habe mit meiner Härte selbst meine Mandanten dazu gebracht, mit ihren eigenen Gegnern Mitleid zu bekommen.

Zwischen den Paragraphen hatte ich fast keine menschlichen Regungen mehr. Die Klienten sind mir davongelaufen.

Aber sie hütete sich, das laut auszusprechen.

17

Gerda und ihre Band waren ganz aufgeregt. Das Finale stand an, und es war eine große Fernsehshow, die in der Regel mehrere Millionen Zuschauer hatte. Das Lampenfieber griff um sich.

Abraham rannte rein und raus und konnte sich nicht mehr beruhigen.

»Jetzt setz dich endlich hin«, forderte ihn Gerda auf.

Er strich sich durch die Haare.

»Dass du so gelassen sein kannst, Gerda, das verstehe ich nicht.«

»Ich bin nicht gelassen, Abraham, ich versuche nur, nicht durchzudrehen. Denn dann kommen die Fehler, und die sollten wir uns heute nicht leisten.«

Die Bandmitglieder saßen alle zusammen in ihrer gemeinsamen Garderobe.

Die Tür öffnete sich, und ein Mädchen aus der Produktion kam mit einem Telefon in der Hand herein.

»Ein Anruf für dich, Gerda.«

»Für mich? Ich habe niemanden, der mich anruft.«

»Doch, doch, kein Irrtum. Hier, geh ran.«

»Gerda Wagner«, flüsterte sie unsicher. Hoffentlich war es niemand aus ihrer verkackten Familie. Die konnte sie jetzt gar nicht gebrauchen.

»Hallo Gerda, hier ist Ralf.«

»Ralf?«

»Ja, Gerda, ich bin es tatsächlich. Ich habe dich im Fernsehen gesehen und geglaubt, meinen Augen nicht zu trauen.«

Er lachte fröhlich.

»Meine gute Gerda macht wieder Musik, und das in einem Alter, wo andere auf der Parkbank oder auf Mallorca sitzen. Hut ab, meine Liebe, das kannst nur du!«

»Ach Ralf, du oller Schmeichler. Wenn du wüsstest, was das für eine Überwindung und ein Kampf war und noch ist, dann würdest du nicht so leicht daherreden.«

»Gerda, ich möchte dich wiedersehen.«

Sie strahlte über das ganze Gesicht.

»Gerne, ich freue mich sehr auf dich. Lass mich bitte heute die Show heil überstehen, und je nachdem, wie wir da rausgehen, können wir uns verabreden.«

Sie tauschten noch schnell die Handynummern aus und versprachen sich ein baldiges Wiedersehen.

Der Tag verging schnell, weil sie unendlich lange probten. Dann war es so weit, die Show begann, und die Jury saß an ihrem Pult.

Hinter der Bühne schaute Gerda mit ihrer Band auf einem Monitor den anderen Teilnehmern bei ihrem Auftritt zu.

Sie selbst waren erst zum Schluss der Show dran, und so steigerte sich ihre Aufregung beinahe ins Unendliche und machte sie ganz unsicher. Unter den letzten zehn waren jetzt alle gut, und jeder konnte am Ende der Gewinner sein. Sie hatten sich tolle Kostüme zugelegt, die nicht kitschig an Elvis erinnerten, aber auch nicht extrem modern waren.

Es war eine perfekte Mischung aus Nostalgie und Moderne, und sie legten einen super Auftritt hin.

Der Applaus des Publikums brandete auf, stehende Ovationen folgten, und Gerdas Herz hüpfte bei diesem Anblick beinahe aus ihrer Brust. Die Bewertung der Jury lief runter wie Öl.

Noch nie hatten »Ältere«, wie sie und ihre Band gerne genannt wurden, das Alter optisch so in den Hintergrund treten lassen, weil die Leistung der Musiker im Vordergrund stand und keiner in der Band irgendwelche Verrenkungen machte, die sie komisch aussehen ließen.

Dann folgte eine gefühlt ewige Wartezeit mit zig Werbeunterbrechungen.

»Meinst du, wir schaffen das?«, fragte Abraham leise.

»Das ist doch völlig wurscht«, entgegnete Gerda.

»Wir gewinnen in jedem Fall mehr, als wir verlieren. Überleg doch, uns haben heute so viele Menschen gesehen, und darunter auch Veranstalter und Gastwirte. Wir werden so viele Auftritte haben, dass es uns auf jeden Fall reicht.«

»Du wieder mit deinem Pragmatismus.«

»Ja klar, das ist das wahre Leben. Und wir können zufrieden sein. Es hat auf jeden Fall sehr viel Spaß gemacht, hier dabei zu sein.«

»Schhht, es geht los.«

Abraham zog sie am Ärmel und nickte den anderen zu.

Nun wurden die Teilnehmer nach vorne gerufen, und dann wurde jeweils einer nach dem anderen verabschiedet. Zum Schluss blieben sie zu dritt übrig. Eine Sängerin, ein Artist und sie, die *Silberoldies*.

Als dann ganz am Ende ihr Name fiel, und das Konfetti auf sie herabregnete, konnten sie gar nicht begreifen, was da gerade passierte. Gerda und ihre Bandkollegen gewannen hunderttausend Euro und einen Vertrag für ihre erste CD.

Ab diesem Abend war ihr Leben zunächst einmal fremdbestimmt. Sie wurden herumgereicht, terminiert, ins Studio gefahren und, und, und.

Der einzige Lichtblick war nach ein paar Tagen der Anruf von Ralf, der alles am Fernseher mitbekommen hatte.

»Gerda, du musst jetzt aufpassen«, gab er zu bedenken.

»Du brauchst ein Management.«

»Mein Lieber, kann es sein, dass du nicht aus alter Freundschaft, sondern aus geschäftstüchtigen Motiven angerufen hast?«, konterte Gerda.

»Sag mal, was denkst du von mir?«

»Zunächst mal nichts. Wir werden hier gerade von Freunden heimgesucht, die ich in hundert Jahren noch nie gesehen habe.«

»Aber mich, mich hast du doch schon mal gesehen. Ich bin Anwalt und habe mich auf Künstlerverträge im Musikbereich spezialisiert. Du weißt ja, wie gerne ich die Musik habe. Ich bin kein Musikagent, der an dir verdienen könnte, sondern nur ein guter Freund, der auf dich aufpassen kann. Aber ich kenne viele Agenten und solche, die es sein wollen, und kann dir bestimmt etwas Seriöses empfehlen.«

»Entschuldige, Ralf, dass ich so misstrauisch war, aber das alles überfordert uns hier gerade.«

»Das habe ich mir gedacht. Ich bin heute Abend bei dir in Köln. Unterschreibe bis dahin nichts.«

Gerda erzählte ihren Kollegen von ihrem Telefonat und von ihrem guten Freund Ralf.

Alle atmeten erleichtert auf, weil sie wirklich nicht mehr wussten, wie ihnen geschah.

Auch stürmten Unmengen von Anfragen für Auftritte auf sie ein, sodass sie völlig den Überblick verloren.

Wer sollte das alles prüfen und die Honorare vereinbaren? Sie wollten jetzt erst einmal warten, bis Ralf hier war, und dann würden sie weitersehen.

Wie versprochen kam Ralf am Abend nach Köln ins Hotel. Gerda wurde in die Lobby gerufen.

Als sie ihn entdeckte, fiel sie fast aus allen Wolken, so gut sah er aus.

»Ich bin so froh, dass du hier bist«, rief sie.

»Hier ist einfach nur noch die Hölle los.«

»Gerda, schön dich wiederzusehen.«

Er umarmte sie und zog sie nah an sich ran.

»Du bist noch genauso hübsch wie damals.«

»Ja klar, und die vielen Kilos und Falten ignorieren wir einfach. Du bist ein Schelm.«

»Ach Gerda, wir sind gemeinsam älter geworden und haben alle unsere kleinen körperlichen Dellen. Das macht uns doch nicht weniger liebenswert. Komm, lass uns dahinten Platz nehmen. Wir haben uns so viel zu erzählen.«

Er zog sie mit sich zu einer Sitzgruppe, die etwas abseitsstand.

»Wie ist es dir in all den Jahren ergangen? Und was ist mit August?«

»Es ist mir menschlich beschissen ergangen, aber materiell war ich gut versorgt. Und August ist tot.«

Sie erzählte ihm in groben Zügen ihre Geschichte von ihrer Hochzeit bis zu Augusts Tod.

Manchmal zitterte ihre Stimme, weil sie an vielen Stellen merkte, wie weh die Erinnerungen taten und wie schwierig die Zeit für sie gewesen war.

»In meinen kühnsten Träumen hätte ich nicht für möglich gehalten, dass mein Freund August zu so etwas imstande war«, stellte er fest.

»Du hast mir das ja jetzt nur zusammengefasst erzählt, dann muss es in der Realität noch viel schlimmer gewesen sein. Warum hast du das ausgehalten? Warum bist du nicht gegangen?«

»Ja, Ralf, das kann ich dir nicht so einfach beantworten. Eigentlich hätte ich ihn erst gar nicht heiraten dürfen. Schon beim Tanzkurs und seiner Reaktion, als ich bei euch auf der Bühne stand, hätte ich die rosa Brille absetzen müssen. Außerdem hatte er mir ja vorher schon gesagt, dass er mich nach seines Vaters Punktesystem über die Fähigkeiten einer Frau ausgesucht hat. Spätestens da hätte mir ein ganzer Kronleuchter aufgehen müssen.«

Gerda strich sich mit der Hand über die Augen.

»Und dass er trank und unter Alkohol ein aggressiver Schläger war, das allerdings konnte ich nicht ahnen. Und dass der biedere Fünfzigerjahre-August ein Doppelleben mit einem Blumenmädchen in einer kommunenähnlichen WG mit freizügigem Sex führte, habe ich bis heute nicht richtig verarbeitet, das konnte ich auch niemals einordnen.«

Jetzt musste sie trotz des ernsten Themas lachen.

»Stell dir doch mal vor, dass er seinen Sex zu Hause folgendermaßen pflegte: Licht aus, mit Schlafanzug von hinten ranschieben, ruck, zuck, umdrehen und schlafen. Das war eine schnelle, lieblose Angelegenheit. Und dort durfte er mit mehreren Leuten in völliger Nacktheit, vielleicht noch unter Drogen, all seine Fantasien ausleben. Man kann sich ihn gar nicht so vorstellen.«

Ralf schaute sie ungläubig an, seine Stirn hatte sich vor lauter Unverständnis in Falten gelegt., als Gerda weitersprach.

»Er hatte sich ja auch nicht die Haare wachsen lassen, und seine Kleidung zeigte keine Anzeichen, dass er heimlich ein anderes freies, aufmüpfiges Leben führte, und das über eine sehr lange Zeit. Und ich frage mich, warum er sich nicht mit mir als biederer Hausfrau begnügte, warum er mich trotzdem noch im Bett brauchte. Das hat nämlich weder mir Spaß gemacht, noch konnte er was davon gehabt haben.«

Ralf schüttelte den Kopf.

»Er ist mir ein Rätsel, wenn ich dich so erzählen höre. Wie ist das mit deiner Tochter?«

Sie schwieg eine Weile, ehe sie nachdenklich antwortete: »So genau kann ich dir das nicht erklären. Als sie ein Baby war, hatte ich immer etwas Abstand zu ihr und konnte nicht die große Mutterliebe entfalten. Immerhin wurde sie während einer Vergewaltigung gezeugt.«

Sie hob abwehrend die rechte Hand.

»Sag jetzt nichts, ich weiß, dass sie keine Schuld daran trägt. Ich habe sie ja auch nicht abgelehnt, sondern wirklich mit aller Aufmerksamkeit versorgt und großgezogen. Nur konnte ich sie eben nicht so herzen und an mich drücken, wie das eine Mutter normalerweise tut.«
Sie machte erneut eine kurze Pause.

»In dieser Zeit muss es wohl schleichend zu dem engen Verhältnis zu ihrem Papa gekommen sein. Auf jeden Fall wurde sie immer aufmüpfiger, wenn ich etwas zu ihr sagte. Ein Nein von mir führte grundsätzlich zu einem Ja von ihrem Vater. Und er hat ihr einfach von klein auf alle Wünsche erfüllt, auch die materiellen. Damit hat sie ihn natürlich vergöttert, und ich war die böse Mama.«

»Also stand der alltägliche Kampf gar mit zwei Menschen für dich im Vordergrund.«
»Man kann sich vorstellen, dass das einen Charakter nicht gerade positiv formt. Bis heute nimmt sie sich, was sie will, und wirft das weg, was sie nicht mehr braucht. Ebenso nutzt sie die Menschen aus, genau wie es ihr Vater tat. Und das Schlimme ist, ihre beiden Töchter haben nichts anderes von ihr gelernt. Ich aber war so

dumm und habe ihr das Haus überschrieben, und jetzt muss ich arbeiten gehen, um leben zu können.«

Sie musste lächeln und zeigte mit dem Finger zur Decke.

»Der liebe Gott da oben, der hat es jetzt aber sehr gut mit mir gemeint. Wir haben die Show gewonnen, und jetzt gönne ich mir, solange es geht, die Freude der Musik.«

Ralf nahm sie wortlos in den Arm. Lange sagte keiner von ihnen ein Wort.

Irgendwann löste sich Gerda von ihm und sah ihn an. Er war immer noch ein sehr attraktiver Mann, auch wenn seine Haare mittlerweile grau geworden waren, was ihm einen erotischen Touch verlieh.

»Jetzt haben wir die ganze Zeit über mich gesprochen. Wie ist dein Leben verlaufen?«

Er schmunzelte.

»Willst du das wirklich wissen?«

»Aber, ja. Du warst auf einmal weg. Nach Amerika, hat man gemunkelt.«

»Stimmt. Ich habe mit allen Mitteln versucht, eine neue Band auf die Beine zu stellen. Aber die, die ich fand, waren schlechte Musiker. Und dann gab es da auch noch eine Frau, die ich sehr liebte. Wenn ich es schon nicht schaffte, mit einer Band in ihrer Nähe zu sein, dann konnte ich gleich gehen, habe ich mir gedacht.«

Sie ahnte, was er sagen wollte.

»Du bist wegen mir gegangen, Ralf?«

»Ja, Gerda, das bin ich. Ich habe dich abgöttisch geliebt. Aber du wolltest eben August. Und als ich es nicht schaffte, eine Band zu gründen, damit ich weiter in deiner Nähe sein und meine Hoffnung nähren konnte, gab ich auf. Von Hamburg aus fuhr ich mit einem Schiff nach Amerika. Ich hatte dort als Matrose angeheuert, weil ich ja kein Geld hatte, um die Überfahrt zu bezahlen. In den Staaten habe ich dann alle möglichen Jobs angenommen und nebenbei Jura studiert. Zum Glück hatte ich ja das Abitur in der Tasche, das meine Eltern sich mühevoll vom Mund abgespart hatten.«

Ralf winkte dem Service und zeigte mit der Hand auf die leeren Gläser.

»Als ich fertiger Anwalt war, bin ich dann nach Memphis gegangen. Ich wollte Elvis und seiner Musik nahe sein und versuchen, neben dem Beruf wieder als Musiker zu arbeiten. Memphis war voll von Möglichkeiten. Abends schloss ich mich verschiedenen Bands an, und tagsüber arbeitete ich in einer Kanzlei.«

Er griff zu seinem Wasserglas, das eben gerade gebracht worden war und nahm einen großen Schluck.

»Nach ein paar Jahren hatte ich das Glück, von meinem Chef die Kanzlei übernehmen zu können, und dann ergab es sich, dass ich nach und nach ein paar Musikerkollegen vertreten habe, die mit ihrer Musik ihre Rechte wahren wollten oder schlecht beraten wurden. Und so spezialisierte ich mich und konnte beides miteinander verbinden. Auf der Bühne stand ich dann allerdings nicht mehr.«

»Und privat, wie erging es dir privat?«

Sie wunderte sich, dass er darüber kein Wort verloren hatte.

Jetzt war es an ihm, ein paar Sekunden nichts mehr zu sagen. Schließlich antwortete er: »Mein privates Leben ist auch nicht so ganz glatt verlaufen. Natürlich habe ich Frauen kennengelernt, und natürlich habe ich mich eines Tages entschieden zu heiraten. Meine Frau Olivia habe ich in der Kanzlei kennengelernt. Sie war die Schwester eines Kollegen. Uns verband eine ruhige und gute Freundschaft, aber, wie ich später bemerkte, nicht die große Liebe.«

Ralf hielt einen Moment inne, schloss die Augen, um die vorbeiziehenden Bilder wahrzunehmen.

»Wie du siehst, kann es auch anders gehen. Damit will ich nicht sagen, dass ich sie nach Punkten ausgesucht hätte, wir haben auch gar nicht darüber gesprochen. Ich habe große Sympathie für Olivia empfunden, weil sie zuvor einen großen Schicksalsschlag erlitten hatte. Sie verlor bei einem Autounfall ihre Eltern und ihre beiden Geschwister und war zu der Zeit selbst erst Anfang zwanzig. Vielleicht war es daher anfangs eher Mitleid, was mich mit ihr verband. Später liebte ich sie aber auf meine ganz eigene Art. Wir bekamen einen Sohn und waren ein paar Jahre glücklich und zufrieden.«

Ein Lächeln umspielte seine Lippen.

»Noah entwickelte sich prächtig. Eines Tages bekam ich einen Anruf, der mein ganzes Leben durcheinanderwirbelte. Olivia war wie damals ihre Familie bei einem Autounfall gestorben. Von jetzt auf gleich war ich alleinerziehender Vater und hatte alle Hände voll zu tun, dass Noah den schweren Verlust seiner Mama psychisch ohne Schaden überstand.«

Gerda da wie seine Augen leuchteten, wie ganz viel Liebe seine Worte unterstrich.

»Heute bin ich stolz darauf, dass mir das gelungen ist. Mein Sohn ist in meine Fußstapfen getreten und wurde auch Anwalt. Er hat meine Kanzlei ausgebaut, und nun hat er ein Büro in Berlin eröffnet. Er wollte mir damit eine Freude machen, weil er wusste, dass ich gerne zurückkehren wollte, aber aus Rücksicht auf ihn das nie in Erwägung gezogen hatte. So ist es uns möglich, in beiden Ländern zu leben.«

»Das ist eine sehr emotionale Geschichte, die du mir da erzählt hast. Und weil du gerade hier warst, hast du uns im Fernsehen gesehen?«

»Ja, so einfach kann das Leben ein wenig Schicksal spielen.«

Jetzt war es an ihr, ihn tröstend zu umarmen.

»Ralf, würdest du uns mit unserem hektischen neuen Leben helfen?«

»Natürlich, das habe ich doch schon am Telefon gesagt. Du kannst dich auf mich verlassen. Gleich morgen setzen wir uns zusammen.«

Sie holte tief Luft.

»Ich bin froh, dass wir noch einen weiteren Tag hier in Köln bleiben. So können wir morgen alles regeln und am Abend unseren Auftritt abwickeln. Dann geht es erst am nächsten Morgen weiter.«

»So machen wir das, Gerda. Wir sehen uns gleich nach dem Frühstück hier in der Lobby.«

»Gut, dann entschuldige mich jetzt bitte, ich möchte auf mein Zimmer gehen. Ich bin sehr müde und muss das, was du mir erzählt hast, erst einmal einordnen.«

»Das verstehe ich. Ich bin jetzt auch ziemlich erschöpft.«

Nachdem sie sich abgeschminkt hatte, legte Gerda sich ins Bett, aber ihr war klar, dass sie nicht sofort einschlafen konnte. Wie anders hätte ihr Leben verlaufen können, wenn sie damals mit offenen Augen die Welt betrachtet hätte.

Ralf dagegen blieb noch eine Weile in der Lobby sitzen. Er war zu aufgewühlt, um gleich auf sein Zimmer zu gehen.

Eigentlich hatte er gedacht, dass die Zeit alle Wunden heilt und er nach mehreren Jahrzehnten ganz entspannt mit der Vergangenheit umgehen konnte.

Aber weit gefehlt. Er liebte diese Frau immer noch genauso stark wie damals, als sie noch jung waren, und es machte für ihn keinen Unterschied, dass sie beide älter, weißer, faltiger und auch etwas fülliger geworden waren.

Ihre Liebe war nicht vom Alter abhängig. Vielleicht, so überlegte er, war es heute sogar besser. Heute war es bewusste Liebe, Zärtlichkeit und vielleicht auch Sex.

18

Victoria und ihre Mädchen hatten natürlich die Sendung am Fernseher verfolgt.

Natalie war hin und weg.

»Hunderttausend hat Oma jetzt gewonnen? Huch, das ist aber mal ein Wort.«

»Das ist doch nicht alles. Was glaubst du, was die CD einspielt, und dann gehen die bestimmt auf Tour oder treten sonst wo auf.«

Josefine ließ ihrer Fantasie freien Lauf.

»Da kann sie uns aber was abgeben«, meinte Natalie bestimmt.

»Hört auf, das Geld zu verteilen«, ermahnte Victoria sie.

»Wir müssen jetzt aufpassen, dass da nicht ein paar Leute kommen, die ihr das Geld aus der Tasche ziehen. In diese Branche ist nichts heilig.«

»Damit du auch was bekommen kannst?«

Damit traf Natalie den Nagel auf den Kopf.

Victoria hatte alle Hände voll zu tun, die laufenden Kosten und die Wünsche der Mädchen abzudecken. Wenn es noch ein paar Monate so weiterging, würde sie das Haus verkaufen müssen.

Aber solange ihre Mutter das Wohnrecht hatte, würde keiner das Haus haben wollen. Sie brachte ihre Tochter mit einer Handbewegung zum Schweigen.

»Lass diesen frechen Ton. Ich fahre morgen zu Oma, und ihr geht zu eurem Vater, bis ich wieder da bin.«

»Was sollen wir denn bei dem?«

Josefine rutschte auf dem Sofa hin und her.

»Der war dir doch die ganze Zeit egal und uns eigentlich auch. Wir können ganz gut alleine auf uns aufpassen.«

»Keine Widerrede. Ich habe ihn schon angerufen. Er holt euch nachher ab.«

In mühevoller Kleinarbeit trug Victoria die Termine ihrer Mutter zusammen. Deshalb musste sie heute noch nach Köln. Die Band hatte dort morgen einen Auftritt und reiste erst am anderen Tag weiter.

Sie reservierte sich ein Zimmer in einer Pension. Krampfhaft überlegte sie, wie sie ihrer Mutter gegenübertreten sollte, schließlich hatten sie seit vielen Monaten keinen Kontakt mehr.

Während sie über die Autobahn fuhr, dachte sie über das Verhältnis zwischen ihr und ihrer Mutter nach.

Es war eigentlich nie gut gewesen. Schon als Kind hatte sie gespürt, dass es keine innige Beziehung zwischen ihnen war.

Jetzt wo sie wusste, wie es zu ihrer Zeugung kam, konnte sie sich die Distanz, die ihre Mutter ihr gegenüber wahrte, vielleicht erklären.

Aber warum tat sie das?

Victoria konnte doch nichts dafür, dass ihr Vater damals betrunken gewesen war. Und warum hatte sich ihre Mutter nicht von ihm getrennt, wenn sie das so schlimm fand?

Am späteren Abend kam sie in Köln an und ließ sich in der Pension den Zimmerschlüssel geben.

Nachdem sie ihre Tasche in ihrem Zimmer abgestellt hatte, ging sie nochmals kurz in das Restaurant hinunter und aß eine Kleinigkeit. Anschließend legte sie sich müde in das etwas durchgelegene Bett.

»Ein gutes Haus ist das hier nicht«, flüsterte sie, während ihre Augen durch das Zimmer wanderten.

Zum ersten Mal in ihrem Leben musste sie auf den Preis achten, als sie die Pension aussuchte, denn seit einigen Monaten lief bei ihr nicht mehr alles rund.

Eigentlich wusste sie gar nicht mehr so richtig, wann und wie es begonnen hatte. Plötzlich war es so, dass weniger Mandanten kamen und ihre Hilfe haben wollten.

Ja, sie hatte einige Scheidungen vertreten, in denen sie vielleicht etwas zu energisch gegen die Partner ihrer Klienten vorgegangen war.

Aber wenn man sich zu einer Scheidung entschloss, musste man doch so viel herausholen wie möglich. Es ging doch dann nicht mehr um Harmonie.

Sie konnte gar nicht verstehen, dass man sie als Kratzbürste verschrie, die rücksichtslos Familien auseinanderdividierte. Das hatten die Eheleute doch vorher schon selbst getan.

Ihr Geschiedener, der selbst Anwalt war, hatte sie vor einiger Zeit angerufen und ihr gesagt, was man sich so in der Stadt über sie erzählte.

»Hör auf damit, Victoria«, sagte er zu ihr.

»Du verlierst Mandanten, und mittlerweile habe ich gehört, dass dir auch die Geschäftsklienten davonlaufen. Heutzutage muss man Kompromisse eingehen, und auch du musst das respektieren, sonst kannst du deine Existenz knicken.«

»Arsch!«, hatte sie geantwortet, ehe sie auflegte.

Heute fragte sie sich, ob er nicht vielleicht ein bisschen Recht hatte. Aber Victoria hatte nie gelernt, dass jemand außer ihr Recht haben könnte.

Als dann die Honorare einbrachen, legte sie sich einen neuen Geschäftszweig zu.

Mithilfe eines Studienkollegen begann sie, als Abmahnanwältin zu arbeiten. Gemeinsam verschafften sie sich die entsprechende Software und stiegen groß in das Geschäft ein.

Leider waren sie an einer Stelle zu übereifrig gewesen, und jetzt hatte sie Ermittlungen der Staatsanwaltschaft am Hals.

Sie wusste noch nicht, wie und mit welchen Konsequenzen das ausgehen würde. Außerdem litt ihr Ruf erneut. Das ganze Internet war voll von Warnungen vor ihr und ihrem Kollegen. Sie wurden nur noch fertig gemacht und schlecht dargestellt.

Victoria stöhnte und wälzte sich auf der wackeligen Matratze hin und her, und ihr Kopfkino hinderte sie weiter daran, einschlafen zu können.

Wenn es mir jetzt gelingt, Mama zurückzuholen, und sie mir finanziell unter die Arme greift, dann könnte ich eine neue Kanzlei in einer anderen Stadt eröffnen, überlegte sie.

Es würde mir nichts ausmachen, fünfzig Kilometer weiter zur Arbeit zu fahren, Hauptsache ein anderes Gericht und andere Kunden.

Was mache ich aber, wenn sie das nicht will, wenn sie mich abblitzen lässt? Dann muss ich ihr sozusagen in die Speichen fahren und eine Pflegschaft beantragen.

Das Ganze ist doch sowieso peinlich, dass hier eine Mittsechzigerin auf einer Bühne rumhopst und Elvis-Lieder singt.

In ein paar Monaten, wenn der Show-Hype vorbei ist, verschwinden die Alten ohnehin in der Versenkung. Also kann ich gleich dafür sorgen, dass ich ihre Betreuerin werde.

Die war doch bereits zu Hause auf dem Weg zur Demenz. Also wenn alle Stricke reißen, muss ich wohl oder übel diesen Weg gehen.

Endlich konnte sie ein wenig beruhigter einschlafen.

Nach der unruhigen Nacht fuhr Victoria gleich nach dem Frühstück ins Hotel ihrer Mutter.

Bereits in der Lobby sah sie Gerda in einer Sitzgruppe sitzen und Zeitung lesen. Ihre Mutter sah gut aus, stellte sie fest. So schick frisiert und geschminkt kannte sie sie gar nicht. Und dazu noch das elegante Kostüm.

»Mein lieber Herr Gesangverein«, flüsterte sie, »hat die sich herausgeputzt.

Das wird bestimmt eine harte Nuss, bis die geknackt ist.«

Also straffte sie die Schultern und steuerte die Sitzgruppe an. Unaufgefordert setzte sie sich ihrer Mutter gegenüber.

»Guten Morgen, Mama.«

Gerda schaute auf.

»Was willst denn du hier?«

»Guten Morgen, habe ich gesagt.«

»Na und? Muss ich dir antworten?«

»Gehört sich das nicht so?«

»Das bezweifle ich, wenn es um dich geht.«

Gerda faltete in aller Seelenruhe ihre Zeitung zusammen.

»Was willst du, Victoria? Ich habe mit dir nichts mehr zu schaffen.«

»Du bist meine Mutter und blamierst gerade die Familie in aller Öffentlichkeit mit deinen medialen Aktionen. Außerdem könnten jetzt viele Trittbrettfahrer auftauchen, die dich über den Tisch ziehen wollen.«

Gerda war inzwischen mental gestählt und ließ sich im Gegensatz zu früher mit so einer Bemerkung nicht mehr aus der Ruhe bringen.

»Das ist typisch für dich, Victoria. Was willst du von mir? Du hast doch Hintergedanken. Willst du Geld, oder willst du auch ein bisschen Öffentlichkeit? Es kann dir doch als Anwältin nicht schlecht gehen. Was treibt dich an?«

Gerda winkte dem Kellner. Sie brauchte ein Wasser, ihr Mund trocknete langsam aus.

»Und noch was: Ich bin nur deine biologische Mutter. Als deine richtige Mutter bin ich nicht mehr vorhanden.«

Victoria lief bis zu den Haarspitzen rot an. Ihre Mutter hatte sich sehr verändert und ahnte schon, warum sie hier war.

»Mama, du kommst jetzt mit nach Hause, und dann werden wir die komischen Verträge auflösen.«

Wie von der Tarantel gestochen sprang Gerda aus dem Sessel.

»Ich glaube, es hakt bei dir! Du bist doch das hinterhältigste Miststück, das mir je unter die Augen gekommen ist. So ein Luder wie dich gibt es kein zweites Mal auf dieser Erde. Scher dich ein für alle Mal zum Teufel. Ich will mit dir nichts, aber auch gar nichts mehr zu tun haben. Hast du mich verstanden?«

Verstohlen sah sie sich um. Sie musste aufpassen, dass nicht jemand von der Presse hier herumlief. Auf keinen Fall wollte sie eine negative Berichterstattung riskieren.

Victoria hatte sich zwischenzeitlich auch erhoben. »Wie du willst. Dann lasse ich dich entmündigen.«

Gerda lachte gekünstelt, weil sie innerlich jetzt doch erschrocken war. Sie hatte an so etwas überhaupt nicht gedacht.

»Victoria, mach, dass du aus meinem Leben verschwindest. Ich werde notfalls gegen dich kämpfen bis zum Grab. Hau ab, du charakterlose Schlampe. Unser Gespräch ist beendet.«

Victoria musste für den Moment einsehen, dass sie hier nicht weiterkam. Aber es hing einfach für sie zu viel davon ab. Sie brauchte das Geld, egal wie.

»Wie du meinst, meine liebe Mama, wie du meinst. Wir werden uns aber wiedersehen, darauf kannst du jetzt schon wetten. Und ich werde mich vor Gericht durchsetzen.«

Dann war der Spuk vorbei. Gerda ließ sich mit butterweichen Knien in den Sessel fallen und stürzte das ganze Wasser, das sich noch in ihrem Glas befand, in einem Zug hinunter.

Plötzlich stand Ralf neben ihr.

»Guten Morgen, Gerda. Hast du gut geschlafen?«

»Setz dich, Ralf. Ich hatte gerade eine Fata Morgana, oder wenn du willst, den Alptraum meines Lebens. Ich zittere am ganzen Körper, und ich glaube, ich muss jetzt richtig viel Angst haben, mein neues Leben wieder zu verlieren.«

Sie schaute ihn mit gehetztem Blick an.

»Ganz ruhig. Was ist los?«, fragte er, während er sich setzte.

Sie erzählte ihm haarklein, was sich soeben zugetragen hatte.

»Ralf, die ist mit allen Wassern gewaschen. Kann die mich entmündigen lassen?«

Ralf saß kopfschüttelnd neben ihr, denn er begriff nicht, wie eine Tochter so mit ihrer Mutter umspringen konnte. Er sah Gerda in ihre traurigen Augen.

»Was ist nur mit dieser Frau los?«, überlegte er.

»Was kann ein Kind dazu treiben, so gegen eine Mutter vorzugehen, auf die sie eigentlich stolz sein müsste –

von der fehlenden Dankbarkeit dir gegenüber ganz zu schweigen? Sie hat doch immerhin das Haus als Vermögen ihres Vaters bekommen.«

»Die will das Geld«, antwortete Gerda.

»Aber warum? Geht's der Kanzlei nicht gut?«

Sie schüttelte den Kopf.

»Eigentlich kann das gar nicht sein. Die ist fleißig und tough, die tut alles für ihre Mandanten. Ralf, kann sie mir schaden?«

»Ich muss mir erst einen Überblick verschaffen. Von einem Tag zum anderen geht das sicher nicht. Du darfst dich nicht verrückt machen. Heute Abend hast du einen Auftritt, und jetzt gleich müssen wir mit deiner Band vieles regeln. Du brauchst also einen klaren Kopf – und ich auch. Ich werde gleich Noah anrufen, er soll Erkundigungen über deine Tochter einholen, und wir werden uns vorbereiten. Ich verspreche dir, dass wir alles tun werden, um dich zu schützen.«

»Ralf, danke. Und Ralf, warum tust du das alles für mich?«

»Kannst du dir das nicht denken?«

Sie schaute ihn schweigend an. Dann senkte sie verschämt den Kopf.

Er lachte.

»Du musst jetzt nichts sagen. Es ist heute nicht der Tag für persönliche Empfindsamkeiten. Komm, wir gehen zu deiner Band.«

»Du bist sehr verständnisvoll. In meinem Kopf brummt es gerade wie in einem Bienenstock, und ich fühle mich nicht in der Lage, rational oder emotional zu denken.«

»Komm jetzt, die warten im Besprechungsraum dort hinten.«

Er zeigte ihr mit einem Nicken die Richtung und führte sie zu ihren Kollegen.

Ziemlich gefasst stellte Gerda alle einander vor: »Darf ich bekanntmachen: Das sind Ludmilla, Nora, Abraham und Carlo, sie sind alle Mitglieder unserer Band. Wir sind also fünf Leute, die allesamt mehrere Instrumente spielen, und drei davon können auch singen.«

Dann drehte sie sich zur Seite.

»Und das ist mein guter Freund Ralf, von dem ich euch erzählt habe.«

Alle klatschten.

Etwas peinlich berührt hob Ralf die Hände.

»Nicht doch, nicht doch«, wehrte er ab.

»Ich bin nur ein Anwalt.«

»Aber einer, der sich auskennt«, erklärte Gerda.

»Er wird uns helfen, ein Management zu finden, und für uns die Verträge und Angebote prüfen. Und außerdem unsere Honorare verhandeln und dafür sorgen, dass wir nicht unfair behandelt werden.«

Ralf stellte sich in die Mitte.

»Ich möchte euch ein wenig über unsere Kanzlei erzählen. Fast alles wird über meinen Sohn laufen, der bereits übernommen hat. Ich möchte das so, weil ich privat sehr mit Gerda befreundet bin. Eine neutrale Stelle soll eure Interessen vertreten. Das ist auch deshalb nötig, weil ich wahrscheinlich Gerda gegenüber ihrer Tochter vertreten muss und es besser ist, wenn wir die Mandate trennen.«

»Was ist los? Was will deine Tochter von dir?«, fragte Abraham nun ganz aufgeregt.

Er kannte als Einziger aus der Band Gerdas familiären Hintergrund.

»Ist gut, Abraham, das ist sehr privat. Aber es würde meine Arbeit in der Band beeinträchtigen. Meine wohlgemerkt, nicht eure. Deshalb ist es besser, Ralf vertritt mich und sein Sohn die Band.«

»Gerda, damit geben wir uns nicht zufrieden«, rief Nora.

»Entschuldige, aber deine Sorgen sind auch meine Sorgen.«

»Das stimmt, du musst uns vertrauen«, bat Carlo.

Und Ludmilla meinte: »Ich bin die Nummer fünf der Band, und selbst wenn es sich abgedroschen anhört: Geteiltes Leid ist nun mal halbes Leid. Wir sind nicht neugierig auf Familieninterna, aber wir sind deine Freunde. Wenn dir jemand die Band wegnehmen will, dann sind auch wir betroffen.«

Der Beifall der Kollegen unterstrich Ludmillas Worte.

Ralf schaute Gerda an. Er wollte es ihr überlassen, ob sie die anderen einweihte oder nicht.

Als wäre es Gedankenübertragung, sah Gerda ihn ebenfalls an. Er erkannte, dass sie nicht wusste, was sie tun sollte.

»Sag du es ihnen, Ralf. Sag ihnen, was sie wissen müssen.« Sie nickte ihm bekräftigend zu.

»Gut. Das ist schnell gesagt. Gerda hat schon lange Probleme mit ihrer Tochter. Die Einzelheiten ersparen wir uns hier, weil die bitter und einer Tochter nicht würdig sind. Aus diesem Grund ist sie vor vielen Monaten gegangen, was nicht ohne Risiko war, immerhin hatte sie ihrer Tochter ihr einziges Vermögen, das Haus, gegeben. Umso mehr war sie froh, als sie Abraham traf, der ihr in Berlin geholfen hat, ein Zimmer und Arbeit zu finden. Und umso schöner war es, als sie mit euch diesen Erfolg in der Show einfahren konnte, der euch allen viel Spaß bereitete und für die nächsten Jahre zu eurer finanziellen Unabhängigkeit beitragen kann. Nun ist heute Gerdas Tochter aufgetaucht und will sie zwingen, wieder nach Hause zu kommen – notfalls mit einer Entmündigung, wie man im Volksmund sagt. Wir denken, dass sie das macht, weil sie an Gerdas Anteil eures Preisgelds kommen will.«

»Das gibt es doch gar nicht! Wie gemein muss man sein, um seine eigene Mutter so anzugehen?«

Abraham ruderte mit den Armen und schaute sie alle mit großen Augen an.

Auch die anderen fanden nur schwer Worte, um das Gehörte zu verarbeiten und einzuordnen.

Niemand von den Freunden hatte eine Vorstellung, wie es zu einer solchen Reaktion der Tochter kommen konnte, zumal alle Anwesenden Gerda als netten, hilfsbereiten Menschen kannten.

»Wir werden jetzt recherchieren, nach Gründen suchen und dann alles Rechtliche in die Wege leiten. Also macht euch mal nicht so viele Sorgen, wir tun alles für Gerda«, erklärte Ralf abschließend.

Abraham stand auf und trat auf Gerda zu.

»Wir sind auf jeden Fall auch alle für dich da. Und wenn das Früchtchen nicht auf Ralf hört, dann kann sie ein paar alte Knacker kennenlernen, die es faustdick hinter den Ohren haben. So einfach lassen wir uns nicht über den Tisch ziehen.«

»Danke, Abraham. Gut zu wissen, dass man so viele Freunde hat und nicht alleine ist mit seinem Kummer. Hatte ich übrigens noch nie. Danke nochmals.«

Die nächsten Stunden verbrachten sie damit, die Angebote und Anfragen zu prüfen und zu bewerten.

Ralfs Sohn Noah gesellte sie zu ihnen, stellte sich vor und brachte gleich einen Agenturbesitzer und einen Manager mit, die beide mit Sicherheit vertrauenswürdig waren.

Erst am späten Nachmittag waren alle Punkte abgearbeitet und die Verträge unterschrieben.

»So, Leute, das war ein hartes Stück Arbeit, aber wir haben ein gutes Paket geschnürt, glaube ich«, erklärte Ralf.

Er war richtig zufrieden und klopfte Noah, der die meiste Arbeit geleistet hatte, auf die Schulter.

»Legt euch jetzt bitte noch zwei Stunden aufs Ohr, damit ihr heute Abend euren wichtigen Auftritt gut bewältigen könnt.«

»Danke, Ralf. Das ist eine gute Idee.«

Gerda erhob sich und machte den Anfang.

19

Die nächsten Wochen liefen relativ ruhig ab, was die Störfeuer von außen anging.

Stressig waren die Termine, die die Band zu absolvieren hatte.

Keiner von ihnen hätte sich je vorstellen können, wie anstrengend es war, ein Album aufzunehmen, ein Video zu drehen und dieses dann auch noch bei ungezählten Radio- und Fernsehstationen zu promoten.

Aber sie schafften das dank ihres tollen Teams, das aus einem Manager, einer Agentur und aus Noah bestand. Ralf hatte nicht zu viel versprochen. Er hatte dafür gesorgt, dass sie sich sicher sein und von niemandem übervorteilt werden konnten. Alle zusammen achteten sehr darauf, dass die fünf jung gebliebenen Alten ausreichend Pausen und Freiräume bekamen.

Alles war gut, nur in den Hinterköpfen schwang die große Sorge um Gerda und ihre Tochter wie ein Damoklesschwert mit.

In einigen Tagen sollte nun eine kleine Tour durch Deutschland starten. Es waren kleinere Säle und Clubs ausgewählt worden, die die Atmosphäre und die Ausstrahlung des Rock 'n' Roll unterstrichen.

Für heute Abend allerdings war Gerda mit Ralf zum Essen verabredet. Er hatte sie in ein Restaurant eingeladen und wollte mit ihr die Recherche-Ergebnisse über Victoria durchsprechen.

Weil das aber so ein heikles Thema war, bat sie ihn, in ihre neue Wohnung zu kommen, die sie erst vor ein paar Tagen bezogen hatte.

Es war eine bescheidene Dreizimmer Altbauwohnung mit Balkon und ohne großen Komfort in Charlottenburg.

Mittlerweile liebte sie diesen Bezirk und ganz besonders den Kurfürstendamm mit seinen vielen Geschäften.

Sie war glücklich und dachte lächelnd an den zweiten Hinterhof in Kreuzberg zurück, der für sie im Laufe der Zeit seinen Schrecken verlor. Und weil der ganze Kiez sie damals mit offenen Armen aufgenommen und beschützt hatte, kam ihr alles gar nicht so duster vor, wie sie anfänglich glaubte. Im Gegenteil, die Menschen waren ihr sehr ans Herz gewachsen.

Mit Ralf verband sie eine wunderbare Freundschaft, eine Freundschaft so stark wie in ihrer Jugend.

Gerda war sich inzwischen gewiss, dass es von seiner Seite immer noch die große Liebe von damals war.

Beide hatten aber eine stillschweigende Übereinkunft geschlossen, dieses Thema im Moment nicht auf die Tagesordnung zu setzen.

Sie selbst war sich nicht sicher. Ja, sie fand ihn sehr attraktiv, und ihr Herz kribbelte schon auch ein wenig, wenn er anrief oder wenn sie sich sahen.

Sie wusste aber nicht, ob sie sich jetzt auch in ihn verliebt hatte. Konnte man überhaupt in diesem Alter so emotional lieben?

Und er, sah er nur die junge Gerda in ihr, die es heute ja gar nicht mehr gab?

Konnte man die alten Brötchen überhaupt aufwärmen?

Oder würde das alles neu und wunderschön sein?

Wenn sie nach der Dusche vor dem Spiegel stand, dann schaute sie lieber schnell wieder weg.

Sie fand, dass nichts mehr an ihrem Aussehen einen Mann anlocken konnte. Ihre kleinen und großen Rettungsringe, wie sie sie gar nicht liebevoll nannte, waren in ihren Augen stockhässlich, und das Ganze war auch noch mit einer Reihe von Falten und Altersflecken gespickt, sodass man eigentlich nur noch weinen mochte.

Gerda war mittelgroß und mit Proportionen gesegnet, die aus ihrer Sicht gerade noch so gingen. Wenn sie ehrlich zu sich selbst war, dann müsste sie Sport treiben und gezielt an sich arbeiten, dachte sie oft.

Darauf hatte sie aber noch nie wirklich Lust gehabt. Die vielen Arbeiten im Haus und auch jetzt auf der Bühne waren ihr Sport genug.

Diese Unzufriedenheit mit sich und ihrem Körper resultierte einzig und allein aus ihrer eigenen Einschätzung.

Für alle anderen Menschen in ihrem Umfeld war sie eine gepflegte, attraktive, kluge und humorvolle Frau mit einem schönen Gesicht und einer insgesamt tollen Ausstrahlung.

Sie wurde für ihre Offenheit und ihren modernen Zeitgeist geliebt. Das waren alles Attribute, die nicht zwangsläufig etwas mit einer Fünfundsechzigjährigen zu tun hatten. Ihre Kolleginnen reagierten da völlig anders als sie selbst.

Sie sagten immer, dass es jetzt die Altersschönheit sei, und das wiederum zusammen mit der Altersweisheit sei doch das Beste, was man sich im Leben vorstellen könne.

Gerda wusste noch nicht, ob sie es irgendwann auch so locker sehen konnte. Derzeit kam bei ihr wieder einmal die Musik an erster Stelle – nicht sie selbst und auch nicht die Liebe.

Erst vor wenigen Minuten war sie nach Hause gekommen. Sie war beim Friseur gewesen und hatte anschließend im KADEWE eingekauft.

Passend zu dem Thema, das sie und Ralf besprechen wollten, besorgte sie eine kleine Auswahl Antipasti, zwei Steaks und Salat. Als sie die Zutaten aus der Tasche holte und in den Kühlschrank legte, musste sie lächeln, weil sie unbewusst diese Verknüpfung gewählt hatte.

Sofort waren wieder die alten Bilder des absichtlich verunglückten Gästeessens und Viktorias Reaktion in ihrem Kopf präsent.

In ihrem Wohnzimmer hatte sie eine kleine Essecke, dort deckte sie den Tisch, dann bereitete sie das Essen vor und zog sich ein schönes Kleid an.

Mit einem letzten Blick prüfte sie ihr Aussehen und öffnete dann den Wein. Kurz danach klingelte es auch schon an der Wohnungstür.

»Hallo Ralf, komm rein. Ich freue mich sehr, dass du da bist.«

»Danke für die Einladung. Du wohnst aber in einem schönen Haus.«

»Ja, darauf habe ich sehr geachtet.«

Er überreichte ihr einen großen Blumenstrauß, den er gerade aus dem Papier gewickelt hatte.

»Oh, die sind aber schön. Danke, das ist sehr aufmerksam von dir. Geh doch schon mal durch und schau dich um. Ich stelle nur noch die Blumen ins Wasser und bin gleich wieder da.«

Gerda lief in die Küche und holte eine Vase aus dem Schrank. Sie war jetzt richtig froh, dass sie überhaupt eine Vase besaß, die dem großen Strauß gerecht werden konnte. Sie hatte sich ja in den letzten Wochen einen völlig neuen Hausstand zulegen müssen, was sie in einer ausgewählten Mischung aus Billigmöbelhaus, Flohmarkt und Antiquitätenhändlern getan hatte.

Ralf stand am hohen Fenster des Wohnzimmers und schaute auf die Lichter der Stadt. Auf einer Seite konnte er sogar die Kaiser-Wilhelm-Gedächtniskirche sehen – ein toller Ausblick, von dem er sich kaum lösen konnte.

Anschließend betrachtete er ausgiebig das geschmackvoll eingerichtete Wohnzimmer.

An einer Wand standen ein englischer Schrank und eine kleine Vitrine, an der anderen eine schöne Ledercouch und ein Sessel, dazu ein zum Schrank passender Couchtisch. Die dritte Wand hatte einen kleinen Erker, in dem der kleine Esstisch mit vier Stühlen untergebracht war. Und an der Wand mit dem großen Fenster befand sich noch eine Stehlampe. Auf dem Parkett lagen zwei kleinere Perserteppiche, und die Wände zierten wenige erlesene Bilder.

»Na, gefällt es dir bei mir?«

Gerda kam mit den Blumen herein und stellte sie auf der Vitrine ab.

»Ja, das ist eine sehr schöne Wohnung. Wie viele Zimmer hast du?«

»Nur drei, das reicht. Ich brauche nur noch ein Schlafzimmer und mein persönliches Zimmer mit Büchern, Sofa, Musikanlage, Fernseher und Schreibtisch – mein Wohlfühlzimmer, wenn du so willst.«

»Ah, verstehe. Bist du das so gewohnt?«

»Nein, das hatte ich nie. Umso wertvoller ist es jetzt für mich, das haben zu können.«

Sie hatte nach der Weinflasche gegriffen und wollte eingießen.

»Darf ich das machen?«

Er konnte den Blick nicht von ihr lösen. Die Lichter der Nacht, dieses in gedimmtes Licht getauchte Zimmer und Gerdas Aussehen waren eine ziemlich erotische Mischung, der er sich nur mit viel Mühe entziehen konnte.

Als er eingegossen hatte, reichte er Gerda ihr Glas.

»Auf einen schönen Abend, Ralf. Auch wenn du vielleicht keine so guten Nachrichten für mich hast.«

»Ach, es wird nichts so heiß gegessen, wie es gekocht wird.«

Sie musste lachen.

»Das war jetzt das Stichwort, dass ich die Vorspeise auftragen soll. Setz dich doch bitte schon mal.«

Genüsslich verspeisten sie die kleine Auswahl an italienischen Vorspeisen, und als Gerda die Steaks mit dem Salat brachte, erzählte sie ihm, was damals passiert war, als sie für die Gäste ihrer Tochter kochen musste.

»Gerda, das hätte ich niemals von dir gedacht.«

Er hielt sich den Bauch vor Lachen.

»Jetzt wundert es mich nicht mehr, dass sie dich entmündigen will.«

»Hör auf zu unken. Das wäre ja schrecklich, wenn ihr das gelingen würde.«

Sie wurde ernst.

Und auch Ralf hörte auf zu lachen.

»Das will ich mal nicht hoffen. Wollen wir uns dann die Sache vornehmen?«

Er machte eine kleine Pause.

»Eigentlich habe ich gar keine Lust, mich nach dem schönen Essen so einem ernsten Thema zu widmen.«

Gerda stöhnte.

»Ja, ich auch nicht. Aber was sein muss, das muss halt sein! Komm, wir setzen uns rüber aufs Sofa.«

Sie nahm die Gläser und ging vor zur Sitzgruppe.

Ralf öffnete seine kleine Aktentasche, die er, als er gekommen war, zufällig an der Seite des Sofas abgestellt hatte.

Er legte einen ganzen Stapel an Notizen auf den Tisch und fing an, diese etwas zu sortieren.

»So, dann gehen wir das mal durch.«

Er nahm noch einen Schluck Wein und legte sich einen Notizblock und einen Stift bereit.

»Als Erstes haben wir sie auf ihre Liquidität abgeklopft, und da ist uns einiges zu Ohren gekommen. Tatsächlich könnte das einer der Gründe sein, warum sie will, dass du mit möglichst viel Geld wieder zurückkommst.«

»Wie, hat die tatsächlich kein Geld mehr?«

Aufgeregt schlang sie die Hände ineinander.

»Das ist sehr optimistisch ausgedrückt.«

Er hielt ihr den Bericht eines Detektivs hin.

»Erkläre mir das lieber, ich bin viel zu aufgeregt.«

»Also gut, wie du möchtest. Wir haben Auskünfte eingeholt, und sie scheint nur schleppend ihre Rechnungen bezahlen zu können. Da ist wohl schon die eine oder andere etwas länger liegen geblieben, mit der Folge, dass sie nicht mehr sehr vertrauenswürdig ist. Außerdem haben wir einen Beobachter auf sie angesetzt, der sich in ihrem Umfeld umgehört hat.«

Er nahm sein Glas in die Hand und trank wieder einen Schluck Wein.

»Und weiter?«

Sie stand auf und lief im Zimmer auf und ab.

»Langsam, Gerda, immer langsam mit den Pferden.«

»Ich kann es nicht glauben.«

Sie schüttelte ohne Unterlass den Kopf, weil es unvorstellbar war, was sie da hörte.

»Sie hat keine Freunde und so gut wie keine Mandanten mehr«, berichtete er weiter.

»Als rücksichtslose Beißzange hat sie es sich mit allen Leuten verscherzt. Selbst Streithähne, die sich vor Gericht über einen Sieg freuen wollten, hielten ihr Vorgehen teilweise für abartig. Ihr schlechter Ruf hat sich dann bis zu den Firmen, die sie betreute, herumgesprochen, sodass auch die sich zu großen Teilen verabschiedet haben.«

»Meine Güte, das kann doch nicht wahr sein.«

Gerda schlug die Hände vor das Gesicht, und ihre Schultern zuckten.

Er beugte sich zu ihr rüber und legte ihr dem Arm um die Schultern.

»Beruhige dich.«

»Sie ist trotzdem meine Tochter, und bis jetzt konnte ich ausschließlich wütend auf sie sein.«

»Das kannst du definitiv jetzt auch. Nur nicht gleich schon wieder weich werden, meine Liebe. Der Beschiss lauert hier nämlich überall.«

Er schaute sie mit ernsten Augen an und zog seinen Arm wieder zurück.

»Deine Tochter hat nämlich noch mehr Mist gebaut. Zusammen mit einem anderen Anwalt hat sie mit Abmahnungen vielen Leuten das Geld aus der Tasche gezogen, und jetzt ist der Staatsanwalt an der Sache dran. Es riecht nach Betrug.«

»Was sind Abmahnungen?«, flüsterte sie.

»Das kann vielschichtig sein. Da suchen Leute oder Anwälte im Internet, wer einen Fehler macht, wie zum Beispiel unvollständige Angaben machen, ungefragt Markennamen und Bilder nutzen, Musik herunterladen und vieles andere. Da werden dann die Leute angeschrieben, zur Unterlassung aufgefordert und zu einer Zahlung von oft mehr als tausend Euro verdonnert. Es ist oft grenzwertig und manchmal auch strafbar. Auf jeden Fall füllt es die Konten von denen, die das als ihr Geschäftsmodell ansehen.«

»Wie kann sie nur?« Gerda konnte sich kaum beruhigen.

»Die war immer so pingelig, so akkurat. Scheinbar frisst in der Not der Teufel wohl Fliegen. Das ist doch nicht meine Tochter.«

»Ja, und das hat zur Folge, dass das ganze Internet voll ist von Warnungen und Schimpftiraden über ihr Handeln. Das schadet ihr unendlich und bringt sie auch langsam, aber sicher um ihre Existenz.«

Ralf legte die Papiere zur Seite.

Beide schwiegen eine ganze Weile.

»Sie hat jetzt mit sich selbst genug zu tun«, stellte Gerda schließlich fest.

»Da würde ihr der Kampf vor Gericht gegen mich schon aus Zeitgründen nicht helfen. Was ist eigentlich mit dem Haus?«

»Du bist auf dem Holzweg mit deinen Gedanken. Und dein Haus hat sie noch. Wahrscheinlich kommt sie nicht weiter, weil du immer noch das Wohnrecht besitzt, das kauft ihr niemand ab. Es könnte höchstens versucht werden, das Haus zu versteigern. Aber da zuckt selbst die Bank zurück.«

»Und wo ist mein Holzweg?« Sie hatte nun Tränen in den Augen.

»Dich auf dem Klageweg anzugehen, ist nicht so langwierig und mühselig für sie. Das geht ganz schnell, wenn sie das gut macht.«

Sie wurde ganz blass.

»Was kann sie tun?«

»Sie könnten dir unterstellen, dass du nicht mehr entscheidungsfähig bist, und deine Tochter lässt sich als Betreuerin eintragen. Dann kann sie bestimmen, wo du dich aufhältst, und sie hat Vollmacht für deine Konten.«

»Ralf!«, schrie sie auf.

»Ralf, du musst was tun!«

Dann sackte sie in sich zusammen.

»Das ist es, was sie gemeint hat. Genau das ist es«, schluchzte sie in ihre Armbeuge.

Er konnte ihren seelischen Schmerz beinahe nicht mehr mit ansehen, aber er musste ihr die Wahrheit sagen. Natürlich würde er alles tun, um mögliche Aktionen Victorias zu verhindern, aber auch seine Mittel waren begrenzt.

»Nicht weinen, ich kann das gar nicht mit ansehen, bitte nicht. Ich versuche, für alle Eventualitäten vorzusorgen. Bitte vertrau mir.«

Er zog sie in seine Arme und strich ihr sanft über den Arm. Dabei versuchte er, sich möglichst zurückzuhalten. Er wollte ihr nicht das Gefühl geben, dass er ihre Situation ausnutzte.

»Ralf, was können wir jetzt tun?«

»Da wir nicht wissen, wann sie etwas unternimmt, werden wir ganz simple Dinge tun. Du gehst mit mir in die Kanzlei, und wir schreiben ein Testament, dazu rufen wir einen Freund von mir an, der als Arzt bestätigen wird, dass du das Testament bei vollem Verstand diktiert hast. Dann werden wir zu einem anderen Arzt in die Klinik gehen und dich gründlich untersuchen lassen. Als

Begründung nehmen wir die bevorstehende Tour, damit es nicht auffällt. Damit haben wir was in der Hand und können deine Gesundheit nachweisen. Und dann habe ich noch ein paar Ideen, die wir in den nächsten Tagen in Angriff nehmen können. Du siehst, wir bereiten uns vor, und ich hoffe, wir sind ausreichend geschützt, falls sie auf dumme Ideen kommt, was ich allerdings befürchte.«

»Danke. Wieder einmal vielen Dank.«

»Alles gut. Mach ich gerne.«

»Warum tust du das alles für mich?«

»Kannst du dir das nicht denken?«

»Ich glaube schon. Es ist etwas, worüber ich jetzt viel nachdenken müsste und wobei ich ausgeglichen sein sollte. Aber immer sitze ich vor einem Berg von Problemen, die darauf warten, gelöst zu werden. Vor ungefähr zwei Jahren habe ich gedacht, dass ich meine Ruhe finde, wenn ich gehe. Aber nichts da, es kam alles anders. Nicht die Oma dreht durch, was ich bis jetzt humorvoll selbst von mir dachte, jetzt ist es die Tochter, die durchdreht. Ich möchte meinen Frieden, Ralf.«

»Das schaffen wir schon. Du wirst sehen, das löst sich nach und nach auf. Ich glaube, ich verabschiede mich jetzt, und bedanke mich für das tolle Essen und den trotzdem angenehmen Abend. Es ist schön, bei dir zu sein.«

Er erhob sich, und sie brachte ihn zur Tür.

»Wir telefonieren morgen. Ich versuche, alle Termine zu vereinbaren. Gute Nacht.«

»Gute Nacht, Ralf.«

20

Victoria saß am Küchentisch und drehte die Kaffee-tasse unaufhörlich in ihren Händen. Sie sah schrecklich aus.

Gestern Abend hatte sie sich mit einem alten Bekannten getroffen. Er war Richter, er war einer von denen, die nur an die Karriere dachten, und einer der wenigen, die ihr noch einen Gefallen schuldeten.

Eigentlich wollte sie ihn erst vorsichtig abklopfen. Stattdessen hatten sie beide es richtig krachen lassen.

Er hatte sie in eine ziemlich verruchte Bar eingeladen, und würde sie ihn nicht für ihre Zwecke brauchen, hätte sie sich empört umgedreht und wäre gegangen.

Die in rotes, schummriges Licht getauchte Bar hatte mehrere Sitzgruppen, die fast alle besetzt waren. In der Mitte, für alle sichtbar, war ein Podest mit einer Stange für Tabledance-Auftritte aufgebaut.

Nacheinander traten immer abwechselnd junge Frauen auf und tanzten in aufreizenden Posen um die Stange herum.

Max, der Richter, bestellte eine Flasche Champagner nach der anderen, und Victoria bekam nur am Anfang mit, wie er mit seinen gierigen, lüsternen Augen ununterbrochen zur Bühne und in die Sitzgruppen starrte und ständig beim Sprechen rein zufällig mit der Hand über ihre Oberschenkel strich.

Blitzschnell fasste sie nach seiner Hand und schob sie weg.

»Max, lass das. Wir sind hier in der Öffentlichkeit.«

»Ich mache doch gar nichts, was die Öffentlichkeit nicht sehen darf. Und hier drin?«

Max schaute sich um, und zeigte mit einem Kopfnicken zur Sitzecke links von ihnen.

»Hier geht alles.«

Victoria schaute seinen Augen hinterher und sah, wie sich zwei Frauen und ein Mann in eindeutiger Weise miteinander beschäftigten.

»Das ist ja pervers. Haben die keine Hinterzimmer?«

»Die gibt es auch, wenn es gewünscht wird. Hier gibt es alles, was man möchte. Und übrigens, man braucht nicht unbedingt ein Hinterzimmer, man kann das auch mit Zuschauern genießen.«

»Hast du keine Sorge, hier gesehen zu werden? Ein Richter in so einem Etablissement?«

»Keine Gefahr, meine Liebe, das ist ein ganz spezieller Club. Hier kommt Schütze Arsch nicht rein. Hier muss man sich teuer einkaufen und braucht mindestens drei Empfehlungen von Mitgliedern. Sehr diskret hier.«

Er rückte näher an sie heran und erhob sein Glas.

»Auf einen ereignisreichen Abend. Ich freue mich sehr, dich wiedergetroffen zu haben.«

»Prost, Max. Es ist nett, dass du mich eingeladen hast, und dann gleich an so einen skurrilen Ort. Hätte ich ehrlich gesagt nicht erwartet. Ich wollte mich eigentlich mit dir über unsere gemeinsame Vergangenheit unterhalten, und jetzt sitzen wir hier und saufen Schampus.«

Sie hatte schon kräftig zugelangt, lachte und redete deshalb schon etwas aufgesetzt und mit schwerer Zunge.

Und er hatte so seine Erfahrungen, er wusste, was er tun musste, um Frauen gefügiger werden zu lassen.

Auch wenn sich das niemand eingestehen wollte, aber die in diffuses Licht getauchte Umgebung, die Musik und die eindeutigen Handlungen der Paare rings um sie herum trugen stark dazu bei, gewisse Ziele leichter erreichen zu können.

»Wie geht es dir eigentlich so? Du siehst zum Anbeißen aus.«

Max rutschte noch näher an sie ran, prostete ihr schon wieder zu, fuhr mit der freien Hand an der Innenseite ihrer Schenkel hoch und schob dabei ihren Rock nach oben.

Ihre Haut reagierte sofort, obwohl sie das eigentlich abwehren wollte. Aber der Alkohol tat sein Übliches. Sie lehnte sich zurück und öffnete ganz leicht ihre Beine.

Er jubilierte innerlich und kam mit seinem Gesicht näher. Seine Zunge schoss in ihren Mund. Er stellte das Glas ab, und seine andere Hand fasste ihr in den Ausschnitt und holte ihre Brüste heraus, die er unaufhörlich knetete.

Innerhalb weniger Minuten brachen alle Dämme, sie bearbeiteten sich gegenseitig hemmungslos, und er versuchte trotzdem, den Ablauf nach seinen Vorstellungen zu steuern. Victoria war inzwischen nur noch Wachs in seinen Händen.

Sie konnte keinen eigenen Willen mehr entwickeln und gab sich ihren mittlerweile starken Lustgefühlen bis zum Höhepunkt hin, ohne darüber nachzudenken, dass ihr hier einige Leute zuschauten, die sich leise um sie herum gruppiert hatten.

Es wurde eine sehr lange Nacht, und sie beteiligten sich noch an weiteren Spielen mit anderen Gästen.

In den frühen Morgenstunden kamen sie beide zu Fuß und total betrunken bei ihr zu Hause an, und während es bereits hell wurde, folgte noch ein weiterer Ausrutscher.

Victoria ließ sich tatsächlich von Max neben der Eingangstür an die Hauswand drücken.

Mittlerweile hatte er kein bisschen Feingefühl oder Verständnis mehr, sondern schob ihr schnell den Rock hoch, zog ihr Bein mit dem Arm nach oben an seine Hüfte, riss mit Gewalt ihren Slip zur Seite, öffnete seine Hose und drang rücksichtslos in sie ein.

Nach kurzer Zeit war jedoch alles vorbei, er zog sich die Hose zu und schwankte ohne Gruß lachend und laut grölend davon.

Victoria drehte noch immer ihre Tasse in den Händen. Ihr war kotzschlecht von dem vielen Champagner und nicht nur davon, sondern auch von dem, was sie sich da geleistet hatte.

Wie konnte sie nur? Sie ekelte sich vor sich selbst und wusste jetzt nicht, wie sie ihm in Kürze gegenübertreten sollte, sie brauchte ja seine Hilfe.

Und zu allem Elend stand heute Morgen auf der anderen Straßenseite ein Auto, dessen Fahrer vermutlich auf jemanden wartete und diesen peinlichen Akt vor der Tür mitsamt Max' grölendem Abgang hundertprozentig gesehen haben musste.

Wenn das jemand war, der sie kannte, wurde sie jetzt auch noch in der ganzen Straße verschrien.

Sie stöhnte auf und schaute auf ihre Armbanduhr. Es war gerade mal sechs.

Sie musste endlich ihre besudelten Klamotten ausziehen, duschen und in einer halben Stunde dann die Mädchen wecken.

Langsam schleppte sie sich mit einem relativ hohen Restalkoholpegel im Blut ins Bad. Noch ehe sie aber die Dusche anstellen konnte, musste sie sich übergeben und ein Aspirin schlucken. Danach duschte sie ausgiebig und kleidete sich an.

Den Mädchen trat sie etwas wortkarg gegenüber. Sie beobachteten ihre Mutter, die sich sichtlich mit dem Frühstück abmühte.

»Hast du was, Mama?«

Josefine fand, dass ihre Mutter heute anders war als sonst. Außerdem war nicht zu übersehen, dass sie wohl sehr übernächtigt war und auch getrunken hatte.

»Nein, ich habe nichts. Beeilt euch, ihr müsst bald los.«

»Dein Frühstück wird immer mickriger«, meckerte Natalie.

»Könntest du dich nicht mal mit Oma versöhnen, damit die wieder nach Hause kommt?«

»So einfach kommt die nicht zurück. Sie ist ja jetzt so was Ähnliches wie berühmt. Dabei hört man im Moment recht wenig von ihr. In den Charts scheint sie auf jeden Fall noch nicht zu sein.« Victoria lachte bitter auf.

»Sei nicht so gehässig, Mama. Wir wollen doch erreichen, dass uns Oma von ihrem Geld etwas abgibt«, gab Josefine zu bedenken.

»Das wird sie nicht einfach mal so machen. Eure Oma denkt bestimmt nicht daran. Lasst uns das ein anderes Mal besprechen, ihr müsst jetzt los. Beeilt euch bitte.«

Als die Mädchen aus dem Haus waren, setzte sich Victoria an den Küchentisch.

Das ganze Elend der verkorksten Nacht tauchte wieder vor ihrem geistigen Auge auf.

Sie musste Max später, wenn er seinen Rausch ausgeschlafen hatte, anrufen. Eigentlich müsste sie ihn erpressen.

Langsam nahm sie einen Schluck Kaffee und schaute auf ihre Armbanduhr. Es war bereits neun, und sie hätte heulen können. Es war noch gar nicht so lange her, da war sie morgens bereits vor acht im Stress und führte eine gut gehende Kanzlei.

Und heute?

Heute fuhr sie nur noch für wenige Stunden ins Büro, um in den nächsten zwei Wochen die Kanzlei aufzulösen.

Das Personal hatte sie bereits entlassen und die Räumlichkeiten zum nächsten Monat gekündigt, weil sie die Miete nicht mehr aufbringen konnte. Als Ersatz würde sie sich zu Hause im Anbau, wo ihr Vater einst sein Büro hatte, eine kleine Kanzlei einrichten.

Das alles aber nur so lange, bis ihre Mutter wieder da war, dann würde sie sich ein neues Büro in der Anonymität der Großstadt suchen.

Sie stöhnte. Nie hätte sie sich träumen lassen, einmal eine so schlechte wirtschaftliche Situation zu erleben.

Ihr Smartphone begann zu klingeln.

Wie sie sehen konnte, versuchte Karsten, ihr Geschiedener, sie zu erreichen.

»Ja, was gibt es?«

»Guten Morgen, ich glaube, ich sollte mal fragen, wie es dir geht.«

»Ach ne. Willst du dich an meinem Elend weiden?«

»Nicht jeder ist so wie du, Victoria. Ich bin besorgt, weil ich nichts Gutes über dich höre.«

»Ist das so? Ich kann das nicht bestätigen. Was hörst du denn?«

»Dass du pleite bist, dass du öfter mal trinkst. Dass du den Staatsanwalt an der Backe hast. Dass du im Internet einen schlimmen Ruf hast, so schlimm, dass du nie wieder ein Bein auf den Anwaltsboden bekommen wirst.«

»Haste noch mehr, oder war es das jetzt?«

»Du warst meine Frau, du bist die Mutter meiner Kinder, und ich kann nicht zuschauen, wenn du vor die Hunde gehst.«

»Oje, wie bühnengerecht du das vorträgst. Wir sind geschieden, falls du es vergessen hast.«

»Ich habe das nicht vergessen. Aber spielt das eine Rolle? Außerdem hast du mich verlassen, nicht ich dich.

Und wenn wir schon dabei sind: Ich liebe dich immer noch, auch wenn wir wahrscheinlich nicht mehr zusammenkommen. Aber Freunde und Eltern können wir doch sein, findest du nicht?«

»Hör auf, Karsten, bitte. Und sei nicht so schwermütig, das ist nicht nötig. Ich schaffe das schon irgendwie. Jetzt versuche ich erst einmal, Mama zurückzuholen.«

»Na, die wird dir was husten. Du hast sie nicht gerade gut behandelt. Die kommt garantiert nicht mehr zurück. Erst recht nicht jetzt, wo sie reisen kann und so viel Spaß mit ihrer Band hat.«

»Wetten, dass die zurückkommt?«

»Was um Himmels willen führst du im Schilde? Ich ahne Fürchterliches.«

»Lass mich nur machen. Die kommt zurück, da kannst du sicher sein, mein Lieber.«

»Versündige dich nicht an deiner Mutter und lass dir lieber von mir helfen.«

»Ich habe jetzt keine Zeit mehr. Lass mich mit deinem Gelaber in Ruhe.«

Sie beendete das Gespräch, blieb noch einen Moment sitzen und ließ sich Karstens Worte durch den Kopf gehen.

Eigentlich müsste sie sich geschmeichelt fühlen, weil er sie immer noch liebte. Sie hatte ihn vor ein paar Jahren verlassen – oder besser gesagt, sie hatte ihn einfach rausgeworfen, weil er in ihren Augen in der gemeinsamen Kanzlei quergeschossen hatte, was die Ausrichtung und die Klientel anging.

Auch hatten sie in der inneren Führung unterschiedliche Meinungen, und zu Hause stritten sie unentwegt über die Erziehung der Kinder, und auch ihre Art, mit ihrer Mutter umzugehen, ging ihm damals gegen den Strich. Als diese ewigen Streitereien überhandnahmen, beendete sie die Beziehung von einer Minute zur anderen und eröffnete kurzerhand eine neue Kanzlei.

Karsten behielt das alte Büro und arbeitete ohne neuen Partner mit zwei oder drei Angestellten weiter.

Soweit sie wusste, ging es ihm wirtschaftlich gut, und privat schien er sich bisher nicht wieder gebunden zu haben. Das hätte sie sicher schon erfahren, denn die Mädchen verbrachten gelegentlich mit viel Mühe und Überredungskunst die Wochenenden bei ihrem Vater.

Sie selbst war schuld, dass die Mädchen ihn nur so selten besuchten, denn sie hatte die beiden gegen ihn aufgehetzt. Immerhin fuhren sie auch zwischendurch mal zu ihm, wenn sie etwas von ihm haben wollten.

Widerwillig erhob sie sich und machte sich fertig. Sie musste jetzt ins Büro und die Akten verpacken, denn sie hatte nur noch wenige Tage, dann mussten die Räumlichkeiten leer sein.

Im Büro angekommen nahm sie die Post aus dem Briefkasten.

Schon auf den ersten Blick erkannte sie ein wohl unangenehmes Schreiben von der Staatsanwaltschaft und weitere Briefe, die eindeutig auf eine amtliche Zustellung hinwiesen. Das konnten nur Mahnbescheide sein. Sie wusste, dass mittlerweile einiges aufgelaufen war. Diese

Briefe brachten selbst die sonst so kalte und toughe Victoria zum Zittern.

Es war etwas, das sie nicht auch noch haben wollte. Sie wusste, dass ihre Existenz in allerhöchster Gefahr war und sie so schnell wie möglich eine Lösung finden musste, denn es würde nicht mehr lange dauern, dann war das Haus dran.

Sie hatte damals eine Hypothek für die Einrichtung der Kanzlei darauf aufgenommen und konnte den Kredit jetzt nicht mehr bedienen. Es war nun alles nur noch eine Frage der Zeit, bis die Bank aktiv wurde.

Am Nachmittag rief sie Max an. Sie musste unbedingt zur Sache kommen, die Situation drängte.

»Hallo Max, alles gut?«

»Ja, Victoria, alles im grünen Bereich. Und bei dir?«

»Auch so. Ich wollte eigentlich gestern mit dir sprechen, dann haben wir das aber vergessen.«

Victoria verdrehte die Augen bei diesen Worten, die die Erinnerung an die besagte Nacht wieder in ihr aufleben ließen. Wahrscheinlich war sie jetzt auch noch rot angelaufen – ein Glück, dass Max es nicht sehen konnte.

Max prustete los, als er das hörte.

»Vergessen ist gut, meine Liebe. Wir hatten was Besseres zu tun. Ich muss dir sagen, du warst eine Bombe. Das hätte ich nie gedacht, denn ich hatte dich eher als prüde eingestuft. Aber bei der Gruppenparty anschließend … Mein lieber Schwan!«, rief er lachend.

»Da waren selbst die Frauen hin und weg. Die haben mich übrigens schon beim Gehen gefragt, wann du wieder mitkommst.«

»Ich bin peinlich berührt. So etwas habe ich noch nie getan, und ich bin sicher, dass es dem vielen Champagner geschuldet war. Es ist mir äußerst unangenehm, das kann ich dir versichern.«

»Na, na, nur keine falsche Bescheidenheit. So etwas macht man doch nur, wenn man es gerne hat. Du bist ein kleines Luder. Kommst du heute Abend mit?«

»Nein, ich komme nicht mit. Ich möchte mich bei Tage und nüchtern mir dir unterhalten.«

»Oh, das ist tagsüber im Moment ganz schlecht. Ich habe Berge von Akten und viele Verhandlungen.«

»Max, das muss sein. Erinnerst du dich an unsere Absprachen bei der Hausmann-Affäre?«

Er pustete die Backen auf und stieß die Luft aus. »Willst du mich vielleicht erpressen? Was ist los, wo brennt die Hütte?«

»Du hast gleich viele Fragen auf einmal. Ich habe mit Sicherheit nicht die Absicht, dich zu erpressen. Sagen wir mal, ich möchte dich um deine richterliche Hilfe bitten, weil ich glaube, dass ich bei dir noch etwas gut habe.«

»Du glaubst also, ich bin dir was schuldig wegen deiner Unterstützung bei der Hausmann-Affäre?«

»Ja, das glaube ich.«

»Du bist die größte Schlampe, die mir je untergekommen ist, meine Liebe. Ich könnte mir jetzt selbst in den Hintern beißen, denn ich hätte wissen müssen, dass dein Anruf gestern nicht selbstlos war. In der ganzen Stadt pfeifen es die Spatzen von den Dächern, dass du fertig bist, und zwar auf der ganzen Linie. Außer im Sex, da bist du gut, du scharfes Luder.«

Victoria spürte, dass es etwas mehr Raffinesse, noch ein bisschen mehr Hinterlistigkeit und vor allem einer knallharten Erpressung bedurfte, um ihn dazu zu bewegen, für sie die gewünschten richterlichen Entscheidungen zu treffen.

Jetzt musste sie ihn nochmals locken, ihm eine kleine Galgenfrist geben, um dann zuzuschlagen.

»Das stimmt, Mäxchen, da bin ich wirklich gut. Also noch einmal, ich will dich natürlich in keinster Weise erpressen. Ja, mein Anruf war schon sehr persönlich. Ich brauche wirklich deinen fachmännischen Rat in einer Angelegenheit, die sehr diskret behandelt werden muss.«

Sie machte eine Pause, damit er ihre Worte nachklingen lassen konnte.

»Ja, du liegst richtig, ihr habt mich im Club auf den Geschmack gebracht. Ich wusste gar nicht, dass ich so viel Spaß daran haben kann, mit mehreren Leuten Gruppensex zu haben.

Und dann auch noch mit Frauen, das war eine ganz neue Erfahrung für mich. Weißt du was, ich würde mich ehrlich freuen, wenn du mich mitnimmst. Ich hätte gerne erneut das pure Vergnügen mit dir und den anderen, wenn ich so darüber nachdenke.«

Victoria lauschte auf seine Antwort. Hoffentlich sprang er jetzt an, es war einfach zu wichtig für sie, ihn möglichst im Club sozusagen in voller Aktion zu filmen, damit sie ihn in der Hand hatte. So war zumindest ihr Plan.

Seine grauen Zellen arbeiteten. Als Richter kannte er alle menschlichen Abgründe, so auch die, die hinterlistig sein konnten.

»Du verarschst mich doch. Was willst du?«

»Ne, ich möchte wirklich nur einen Rat. Das ist eine sehr diffizile Angelegenheit, weil es um meine Mutter geht. Ich möchte das wirklich persönlich mit dir besprechen. Also, was ist mit dem Club? Wenn ich nur daran denke, könnte ich …«

»Hör jetzt auf und fang nicht gleich mit Telefonsex an. Wir treffen uns heute Abend um acht an der Kreuzung vor dem Club.«

Hätte er ihr selbstzufriedenes und durchtriebenes Gesicht gesehen, dann hätte er sich das ganz sicher anders überlegt.

So aber dachte er, dass er für seine Spielchen eine Schwäche von ihr erwischt hatte. Sein Rat könnte ja am Ende so oder auch so ausfallen.

Als sie aufgelegt hatte, war sie zufrieden mit ihrer Aktion. Dass sie wieder in den Club gehen musste, verdrängte sie.

Sie würde eben gegen die Peinlichkeit antrinken und sich einreden, dass sie das ja nicht allzu oft machte – und das auch nur, um ihre Ziele zu erreichen. Wenn sie ehrlich zu sich selbst war, was sie bisher tunlichst vermieden hatte, dann fand sie insgeheim sehr viel Spaß an der ungewohnten sexuellen Befriedigung.

Wieder zu Hause bereitete sie im Anbau noch einiges vor, damit sie in einigen Tagen die Büromöbel ordentlich aufstellen konnten.

Am späten Nachmittag suchte sie sich die Telefonnummer eines medizinischen Gutachters heraus, mit dem sie lange Zeit zusammengearbeitet hatte.

Auch er war in seiner beruflichen Tätigkeit nicht fehlerfrei, und Victoria hatte ihn an der einen oder anderen Stelle geschützt.

Es war jetzt an der Zeit, dass sie ihn daran erinnerte, weil er immer noch tätig war und auch noch eine Praxis hatte, also genau das, was sie brauchte, um ein ärztliches Gutachten zu bekommen.

Sie holte sich noch schnell in der Küche eine Tasse Kaffee, setzte sich lässig in ihren Bürosessel und wählte seine Nummer.

»Hallo Frank«, rief sie fröhlich, als er sich meldete.

»Ah Victoria, lange nichts mehr gehört. Wie geht es dir, meine Gute?«

»Ach, könnte etwas besser gehen. So sagt man doch immer, nicht wahr?«

Sie lachte, damit er nicht auf dumme Gedanken kam. Das hatte sie extra so eingeschoben, weil sie nicht wusste, ob auch ihm schon einige Vögelchen gezwitschert hatten, dass sie nicht ganz in der Spur war.

»Ja, das habe ich gehört. Aber du weißt ja, so ist das Leben, mal ist man oben, und mal muss man sich wieder rauskämpfen. Kann ich was für dich tun?«

Er wunderte sich schon, dass sie ihn nach so langer Zeit anrief. Bei ihr musste man ohnehin vorsichtig sein, sie hatte ja immer mit allen Mitteln für ihre Mandanten gekämpft, sogar mit solchen, die hart an der Grenze waren, manchmal auch kurz darüber.

Und jetzt hatte sie ja anscheinend fast gar keine Mandanten mehr. Er konnte sich nicht vorstellen, was sie von ihm wollte.

»Nichts Besonderes, Frank. Es geht um einen ärztlichen Rat.«

»Na, wenn es nur ein Rat ist, dann können wir das auch am Telefon besprechen. Ich stehe kurz vor dem Urlaub.«

Er wollte sich nicht mit ihr treffen. Am Telefon konnte er die nötige Distanz wahren, Nein sagen, wenn er es wollte, und notfalls auch einfach auflegen. Das Ganze war ihm nicht geheuer, die Frau rief ihn doch nicht nur wegen eines medizinischen Rats an. Die war mit allen Wassern gewaschen und nur mit Vorsicht zu genießen.

»Nein, das machen wir nicht am Telefon«, antwortete sie bestimmt.

»Das ist eine Sache, die wir wirklich nur persönlich besprechen können. Du kannst mir doch diesen kleinen Gefallen tun. Oder muss ich dich daran erinnern, was ich schon für dich getan habe? Wenn ich nur an die falschen Gutachten denke, die einige ins Gefängnis gebracht haben - erinnerst du dich? Also sei kein Lackaffe.«

Sie wurde wütend, das war heute schon der Zweite, der sie loszuwerden versuchte. Von Frank wusste sie leider privat gar nichts. Er ging wohl nicht in einen Swingerclub, sodass sie ihn da festnageln könnte.

Jetzt musste sie lächeln. Er war bestimmt schon Mitte fünfzig und ziemlich verschroben, eigentlich ein richtiger Langweiler, bei dem sie nichts finden würde.

Obwohl, überlegte sie, hatte er nicht einen Sohn und ihr damals erzählt, dass er ihn aus der Drogenszene rausgeholt habe? Könnte das sein wunder Punkt sein?

Sie würde das herausbekommen und hatte auch gleich eine Idee, wie sie das anstellen konnte.

»Victoria, das hört sich aber nicht nett an. Zumindest willst du mich unter Druck setzen, wenn ich das jetzt richtig verstehe.«

»Du verstehst natürlich nicht richtig. Ich bin heute etwas genervt, weil alles so anstrengend ist, entschuldige bitte. Ich möchte mit dir über eine private Angelegenheit sprechen, weil ich glaube, dass meine Mutter dement wird. Aber da sie ja gerade in der Öffentlichkeit steht, möchte ich dich um deinen diskreten Rat fragen. Ich möchte dir das aber persönlich erklären, verstehst du?«

»Ach so, na dann lass uns das übermorgen am Freitag machen, da habe ich etwas Zeit.«

Jetzt war er etwas beruhigt, obwohl er nicht verstand, warum sie ihm wegen solch einer Lappalie gleich mit Drohgebärden kam.

»Sehr schön. Dann treffen wir uns übermorgen im Café bei dir um die Ecke, da sind wir ungestört. Bis dahin.«

Victoria grinste in sich hinein, erhob sich und ging in den Keller, um sich eine Flasche Wein zu holen. Es war zwar erst fünf Uhr am Nachmittag, aber sie war der Meinung, dass sie sich jetzt einen guten Tropfen verdient hatte, zumal ihr heute Abend eine leichte Grundlage in Sachen Alkohol bestimmt gut tat.

Nachdem sie die Flasche geöffnet und sich ein Glas eingegossen hatte, setzte sie sich lässig in ihren bequemen Sessel und nahm den ersten Schluck, dann den zweiten und den dritten, und ehe sie sich versah, war das Glas leer, und sie musste nachgießen.

»Wann ist mir überhaupt mein berufliches Leben entglitten?«, fragte sie sich laut.

»War das, als ich mich von Karsten getrennt habe, oder erst später, als ich die Scheidungsklientel ausbaute?«

Warum hatte sie nie einen richtigen Draht zu ihrer Mutter gefunden? Warum hatten sie beide so aneinander vorbeigelebt?

Die Klagen ihrer Mutter bezüglich ihrer eigenen Ehe fand sie auf jeden Fall völlig haltlos.

Es war nicht die alleinige Schuld ihres Vaters gewesen, und das Ganze war nur die subjektive Sicht ihrer Mutter auf die Dinge, die damals passierten.

Ihren Vater konnte sie ja leider nicht mehr fragen. Und das Haus gehörte doch nicht wirklich nur Gerda, auch wenn das zunächst so auf dem Papier gestanden hatte.

War es nicht eher das Haus der Familie, also das Zuhause für alle und für alle Zeiten?

Hatte nicht ihr Vater immer gesagt, dass er das Haus für seine Zukunft und für seine Familie gebaut habe?

Doch egal wie es letztendlich gewesen war, es war nicht die Schuld des Kindes, dass es unter diesen Umständen geboren wurde.

Ihre Mutter hatte kein Recht, ihr das alles anzulasten. Und war es wirklich so vermessen von ihr, von ihrer Mutter, dem Familienoberhaupt, zu erwarten, dass sie sich mit in den Alltag einbrachte?

War es nicht besser, wenn ein älterer Mensch noch ein paar Aufgaben hatte? Schließlich hatte sie ja selbst miterlebt, dass Gerda vergessliche Momente hatte.

Das Klappern der Tür riss sie aus ihren Gedanken. Ihre beiden Töchter kamen gemeinsam nach Hause und betraten das Wohnzimmer.

Natalie sah als Erste ihre Mutter im Sessel sitzen, daneben eine leere Weinflasche und ein leeres Glas. Und dabei war es noch nicht mal Abend.

»Gibt es heute was zu feiern?«, fragte sie vorsichtig und runzelte die Stirn.

»Hallo, meine Mädchen. Sagt erst mal guten Tag.«

Victoria versuchte, die Situation zu überspielen. Natürlich war sie nicht betrunken, eher etwas angeheitert. Aber sie achtete stets darauf, dass die Mädchen sie nicht unbedingt mit der Flasche dasitzen sahen. Heute hatte sie das vergessen.

»Mama, wir sind keine kleinen Kinder mehr. Und das hilft auch nicht darüber hinweg, dass du am helllichten Tag mit einer leeren Weinflasche im Wohnzimmer sitzt.«

Josefine hatte sich in Rage geredet. Immer öfter hatte sie in letzter Zeit ihre Mutter trinkend und nach Alkohol stinkend vorgefunden.

Natalie verschränkte die Arme vor der Brust.

»Kann es sein, dass du ein Alkoholproblem hast?«

»Werd nicht frech. Das sind ja haltlose Anschuldigungen. Ich hatte heute einen erfolgreichen Tag, das ist alles.«

Die beiden Mädchen schauten sich an. Sie wussten, dass das nicht stimmte, nicht mehr stimmen konnte. Zu oft standen hier leere Flaschen rum.

Natalie drehte sich schweigend um und verließ das Wohnzimmer. Ihre Schwester folgte ihr.

Während sie sich in ihren Zimmern umzogen, hing Natalie ihren Gedanken nach.

Sie mussten etwas unternehmen, ehe hier alles gegen die Wand lief. Sie ging hinüber ins Zimmer ihrer Schwester.

»Josefine, was machen wir? Wir haben eine Mutter, die Alkoholikerin ist.«

»Meinst du?«

»Ich meine nicht, ich weiß es.«

Josefine ließ sich auf ihr Bett fallen.

»Das ist ja krass!«

Natalie setzte sich neben sie.

»Das ist nicht krass, das ist krank.«

»Und nun? Was sollen wir tun?«

»Keine Ahnung. Ich werde mit Papa reden.«

»Wollen wir nicht Oma anrufen? Mama ist doch ihre Tochter, da muss sie doch helfen.«

Ihre Oma erschien Josefine als die beste Lösung. Sie könnte wieder den Haushalt übernehmen und Ordnung schaffen.

Natalie dachte einen Moment nach.

»Oma kommt nicht. Die schwebt auf einer anderen Wolke. Und Mama wird nie nachgeben. Die arbeitet daran, Oma irgendwie fertigzumachen und an das Geld zu kommen. Ich bin nur noch nicht dahintergekommen, wie sie das anstellen will.«

»Ach du Schreck, auch das noch.«

Josefine fand es aber bei näherer Betrachtung gar nicht so schlecht, wenn wieder Geld ins Haus kam. Zu massiv waren im Moment die Einschränkungen, die sie alle hinnehmen mussten.

»Wie mir scheint, ist das auch gut, Schwester. Wenn Mama das schafft, vergisst sie vielleicht vor lauter Arbeit das Trinken, und wenn nicht, können wir sie anschließend immer noch in eine Klinik schicken.«

»Du bist eine Träumerin. Mama wird alles zerstören und am Alkohol kaputtgehen.«

Josefine stand auf und stellte sich vor ihre Schwester hin.

»Und du bist eine Schwarzmalerin. Mama ist schlau und schafft das mit Oma. Und die Sache mit dem Alkohol schafft sie auch. Ja, es stimmt, mir ist auch aufgefallen, dass öfter Flaschen herumstehen, und ich weiß auch, dass bald etwas geschehen muss. Aber ob sie jetzt drei oder sechs Wochen trinkt, macht den Kohl auch nicht mehr fett. Wenn erst mal Omas Geld da ist, kommt sie in die beste Klinik der Welt. Hör also auf mit deiner Schwarzmalerei.«

»Du kannst sagen, was du willst. Auf jeden Fall frage ich Papa, was wir tun sollen.«

Victoria rief die Mädchen ins Wohnzimmer.

»Ich habe heute Abend noch einen wichtigen Termin und anschließend einen Empfang. Ich möchte, dass ihr bei eurem Vater übernachtet.«

»Wieso? Wir sind doch erwachsen. Da muss man doch nicht mehr zu Papi gehen, nur weil du ausgehst«, rief Natalie.

»Ich trage die Verantwortung für euch, und ich möchte nicht, dass ihr alleine im Haus seid.«

Victoria merkte selbst, wie schwach ihr Argument war. Aber sie wollte nicht, dass die Mädchen eventuell sahen, wie oder mit wem sie nach Hause kam.

»Mama, ich möchte hier bleiben. Ich muss noch für die Schule arbeiten, und meine Freundin kommt auch noch vorbei«, erklärte ihr Josefine und wedelte aufgeregt mit den Armen.

»Schluss jetzt. Ich wünsche keine Diskussionen. Packt eure Sachen für morgen zusammen und ab zum Bus.«

Die beiden Schwestern schauten sich an. Sie wussten, dass sie für heute den Kampf mit ihrer Mutter verloren hatten, und ließen sie einfach im Wohnzimmer sitzen.

Auf dem Weg nach oben flüsterte Natalie: »Josefine, ich werde nachher Papa erzählen, dass ich bei meiner Freundin zum Lernen verabredet bin und dort schlafe.

Dann werde ich mich hier in meinem Zimmer auf die Lauer legen und beobachten, was da abgeht. Ich muss wissen, was sie vorhat. Das ist auch zu unserem eigenen Schutz. Und du verpetzt mich bitte nicht. Hast du gehört?«

»Ja, vielleicht hast du Recht. Natürlich sage ich nichts.«

Natalie nickte ihr zu.

»Komm, pack deine Tasche. Wir fahren mit dem nächsten Bus.«

Victoria richtete sich die kleine raffinierte Kamera her, die in einer Zigarettenschachtel eingebaut war. Selbst wenn man sich eine Zigarette herausnahm, konnte man sie nicht erkennen, weil das Logo der Marke die Linse und auch das Mikro verdeckte. Es konnte nichts schiefgehen.

Sie duschte und suchte im Schrank nach passender Kleidung. Heute wollte sie richtig mutig sein, es ging wirklich um alles. Dass sie auf den Geschmack gekommen war, sich in dieser Bar der Lust hinzugeben, verdrängte sie tunlichst. Sie wählte einen gerade geschnittenen, engen schwarzen Rock, extrem hoch geschlitzt, und ein grünes, weit ausgeschnittenes Top. Die seidene schwarze Spitzenunterwäsche sah edel aus, der BH saß super. Dazu passend griff sie zu halterlosen Strümpfen, und nach langer Überlegung verzichtete sie auf den Slip gleich ganz. Das Gesicht schminkte sie sorgfältig, wegen des schummrigen Lichts in der Bar aber mit kräftigen Farben. Zum Schluss föhnte sie ihre halblangen blondierten Haare und ließ sie offen auf die Schultern fallen. Noch etwas Parfum, die High Heels und die Handtasche mit ihrer Zigarettenschachtel. Fertig!

Pünktlich um acht traf sie an der Kreuzung vor dem Club ein, wo Max bereits auf sie wartete. Er pfiff durch die Zähne, als er sie so aufreizend gestylt sah.

»Mann, siehst du gut aus. Komm lass uns reingehen.«

21

Gerda saß auf dem Bett in ihrem Hotelzimmer und fühlte sich ziemlich erschöpft. Es war mittlerweile bereits zwei Uhr in der Nacht.

Der Fernseher lief leise, und sie schaute aus dem dreizehnten Stock auf die Lichter von Hamburg.

Zwei Wochen würde sie jetzt hier bleiben und an fünf Tagen in der Woche in einem bekannten Club auftreten.

Außerdem waren noch zwei Fernsehauftritte sowie ein kurzer Abstecher nach Dänemark und nach Sylt geplant.

Sie stöhnte, obwohl sie eigentlich sehr zufrieden und glücklich sein könnte. Alles lief wie am Schnürchen.

Jedes Mitglied der *Silberoldies* hatte seinen Anteil bekommen, und die Anfragen waren so reichlich, dass sie die nächsten Monate an vielen Terminen bereits ausgebucht waren.

Auch da durften sie sich über zahlreiche Honorarzahlungen freuen.

Es war ein nicht klar zu definierendes, eher bedrückendes Gefühl, das ihr gerade auch dann, wenn sie alleine war, etwas Angst und die Sorge einflößte, dass irgendetwas ihr Leben erneut durcheinanderwirbeln könnte.

Natürlich war ihr bewusst, dass Victoria eines Tages ihre Drohungen wahrmachen und wieder aufkreuzen würde, aber das alleine war es nicht, was sie immer wieder melancholisch werden ließ. Sie hatte keine Erklärung dafür.

Ralf hielt sich momentan in Amerika auf, und Gerda war froh, dass sie sich regelmäßig über Skype sehen und austauschen konnten. Dank ihrer Enkelinnen – ausnahmsweise mal eine positive Erinnerung – konnte sie sehr gut mit dem Laptop und dem Internet umgehen.

Sie hatten ihr das vor wenigen Jahren beigebracht, als es zur Selbstverständlichkeit wurde, seine Bankgeschäfte online zu erledigen.

Als sie gegen Mitternacht über das Internet mit Ralf telefoniert hatte, fragte er sie, was in den letzten Tagen alles geschehen sei. Und sie hatte eine ganze Menge zu erzählen gehabt.

»Och, ich war richtig leichtsinnig.«

Er lachte herzhaft.

»Du und leichtsinnig? Das kann ich mir nicht vorstellen. Was hast du denn verbrochen?«

»Ich war shoppen!«

»Und wie ich sehe auch beim Friseur. Ich muss dir ein Kompliment machen. Dieses Goldblond und der neue Schnitt stehen dir ausgezeichnet, du bist ein ganz anderer Typ geworden. Dein hübsches Gesicht strahlt, und insgesamt lässt dich das flott und jugendlich aussehen.«

»Hör auf, hör auf, du machst mich ja ganz verlegen. Ich bin nicht jugendlich.«

Sie schüttelte den Kopf.

»Aber flott, meine Liebe. Aber flott und liebenswert und schön und …«

»Ach du Schwärmer.«

»Hast du dir auch etwas Schönes gekauft?«

Seine Stimme klang selbst durch das Mikrofon zärtlich und rau.

»Hm, ich habe deswegen ein ganz schlechtes Gewissen. Das war er ja, der Leichtsinn, von dem ich gesprochen habe.«

»Aber das ist doch nicht schlimm, wenn du dir was gönnst. Du arbeitest doch hart.«

»Wenn es wenigstens nur das gewesen wäre. Aber ich habe mir eine Typberatung und eine völlig neue Garderobe gestattet. Meine bisherigen Veränderungen zu einer gut angezogenen Frau waren mir immer noch nicht genug. Jetzt hatte ich das Gefühl, ich muss modern, etwas extravagant, vielleicht auch ein bisschen flippig daherkommen, weil unsere Musik und die daraus entstehende Atmosphäre genau dieses Gefühl widerspiegeln. Ich kann damit aber auch Gefahr laufen, zu viel des Guten gewollt zu haben, und nach einer Frau aussehen, die äußerlich der Jugend und der Vergangenheit hinterherläuft und sich lächerlich macht. Ralf, ich habe mehrere tausend Euro ausgegeben, mein altes Aussehen entsorgt und mir farbenfrohe, moderne Kleidung und Schuhe zugelegt.«

Sie schaute mit großen, verunsicherten Augen in den Monitor, und er sah, dass sie sich selbst nicht so ganz über den Weg traute.

»Warum bist du so unsicher? Es ist doch schön, wenn man sein neues Leben und die Veränderung auch noch äußerlich unterstreicht.«

»Ja, du hast ja Recht. Aber ich kenne mich so selbst noch nicht richtig und weiß gar nicht, ob ich auch wirklich so bin, wie ich jetzt ausschaue und wie ich mich gebe. Ich freue mich jedenfalls, wenn du wieder hier bist. Im Moment fühle ich mich ohne Anwalt in allen Dingen etwas hilflos.«

»Noch zwei Wochen, dann bin ich wieder da. In der Zwischenzeit kannst du jederzeit Noah anrufen.«

»Ja, ich weiß. Entschuldige, ich sollte dich nicht mit meinen dunklen Gedanken belästigen. Ich habe das Gefühl, dass etwas geschehen wird, das mir nicht gefällt.«

»Soll ich zurückkommen? Ich möchte nicht, dass du Angst hast.«

»Nein, nein, die paar Tage gehen schon vorbei. Mach dir keine Sorgen. Wir sprechen uns morgen wieder. Einen schönen Tag wünsche ich dir.«

»Ich dir auch. Bis morgen.«

Etwas beruhigt legte Gerda sich schlafen.

Am nächsten Morgen klopfte es am Vormittag im Hotel an ihre Zimmertür.

»Abraham, du?«, fragte sie erstaunt, als sie geöffnet hatte.

»Warum hast du nicht angerufen und gesagt, dass du vorbeikommst?«

»Ich weiß, dass ich das hätte tun sollen. Aber ich habe mich ganz spontan dazu entschieden, weil ich glaube, dass wir reden sollten.«

»Ich wüsste nicht, worüber.«

Gerda bat ihn trotzdem herein.

»Setz dich.«

Abraham sah sich um. Dann runzelte er die Stirn. »Du hast ja kein Hotelzimmer, du hast eine Suite. Bist du etwas Besseres als der Rest der Band?«

»Wie kommst du denn darauf?«

»Na, was soll ich denn denken, wenn ich das hier sehe? Wir anderen haben alle ein einfaches Zimmer, und schließlich schmälern solche unnötigen Ausgaben die Einnahmen von uns allen.«

»Du bist vielleicht ein Heini. Du siehst was, und dann ziehst du einfach mal so deine Schlüsse. Ob das so stimmt, musst du ja nicht genau wissen, nicht wahr? Hauptsache was zusammengesponnen, was?«

Sie war nun sauer geworden. Wie lange kannten sie sich jetzt? Und bekam er nicht immer eine detaillierte Aufstellung? Sah er nicht, dass sie alle den gleichen Betrag für ihre Zimmer angerechnet bekamen?

»Schau in deinen Abrechnungen nach, du Blödmann, ehe du solche Behauptungen aufstellst.«

Sie stand auf und ging zu der kleinen Bar.

»Willst du auch was trinken?«

»Ja, einen Whisky, wenn du hast.«

Wortlos goss sie ihm ein Glas ein.

»Mit oder ohne Eiswürfel?«

»Mit Eis bitte.«

Er sah, dass sie wütend war, aber das war ihm in dieser Sekunde ziemlich wurscht. Ihre Aufforderung, dass er seine Belege prüfen solle, hatte ihn auch nicht zum Nachdenken gebracht. Er hatte ihre Worte eigentlich gar nicht richtig registriert.

Mittlerweile hatte Gerda Eis in sein Glas gegeben und sich selbst nur Wasser eingegossen, denn sie trank am Vormittag in der Regel keinen Alkohol. Sie trug beide Gläser zum Tisch und setzte sich in den Sessel.

»Warum bist du gekommen, Abraham? Wir sehen uns doch fast jeden Abend, falls es was zu besprechen gibt.«

»Du hast mir immer noch nicht die Frage beantwortet, warum du eine Suite hast.«

Sie griff nach dem Ärmel seiner Jacke.

»Weil es dich nichts angeht, mein Freund. Die Suite hat Ralf für mich gebucht, damit ich etwas mehr Platz habe. Sie geht also nicht auf deine Kosten.«

Auf ihren Wangen hatten sich mittlerweile rote Flecken der Erregung gebildet.

»Ralf hat die gebucht, der liebe, gute Ralf hat die gebucht«, imitierte er sie und verzog dabei das Gesicht zu einer Fratze.

So hatte Gerda ihn noch nie gesehen.

Sein Verhalten machte ihr sogar etwas Angst. Und seltsam, dass ihr das jetzt einfiel, aber August hatte auch mal so ähnlich vom »guten Ralf« gesprochen, als er eifersüchtig auf ihn war, damals auf dem Maifest.

»Weswegen bist du hier? Das habe ich dich jetzt schon zweimal gefragt.«

Er beugte sich zu ihr herüber.

»Wie stehst du zu Ralf? Liegt er in deinem Bett?«

»Wie bitte?«

Sie stand auf. Vor so viel Dreistigkeit verschlug es ihr beinahe die Sprache.

»Abraham, geh bitte.«

»Nein. Setz dich wieder hin, wir müssen reden«, stieß er hervor.

Instinktiv setzte sie sich. Sie hoffte, ihn mit Ruhe zum Gehen überzeugen zu können. Er nahm ihre Hände in die seinen.

»Weißt du noch, als wir uns an der Tankstelle getroffen haben? Mir kommt es vor, als wäre das schon sehr lange her.«

»Ja, das weiß ich noch. Es ist doch alles gut. Wir sind Freunde und arbeiten als Musiker zusammen. Besser kann es doch gar nicht sein.«

»Gut ist mir nicht gut genug. Gerda, es war Liebe auf den ersten Blick. Hast du das nie bemerkt?«

Oh Gott, was für ein Scheiß. Habe ich es mir doch schon länger gedacht, dass der sich in mich verliebt haben könnte. Was mache ich denn jetzt? Ihre Gedanken überschlugen sich.

»Nein, das habe ich so nie gesehen«, antwortete sie schließlich.

»Du warst für mich immer ein guter Freund. Aber wirklich nur ein guter Freund. Es tut mir leid, wenn du das anders gesehen hast.«

Er zog sie an den Händen, die er immer noch festhielt, näher zu sich heran.

»Ich bin sicher, dass du auch was für mich fühlst.«

Sie stemmte sich dagegen.

»Lass mich bitte los, Abraham. Wir sind keine jungen Pennäler mehr, die sich in ihren Gefühlen verstricken.«

»Aber Ralf, der darf sich nicht nur verstricken, der darf dich sauber einwickeln, was?«

Er fasste etwas fester zu und versuchte, sie noch näher heranzuziehen. Dabei hing er schon halb mit dem Oberkörper über ihr.

»Ralf wickelt mich nicht ein. Lass mich sofort los!«

Sie schob jetzt Panik, und ihre Stimme wurde schrill. Irgendetwas in seinen Augen flößte ihr Angst ein. Er würde doch nicht versuchen, sie …

Sie atmete schwer, denn sie hatte eine ungünstige Haltung eingenommen, halb sitzend und halb liegend, außerdem schnürte ihr sein Körper schon ein wenig die Luft ab.

»Ich habe mich sofort in dich verliebt, als ich dich zum ersten Mal gesehen habe.«

»Ich mich aber nicht in dich. Ich hatte ganz andere Sorgen.«

Er rutschte noch näher ran.

»Und da hast du es ohne Gefühle für mich einfach mal zugelassen, dass ich deine Sorgen zu meinen Sorgen gemacht habe? Einfach mal so.«

»Du tickst doch nicht mehr ganz richtig! Wenn du so denkst, dann hättest mich fragen sollen, ob ich mit dir ins Bett gehe dafür, dass du mir ein Zimmer in einer WG verschaffst.«

»Igitt, wie ekelig. So wie du das sagst, redet keine Frau.«

»Wieso nicht? Das hast du doch wahrscheinlich gemeint.«

»Na, dann können wir uns doch jetzt auch auf die Schnelle mal vergnügen. Dann brauchen wir ja nicht die Feinfühligen zu spielen, sondern können gleich zur Sache kommen.«

Hektisch versuchte er, ihr die Bluse aufzuknöpfen, und nestelte dabei ziemlich ungeschickt herum.

»Lass mich los, mach dich nicht unglücklich, Abraham«, bat sie schwer atmend.

Dabei überlegte sie krampfhaft, wie sie seinen schweren Körper beiseiteschieben konnte.

»Komm schon«, stöhnte er.

»Lass mich bitte nur einmal. Einmal meine Träume erfüllen, nur ein einziges Mal.«

Seine Nervosität und seine zittrigen Finger verhinderten, dass er mit den Knöpfen ihrer Bluse zurechtkam. Er musste sich aufrecht hinsetzen, um seine Arme zu entlasten.

Diesen Moment nutzte sie aus.

Als er sich erhob, rammte sie ihm ihr Knie in den Unterleib und schlug ihm mit der flachen Hand ins Gesicht. Er schrie vor Schmerz und Überraschung auf und krümmte sich. Währenddessen riss sie sich von ihm los, sprang auf, rannte zur Tür und öffnete sie ruckartig.

»Abraham, verschwinde und lass dich in nächster Zeit nicht alleine in meiner Nähe blicken, sonst zeige ich dich an, und du kannst die Band vergessen.«

Er stand neben ihrem Couchtisch und zitterte wie Espenlaub.

»Ich, ich wollte das nicht, Gerda.«

Er schluchzte.

»Ich wollte das nicht. Ich liebe dich doch. Verzeih mir.«

»Geh bitte, ich möchte jetzt nicht darüber reden. Lass erst mal Gras über die Sache wachsen. Irgendwann einmal vielleicht. Aber nur vielleicht.«

Abraham schleppte sich aus der Suite.

Gerda ließ sich auf das Sofa fallen und brach in Tränen aus. Ihre Knie schlotterten und die Hände zitterten.

Sie hatte mehr Angst, als sie zugeben wollte, und Abraham völlig unterschätzt.

Schon öfter hatte sie ja mal vermutet und auch ein bisschen gespürt, dass er in sie verliebt war.

Aber sie war sich letztendlich auch nicht sicher gewesen. Es wäre ja peinlich geworden, wenn sie ihn darauf angesprochen hätte, und er hätte wohl einen Lachkrampf bekommen, wenn sie mit ihrem Verdacht danebenlag.

Man konnte eben nie in die Köpfe und in die Herzen hineinschauen.

Das war auch damals bei ihrem August so gewesen.

Trotz der frühen Tageszeit genehmigte sie sich einen Cognac und beschloss, die ganze Angelegenheit für sich zu behalten beziehungsweise Ralf eine abgespeckte Version zu erzählen – nur über Abrahams Gefühle, mehr nicht. Sie wollte nicht lügen, wenn er sie fragte, was in ihrem Alltag los war, und sie wollte auch nicht, dass er sich Abraham vorknöpfte oder ihn gar anzeigte.

So verliefen die zwei Wochen in Hamburg relativ ruhig.

Bald schon würde auch Ralf wieder da sein, und deshalb ging Gerda zuversichtlich durch die Tage.

Immer noch kreiste aber das Damoklesschwert von Victorias Ankündigung über ihr.

22

Kaum hatten Max und Victoria an der Tür des Clubs geklingelt, öffnete ein aufreizend gekleidetes Mädchen die Tür.

Sie ließen sich von ihr zu ihrem Tisch begleiten und widmeten sich der ersten Champagnerflasche.

Nach und nach wurden sie von vielen Leuten freundlich begrüßt.

Sie alle schauten Max und Victoria wissend an, als wollten sie sagen: »Weißt du noch?«

Im Moment kamen Victoria diese obszönen Blicke viel zu früh. Ehe sie das ertragen konnte, brauchte sie auf jeden Fall noch einige Gläser Schampus.

Zunächst aber holte sie die Zigarettenschachtel aus der Handtasche und nahm sich eine Zigarette, die sie gleich anzündete.

Dann legte sie die Schachtel so hin, dass sie sicher sein konnte, dass die Linse jetzt nichts mehr verpasste.

»Prost, Max.«

Ihre Gläser stießen aneinander, und beide kippten den Inhalt in einem Zug hinunter. Victoria ließ sich sofort nachgießen, hob das Glas gleich wieder an die Lippen und trank es aus.

Früher habe ich Champagner nur zu besonderen Anlässen getrunken und dabei am Glas immer nur genippt, überlegte sie. Jeder Tropfen wurde genossen und auf der Zunge der Unterschied zwischen Champagner und Sekt herausgearbeitet.

Und jetzt, jetzt ist mir alles egal, jetzt kippe das Zeug runter wie Wasser.

Aus den Augenwinkeln sah sie zu Max. Dieser hatte sich zurückgelehnt und beobachtete am Nachbartisch ein Pärchen, das sich mitten im Akt befand.

Zwei Männer hatten sich danebengestellt und schauten den beiden ebenfalls zu.

Victoria füllte sich ihr Glas, trank es leer und rutschte näher an Max ran.

Rein zufällig fasste sie ihm an den Oberschenkel und ließ ihre Hand zwischen seine Beine rutschen. Er stöhnte auf und sah, dass ihr Rock bis zur Hüfte offen war.

Sie nahm das linke Bein ein Stück zur Seite, damit er sehen konnte, dass sie keinen Slip trug.

Er atmete schwer.

»Du Wahnsinnsweib«, zischte er zwischen den Zähnen hervor. Dann war er nicht mehr zu halten.

Mit einer Hand winkte er die beiden Männer heran, die dem anderen Pärchen zugeschaut hatten, und mit der anderen signalisierte er zwei Frauen, die auf der anderen Seite standen, dass sie ebenfalls herkommen sollten.

Dann schob er Victoria längs auf die Couch und schob ihren Rock das letzte bisschen hoch.

»Wow, du scharfes Luder, du hast dich vorher schon freigelegt. Wie nötig musst du es denn haben?«
»Hör auf, Arien zu singen, und fang endlich an.«

Victoria schnappte nach Luft und schob sich ihm entgegen. Inzwischen war sie an einem Punkt angelangt, an dem sie nur noch das Eine wollte, an dem ihr völlig egal war, ob da noch zwei oder drei oder noch mehr Personen dabei waren oder nicht.

Sie waren zunächst drei Pärchen, die sich abwechselten, mal zu zweit, dann wieder zu dritt, dann alle Männer nacheinander mit Victoria, dann wieder die zwei Frauen mit Max und zum Schluss sozusagen als Nachtisch Max mit Victoria.

Nachts um drei schob sie ihre Zigarettenschachtel wieder in die Handtasche.
Dann rückte sie ihren inzwischen völlig zerrissenen Rock und ihr Shirt, dessen Nähte ebenfalls aufgeplatzt

waren, einigermaßen zurecht, soweit ihr das in ihrem schwankenden Zustand überhaupt noch möglich war.

Mit Max zusammen torkelte sie zu sich nach Hause. Und auch heute pflegten sie das Ritual, dass er sie an die Hauswand stellte und sie in aller Kürze ohne alles nahm, um dann lachend und grölend zu verschwinden.

Allerdings ahnte sie nicht, dass sie wieder von einem Auto auf der anderen Straßenseite und von ihrer älteren Tochter, die oben am Fenster ihres Zimmers stand, beobachtet und vom Auto aus auch fotografiert wurde.

Und wie schon beim letzten Mal setzte sie sich danach lange an den Küchentisch und ekelte sich vor sich selbst.

Entsetzt schlich Natalie aus dem Haus.

Sie zitterte am ganzen Körper, die Tränen liefen ihr in Rinnsalen über die Wangen, und dann fuhr sie unter völliger Verausgabung mit dem Fahrrad zu ihrem Vater.

Victoria kochte sich Kaffee, lief nach oben, musste sich übergeben und duschte, bis ihre Haut vom vielen Wasser Runzeln bekam.

Nachdem sie ihren geschundenen Körper und ihren völlig angeschwollenen Unterleib mit Pflegecreme versorgt hatte, schlüpfte sie in frische Wäsche, eine Jeans und ein Shirt. Ihre Haare ließ sie an der Luft trocknen.

Dann setzte sie sich wieder in die Küche. Sie fühlte sich erneut unsagbar schlecht und hätte sich selbst erwürgen können, wenn sie daran dachte, was sie die Nacht über getrieben hatte. Wie konnte sie sich nur so gehen lassen. Wenn das ihre Mädchen wüssten, dann könnte sie ihnen nie wieder unter die Augen treten.

Sie erhob sich und füllte ihre Kaffeetasse noch einmal auf. Anschließend holte sie die Zigarettenschachtel aus ihrer Handtasche und überspielte die Bilder der Kamera auf ihr Laptop.

Als sie sich den Film anschaute, war sie schockiert, schockiert über Max und noch viel mehr über sich selbst.

Mehrmals musste sie die Stopptaste drücken, weil sie sich nicht mehr sehen konnte.

Sie ging zum Kühlschrank und nahm sich eine Sekt-flasche heraus, öffnete sie und goss sich das Glas voll, das noch von gestern Abend auf dem Spülbecken stand.

Nach dem ersten Schluck schüttelte sie sich, denn es war ein billiges Wässerchen, das sauer und lasch schmeckte. Sie las das Etikett und zuckte mit den Schul-tern.

»Wurscht, nachher habe ich mich daran gewöhnt, dann schmeckt das einfache Sektchen auch«, tröstete sie sich selbst.

Gegen Mittag läutete das Telefon. Victoria hielt sich an der Tischkante fest und zog sich hoch.

Schwankend lief sie dem Klingelton hinterher, denn sie hatte das Telefon im Büro liegen lassen.

»Was gibt es?«, lallte sie in den Hörer.

»Victoria, was ist los mit dir?«, hörte sie Karsten am anderen Ende der Leitung rufen.

»Ach, mein Verflossener. Was willst du denn?«

»Wo warst du heute Nacht? Und was ist heute Morgen vor dem Haus passiert?«

Sie hatte sich in ihren Bürostuhl fallen lassen und rutschte nach vorne, sodass sie halb liegend im Stuhl hing.

»Ich weiß nicht, wovon du redest. Was geht es dich an, wo ich war?«

»Was ist vor dem Haus geschehen?«, fragte er noch einmal eindringlich.

Sie versuchte, geistig zu sortieren, was vorgefallen war. »

Wo soll etwas geschehen sein?«

»Es ist so schlimm, was du getan hast. Deine Tochter Natalie hat dir zugesehen, wie du dich vor dem Haus betrunken mit einem Mann vergnügt hast.«

Victoria erschrak nicht. Sie war viel zu betrunken, um Karstens Worte richtig einzuordnen.

»Lass mich in Ruhe, du blöder Hund. Was willst du denn von mir? Ich kann tun und lassen, was ich will. Du hast mir nichts zu sagen.«

»Und was ist mit deiner Tochter?«

»Du lügst doch. Meine Kinder waren gestern gar nicht zu Hause. Hör auf, mich zu belästigen. Hau endlich ab.«

Sie drückte auf die rote Taste und trennte die Verbindung.

»Was wollte der Idiot eigentlich von mir?«

Mühsam erhob sie sich und wankte zur Treppe, die sie angestrengt hochstolperte, um sich dann in ihr Bett fallen zu lassen. Innerhalb von Sekunden schlief sie tief und fest.

Am späten Nachmittag erwachte sie mit einem Brummschädel. Nur langsam erhob sie sich. In ihrem Kopf hämmerte es unaufhörlich, sodass sie schmerzgeplagt versuchte, ihre Schläfen zu massieren.

Aber es half nichts. Sie schleppte sich ins Bad und nahm aus dem Medikamentenschrank zwei starke Schmerztabletten und zwei Brausetabletten gegen den Alkohol. Erneut kochte sie Kaffee und setzte sich in die Küche.

Hatte sie das geträumt, oder hatte sie wirklich mit Karsten telefoniert?

Hatte er wirklich erzählt, dass Natalie hier gewesen sei und ihr bei ihrer Aktion mit Max zugeschaut habe?

Nein, das konnte gar nicht sein. Da hatte ihr der Traum oder der viele Alkohol wohl einen Streich gespielt. Sie musste unbedingt darauf achten, dass sie künftig etwas weniger trank.

Es wurde Zeit, dass sie sich jetzt ernsthaft mit Max beschäftigte, und deshalb schlürfte sie trotz ihrer Kopfschmerzen mit der Kaffeetasse in der Hand ins Büro.

Sie hatte sich bereits alles im Kopf zurechtgelegt.

»Hallo Max, geht es dir gut?«

»Ah, die liebe Victoria. Was verschafft mir die Ehre? Club oder richterlichen Rat?«

»Rat, mein Lieber. Erst deinen Rat, dann sehen wir weiter.«

»Gut. Persönlich besprechen hattest du gesagt, oder?«

»Ja.«

»Dann also am Freitag um drei im Ausflugslokal am See.«

»Gut. Ich bin da.«

Victorias Siegerlächeln konnte er zum Glück nicht sehen.

Dann ging es um Frank, den Gutachter, auf den sie gleich nach dem gestrigen Telefonat einen Detektiv angesetzt hatte.

Sie lehnte sich zurück und ließ sich das kurze Treffen mit dem drittklassigen Möchtegernermittler noch einmal durch den Kopf gehen.

Sie hatte ihn seinerzeit als Mandanten kennengelernt, der als Berufsbezeichnung *Heiratsschwindler* hätte angeben können.

Damals sollte seine Ehe, die er auf dieser Basis geschlossen hatte, geschieden werden.

Sie war also die Verteidigerin dieses Gauners gewesen. Bei diesen Erinnerungen begann sie laut zu lachen, bis ihr die Tränen kamen.

Und das Größte war, dass sie ihn tatsächlich rausgeholt hatte, er also freigesprochen worden war, obwohl er das ganze Vermögen verprasst hatte. Sie hatte es vor Gericht so hingebogen, dass die Ehefrau alles vorher wusste, selbst auch so leben wollte und er sie nicht um ihr Geld gebracht hatte.

Victoria erinnerte sich, dass sie die Belege und Rechnungen, die als Beweismittel dienten, nicht auf ihre Entstehung hinterfragt und nicht auf ihre Richtigkeit überprüft hatte.

Sie wusste von ihm, dass die Unterschriften zwar korrekt waren, aber von seiner Frau geleistet wurden, ohne zu wissen wofür.

Da sie eine gute Anwältin war, konnte sie das Gericht letztendlich überzeugen.

Als sie sich jetzt nach längerer Zeit wieder auf die Schnelle mit ihm getroffen hatte, sah er etwas besser aus und war auch besser gekleidet.

»Bist du schon wieder in ein warmes Bettchen gefallen, Gernot?«, fragte sie ihn spontan.

Er grinste sie an.

»Danke der Nachfrage, mir geht es sehr gut. Und wie geht es dir?«

»Haben wir uns eigentlich damals geduzt?«

Das war ihr jetzt schon ein wenig unangenehm.

»Das haben wir nicht. Aber ich dachte, dass deine Kontaktaufnahme etwas mit deinem beruflichen Misserfolg zu tun hat.«

»Woher willst du das wissen?«

»Ich bin ein erstklassiger Detektiv«, erklärte er mit einem Augenzwinkern.

»Die Stadt ist so klein, meine Liebe, da geht nichts an einem vorbei.«

»Ja, aber es wird immer mehr in etwas hineingezwitschert, als es in Wirklichkeit ist.«

»Stimmt. Was kann ich für dich tun?«

»Ich möchte, dass du einen Gutachter für mich beobachtest. Soviel ich weiß, hing sein sechzehnjähriger Sohn an der Nadel. Ich will einen Ansatzpunkt, der es mir ermöglicht, ihn für eine Tätigkeit für mich zu gewinnen.«

Er pumpte die Backen auf.

»Oha! Du willst ihn erpressen?«

»Das ist zu theatralisch. Ich brauche ein Gutachten über meine Mutter.«

»Bei dir läuft finanziell nichts mehr, habe ich jedenfalls gehört. Wie willst du mich bezahlen?«

»Ja, ich bin ein bisschen klamm. Ich denke, als Anzahlung reicht es, wenn unser Verhältnis genauso gut und vertrauensvoll bleibt wie bisher. Ich habe natürlich in den letzten Jahren alles auf Band aufgezeichnet, nur für alle Fälle.«

Er wurde ganz blass, als er das hörte.

»Du bist eine Giftspritze.«

»Wenn ich das mit meiner Mutter erledigt habe, verfüge ich über genügend finanzielle Mittel. Dann zahle ich dir einen Tausender extra.«

Mittlerweile hatten sie bereits zwei Flaschen Wein getrunken. Die Stimmung und ihre Zungen waren gelöst.

Was dann geschah, konnte sich Victoria im Nachhinein nicht mehr erklären. Das Lokal, in dem sie sich getroffen hatten, lag außerhalb in einem kleinen Wald.

Er hakte sich bei ihr ein und brachte sie zu ihrem Auto. Sie merkte beim Gehen, dass sie doch zu viel getrunken hatten.

Plötzlich blieb er stehen, umfasste ihr Gesicht und küsste sie.

So einen zärtlichen Übergriff hatte sie schon lange nicht mehr erlebt. Sie merkte, dass er ein gefühlvoller Verführer war. Und wieder einmal war es der Wein, der das Seinige dazu beitrug, dass sie schwach wurde, ihr Körper auf die Berührungen reagierte und sie sich der Lust hingab.

Mitten im Wald auf lehmigem Boden und angelehnt an Baumstämme trieben sie ihr Liebespiel auf den Höhepunkt.

»Danke für diese nette Anzahlung«, sagte er, während er seine Kleidung zurechtrückte.

»Gern geschehen. Ruf mich an, wenn du was gefunden hast.«

»Mach ich.«

Sie setzte sich in ihren Wagen, fuhr sofort nach Hause und setzte sich an ihren Schreibtisch. Die nächsten Schritte wollten wohlüberlegt sein.

Das Telefon holte sie aus ihren Gedanken.

»Ja bitte?«, rief sie ungehalten hinein.

»Bist du wieder nüchtern?«

»Ach Karsten, du schon wieder. Was willst du?«

»Das abgebrochene Gespräch von heute früh fortführen.«

»Wir haben nichts zu besprechen.«

»Es geht um dich, und es geht um unsere Kinder. Kannst du das noch verantworten? Ich habe eine Psychologin um Hilfe gebeten.«

»Du spinnst doch. Um mich musst du dich gar nicht kümmern. Und den Mädchen geht es schon seit Jahren gut bei mir.«

»Victoria, lass dir von mir helfen. Geh in eine Klinik. Du bist eine Trinkerin.«

»Das hättest du wohl gerne, mich wegsperren!«, kreischte sie.

Er ging nicht darauf ein, denn er wusste, dass er nichts erzwingen konnte.

»Die Kinder bekommst du erst einmal nicht mehr zu sehen, damit das klar ist.«

»Du Schwein!«

»Nenn mich, wie du willst. Falls du Hilfe brauchst, dann melde dich.«

»Da kannst du lange warten. Ich bringe jetzt erst einmal meine Mutter in die Klapse, und dann bist du dran.«

»Versündige dich nicht an deiner Familie, ausgerechnet an denen, die es gut mit dir meinen.«

Mit diesen Worten beendete Karsten das Gespräch. Er merkte, dass es sinnlos war. Eigentlich müsste er jetzt Gerda warnen, aber er wusste nicht wovor, und deshalb musste er darauf hoffen, dass es bei Victoria nicht zu einer unverzeihlichen Unvernunft kommen würde.

Victoria war sauer. Dieser Schweinepriester von einem verflossenen Ehemann nahm ihr die Kinder weg und stempelte sie als Säuferin ab.

Das würde er büßen müssen.

Als sie sich beruhigt hatte, griff sie zum Telefonhörer.

»Gernot?«

»Ja, wer ist denn da?«

»Ich bin es, Victoria.«

»Ach, du bist das. Was willst du? Ich habe doch gesagt, dass ich mich melde.«

»Was soll ich wohl wollen? Antworten auf meine Fragen natürlich.«

»Habe ich, aber das ist so richtig brisant. Das wird teurer.«

Ihr Herz klopfte bis zum Hals. Er hatte das, was sie brauchte, und das schien viel und gut zu sein.

»Wie viel teurer? Du weißt, dass ich erst zahlen kann, wenn …«

»Ich weiß«, unterbrach er sie.

»Wir machen aber trotzdem einen Vertrag, damit ich mir sicher sein kann.«

»Kein Problem. Ich unterschreibe, und du übergibst mir das Material. Wann treffen wir uns?«

»Das können wir gleich machen. Fahr auf den Supermarktparkplatz, letzte Reihe. Dort können wir uns in Ruhe austauschen.«

Victoria fuhr gleich zum verabredeten Treffpunkt. Aufgeregt wartete sie auf Gernot, der nur wenige Minuten nach ihr eintraf.

Beide stiegen aus und begrüßten sich. Er legte ihr den angekündigten Vertrag vor, und sie unterschrieb, ohne zu zögern und ohne das Papier vorher zu lesen.

Dann reichte er ihr einen dicken Umschlag.

»Lies dir alles in Ruhe durch und mach keine Schnellschüsse. Was da drinsteht, ist äußerst delikat.«

»Ja, ist doch klar. Ich bin ja nicht blöd.«

»Und noch was, meine Liebe. Wenn du den Zahlungstermin, der im Vertrag steht, nicht einhältst, mache ich dich alle. Verstanden?«

»Welchen Termin? Ich habe dir doch gesagt, dass ich zahle, wenn ich meine Mutter in der Klinik habe.«

»Unsere Vereinbarung ist der Vertrag und sonst nichts.«

Gernot stieg in sein Auto und fuhr davon.

Victoria tat es ihm gleich, blieb aber noch einen Moment sitzen, bevor sie den Motor startete. Sie hätte den Vertrag lesen sollen, das merkte sie jetzt.

»Scheiße!«, rief sie und schlug mit der flachen Hand auf das Lenkrad. Dann fuhr sie nach Hause.

Mitsamt den Unterlagen und einer Flasche Wein setzte sie sich ins Wohnzimmer. Der Typ war gar nicht so drittklassig, wie sie gedacht hatte.

Das war eine akribisch durchgeführte, perfekte Arbeit. Unter normalen Umständen wäre die auf jeden Fall ihr Geld wert.

Mehrmals las sie den Bericht und schaute sich die Fotos an. Zwischendurch leerte sie des Öfteren ihr Weinglas und vergaß dabei Zeit und Raum. Irgendwann kippte sie zur Seite und schlief auf dem Sofa ein.

Gegen Mittag des nächsten Tages, nachdem sie es geschafft hatte, den neuen Tag mit Verstand zu begrüßen, ging sie noch einmal die Unterlagen durch.

Zum Glück hatte sie sich mit beiden für Freitag verabredet. Dafür hätte sie sich selbst auf die Schulter klopfen können, denn das Ganze durfte eben nicht mehr lange dauern. Mittlerweile waren die Briefe der Bank mit der Kreditkündigung eingegangen. Jetzt ging es auch speziell um das Haus. Außerdem stand die Energiefirma kurz davor, ihr den Strom abzustellen. Das Gleiche blühte ihr mit dem Telefon.

Den Abend verbrachte sie in Gesellschaft des Fernsehers und mehrerer Flaschen Wein. Inzwischen war sie der Meinung, dass sie die Situation nur noch ertragen konnte, wenn sie nicht mehr ganz nüchtern war.

Aber eine Säuferin, wie Karsten behauptete, das war sie mit Sicherheit nicht.

Irgendwann am Abend kippte sie, so wie inzwischen täglich, wieder zur Seite weg und schlief auf dem Sofa bei laufendem Fernseher ein. Ihr Bett hatte sie schon seit einigen Tagen nicht mehr aufgesucht.

In lichten Momenten dachte sie an ihre Mädchen – einer der wenigen Punkte, bei dem sie zwischendurch ein schlechtes Gewissen bekam. Wie konnte sie es nur so weit kommen lassen, dass die Kinder nicht mehr zu ihr zurückkamen? Diese klaren Momente wurden aber immer weniger.

Heute war der Tag, an dem sie sich mit Max im Ausflugslokal am See traf. Er wartete schon an einem der vielen Tische. Um diese Zeit war es noch relativ leer. Auch war das Wetter nicht ganz so schön, da wurde es wohl nicht übervoll.

»Hallo Max, du bist ja schon da. Das ist prima.«

»Ja, lass uns zur Sache kommen. Ich habe nicht viel Zeit.«

»Nur keine Hektik. Du siehst gut aus.«

»Lass den Schmalz.«

»Bist du schlecht gelaunt?«

»Nein, aber ich möchte das hier hinter mich bringen. Sag, was du willst, dann sage ich dir, ob ich was für dich tun kann.«

Victoria bestellte sich ein Glas Wein und scharrte etwas nervös mit den Füßen im Gras.

»Also, es ist so: Meine Mutter scheint schon leicht dement zu sein, aber eben noch nicht richtig. Und jetzt macht sie mir Schwierigkeiten. Ich kann sie in keinem Heim anmelden, und ich kann auch den Vertrag nicht unterschreiben, weil ich nichts in der Hand habe. Es geht mir um die Verantwortung, verstehst du? Man kann die Frau nicht mehr aus den Augen lassen.«

Max rieb sich die Augen. Er hatte einen Ermittler, der ihm von einem Staatsanwalt als vertraulich empfohlen wurde, gebeten, sich ein wenig umzuhören.

»Was willst du genau von mir?«

Er hatte alle Antennen ausgefahren. Die wollte nicht nur einen guten Rat, das spürte er.

»Ich möchte, dass du mir per Gerichtsbeschluss die Pflegschaft überträgst.«

»Das geht nicht einfach mal so, das weißt du doch als Anwältin. Und selbst wenn, wie soll ich das begründen? Ich habe gehört, dass deine Mutter mit einer Seniorenband unterwegs ist, und das auch noch sehr erfolgreich. Und zu allem Überfluss ist sie aus dem Fernsehen bekannt.«

Er nahm einen Schluck aus seiner Kaffeetasse und beobachtete sie ganz genau.

»Die Frau ist doch erfolgreich und gut und hat ein flottes Team um sich. Die ist niemals dement. Was hast du mit deiner Mutter vor? Das ist doch völlig daneben, was du dir da zusammenspinnst.«

Victoria kippte den Wein in einem Zug hinunter.

Da ging ihm plötzlich ein Licht auf.

»Ich weiß, was du willst.«

Er schlug sich mit der Hand an die Stirn.

»Na klar, du willst an die Kohle deiner Mutter. Was bist du nur für eine hinterhältige Schlampe. Du schreckst doch vor gar nichts zurück. Ich ekele mich vor dir.«

»Tu doch nicht so, Max. Du machst doch auch, was für dich gut ist, ohne zu hinterfragen, wer dabei eventuell auf der Strecke bleibt.«

Victoria zog ihn am Ärmel.

»Aber niemals würde ich meine Mutter verkaufen. Und dem Risiko deiner Hirngespinste setze ich mich nicht aus.«

Die Kellnerin brachte ihr ein weiteres Glas Wein. Max hatte sich nichts mehr bestellt. Er wollte nur noch weg.

»Das sind keine Hirngespinste, und du wirst dich der Sache stellen müssen.«

Sie kippte mit dem Stuhl nach vorne, um näher an sein Gesicht heranzukommen.

»Ich habe dich den ganzen Abend im Club gefilmt. Wenn du nicht willst, dass ich den USB-Stick der Zeitung zuspiele, dann hilfst du mir. Ich habe übrigens einige Kopien angefertigt und verteilt. Denke ja nicht daran, den einen Stick aus meinem Haus rausholen zu wollen.«

Max wurde ganz blass und schlug vor Aufregung unter dem Tisch seine Beine gegeneinander.

»Du hast was gemacht?«

Er konnte es nicht fassen. In Sekundenschnelle rasten ihm die Bilder ihrer gemeinsamen Erlebnisse im Club durch den Kopf.

»Ich habe uns gefilmt, weil ich mir so etwas Ähnliches wie deine Ablehnung schon vorgestellt habe. Du glaubst doch nicht, dass ich zweimal in einen Club gehe, nur weil du da die Frauen vögelst?«

»Aber dann bist du ja auch zu sehen, wenn du das der Zeitung schickst. Willst du das?«

Sie lachte laut auf. Der Wein ließ sie jetzt mutig werden. »Das habe ich natürlich entsprechend bearbeitet, was denkst du denn? Ich bin da nicht mehr zu sehen, und die Gesichter der anderen sind auch verfremdet. Nur dein Kopf ist gut sichtbar geblieben, mein Bester.«

Er fuhr sich durch die Haare.

»Und was erwartest du genau von mir?«

»Ich besorge ein Gutachten über Schizophrenie, und du weist meine Mutter in die Klapsmühle ein.«

»Das kann ich nicht.«

»Du kannst. Sonst bist du fällig.«

»Du würdest wirklich über Leichen gehen, um deine Ziele zu erreichen.«

»Ja, das würde ich. Darauf kannst du dich verlassen.«

Max erhob sich.

»Ich werde darüber nachdenken und mich erst dann entscheiden, wenn ich das Gutachten kenne.«

»Gut, du hast es in der Hand. Ich rufe dich an, wenn ich das Gutachten habe.«

Sie drehte sich von ihm weg und nahm ihr Glas in die Hand. Es war alles gesagt.

Max warf einen letzten Blick auf Victoria, lief ohne Gruß zu seinem Auto und setzte sich hinein. Er konnte nicht gleich losfahren. Zu sehr hatten ihn Victorias Worte aufgewühlt.

Als Richter, so hatte er jedenfalls bisher geglaubt, wusste er über alle menschlichen Abgründe Bescheid.

Aber heute war er noch einmal eines Besseren belehrt worden. Wie konnte eine Frau nur so verschlagen sein, dass sie nicht einmal vor mehreren Erpressungen zurückschreckte? Und das alles, um die eigene Mutter in eine Nervenklinik einzuweisen und auf diese Weise an ihr Geld zu kommen.

Und er, was sollte er jetzt tun? Half er ihr, dann würde er sich ganz sicher schlecht fühlen, weil er an ihre Mutter denken musste.

Half er ihr nicht, dann würde Victoria seine Karriere und sein Leben zerstören.

Was würde dann aus seiner Familie?

Ja, er hatte eine Neigung, sich sexuell auszuleben, die nicht auf jedermanns Verständnis stieß.

Aber seine Frau war schon viele Jahre sehr krank. Nach einem Schlaganfall konnte sie nicht mehr sprechen und nicht mehr aufstehen, und sie konnte mittlerweile auch ihr Umfeld nur noch sehr beeinträchtigt wahrnehmen.

Er tat ihr also mit seinen Besuchen im Club gar nicht weh, sondern war immer für sie da. Aber wie sollte er sich jetzt entscheiden? Wenn seine Karriere zu Ende ging, dann könnte eventuell auch das Geld knapp werden. Er konnte sich nicht sicher sein, in Pension geschickt zu werden.

Und dann war da ja auch noch sein Sohn, der siebzehn Jahre alt war und sich gerade mitten in der Pubertät befand.

Flog das alles auf und er selbst landete in der Regionalpresse, dann würde er seinen Sohn mit in den Abgrund reißen.

Er könnte dann nicht mehr zur Schule gehen und sich in dem kleinen Städtchen auch nicht mehr sehen lassen.

Wütend schlug er auf das Armaturenbrett. Machte er mit, machte er sich schuldig. Machte er nicht mit, war seine Familie die Leidtragende. Und wenn er sich umbrachte, was dann? Dann ließ er seine Familie schon vorher im Stich.

Er startete den Wagen und fuhr davon.

Mittlerweile hatte Victoria das vierte Glas Wein bestellt. Normalerweise wäre es an der Zeit gewesen, das Auto stehen zu lassen.

Sie war sichtlich zufrieden mit dem, was sie heute alles erreicht hatte. Und sie war sich sicher, dass Max gar nicht anders konnte und ihr mit Sicherheit zur Verfügung stehen würde.

Vergnügt und angeheitert bezahlte sie ihren Wein und fuhr trotz des Alkohols, den sie konsumiert hatte, mit dem Auto nach Hause.

Ihr erster Weg führte sie in den Weinkeller und dann auf ihr Sofa. Vom Briefkasten hatte sie einen ganzen Stapel Briefe mitgebracht, die sie auf den Tisch warf. Eigentlich wollte sie sich das Öffnen der Briefe nach dem erfolgreichen Tag nicht mehr antun, aber sie musste es.

Neben der Post waren da noch die Tageszeitung und eine Zeitschrift, die sie abonniert hatte.

Lustlos blätterte sie die Zeitung durch und merkte, dass sie keine Laune zu Politik und Wirtschaftsnachrichten hatte.

Das war auch etwas, das sich in letzter Zeit bei ihr verändert hatte. Alle Dinge, die ihr früher wichtig gewesen waren, hatten im Moment keine Priorität mehr.

Gelangweilt griff sie nach der Zeitschrift. Als sie das Cover sah, setzte sie sich in Sekundenschnelle aufrecht hin. Ihre Mutter lachte ihr entgegen.

»Das gibt es doch gar nicht!«, rief sie wütend.

»Ausgerechnet heute, wo ich den Grundstein gelegt habe, um sie in eine Klinik zu verfrachten, lacht sie mich an, als würde sie über all dem schweben.«

Sie zitterte und fuhr mit der Hand über das Cover, als wollte sie ihre Mutter streicheln.

Dann zuckte sie mit der Hand zurück und griff zu ihrem Glas. Nachdem sie es hinuntergekippt hatte, beugte sie sich wieder über die Zeitschrift.

»Na, meine geliebte Mama, wie geht es dir?«

Sie schlug mit der Hand auf das Cover.

»Gut, wie ich sehe.«

Sie lachte schrill und verzog das Gesicht zu einer hässlichen Grimasse.

»Ich werde dich gut betreuen und wie eine liebende Tochter versorgen.«

Sie machte eine kurze Pause.

»Ich werde dich in eine hervorragende Klinik für Verrückte verfrachten. Prost, Mama, auf eine gute Zeit.«

Sie füllte erneut ihr Glas und leerte es in einem Zug. Inzwischen war ihr Alkoholspiegel so hoch, dass sie es wagen konnte, die Post zu öffnen.

Und es kam knüppeldick.

Der Termin für die Hausversteigerung fand in zwei Wochen statt. Den Strom und das Telefon würde sie lediglich noch zwei oder drei Tage nutzen können, das Smartphone noch ungefähr eine Woche und so weiter und so weiter.

Sie stützte sich an der Sessellehne ab und zog sich hoch.

»Victoria, du hast es geschafft, du bist die Größte«, sang sie lallend und drehte sich so lange im Kreis, bis sie hinfiel.

Eine Zeit lang blieb sie auf dem Fußboden liegen, dann rutschte sie mit viel Mühe wie ein Kleinkind auf den Knien zum Sofa, trank die Flasche leer und kippte in ihrer Straßenkleidung einschließlich der Schuhe wie so oft zur Seite, um ihren Rausch auszuschlafen.

Am späten Nachmittag hatte sie ihr Treffen mit Frank, dem Gutachter. Weil sie wieder einmal zu lange geschlafen hatte, blieb ihr keine Zeit mehr, zu duschen und sich frische Kleidung anzuziehen. Noch nicht einmal die Zähne konnte sie putzen, geschweige denn die Haare ordentlich waschen und föhnen.

Sie verließ in einem unsäglichen Zustand das Haus und rauschte nur wenige Minuten nach dem verabredeten Termin durch die Tür in das Café.

»Grüß dich, Frank. Entschuldige, dass ich ein paar Minuten zu spät bin.«

Sie ließ sich auf einen freien Stuhl an seinem Tisch fallen.

»Macht nichts, es sind ja nur ein paar Minuten.«

»Gut schaust du aus. Wie geht es dir?«

Sie registrierte seine Reaktion ganz genau.

»Es geht mir gut, ich gehe in Kürze in Pension. Aber du siehst ein bisschen krank aus. Hast du was?«

Sie lachte verlegen.

»Nein, nein, ich bin nur etwas im Stress. Deshalb komme ich auch gleich zu meinem Anliegen. Es geht ja um meine Mutter, wie ich dir schon am Telefon sagte. Sie ist etwas verwirrt, hat Aussetzer. Zurzeit hockt sie in Berlin und glaubt, sie sei eine berühmte Musikerin.«

Sie zog den Mundwinkel nach oben.

»Wenn das nicht so traurig wäre, dann würde ich lächeln. Aber morgen kann es passieren, dass sie denkt, ein

Wolf rennt hinter ihr her. Und übermorgen suchen wir sie überall, und sie sitzt im letzten Winkel des Gartens.«

»Ich verstehe. Und du meinst, sie müsste in eine Klinik?«

»Ja, das meine ich.«

»Aber du weißt schon, dass es auch eines richterlichen Beschlusses bedarf.«

»Das weiß ich. Ich habe Kontakt zu einem Richter, der versteht das alles. Ich habe ihm ausführliche Informationen gegeben.«

Frank überlegte und rührte in seiner Kaffeetasse. Er traute ihr nicht mal einen Meter über den Weg und wusste gar nicht viel über ihre Mutter.

Wie sollte das gehen? Er konnte doch nicht ein Gutachten auf blauen Dunst hin ausstellen. Das wäre ein schwerwiegender Eingriff.

Er schaute sie lange an. Sie sah schrecklich aus, ungewaschen, unfrisiert und stank entsetzlich nach Schweiß.

All die Jahre war sie eine stolze, harte Anwältin gewesen, die ihren Weg ging.

Was war los mit ihr, und warum wollte sie ihre Mutter bewusst in die Klapse bringen?

Das wünschte man doch normalerweise keinem Menschen und schon gar nicht der eigenen Mutter.

Sie lebten ja alle in einer relativ kleinen Stadt, und da er gewusst hatte, dass es um die Mutter ging, hatte er seine Nachbarn und den Wirt seiner Stammkneipe ausgefragt. Außerdem hatte er im Internet recherchiert. Was er da alles herausfand, deckte sich aber rein gar nicht mit dem, was sie ihm gerade erzählte.

»Victoria, was hast du vor?«, fragte er schließlich. »Warum willst du deine Mutter beseitigen? Ich habe nur Gutes über sie gehört und gelesen. Die ist doch nicht als Wahnsinnige unterwegs. Sie ist wirklich eine gute Musikerin.«

»Du kannst das alles gar nicht wissen, du bist ja nicht so nah dran. Ich möchte, dass du mir hilfst, oder ich mache berufliches Hackfleisch aus dir.«

Ihre Augen stachen hervor, ihr Blick war hässlich und kalt. Jetzt zeigte sie ihr wahres Gesicht.

»Du willst sie entfernen, weil du an ihr Vermögen willst, stimmt's?«

»Meine Mutter sieht Dinge, die es gar nicht gibt, und setzt sich schon mal in den Zug und fährt einfach weg. Sie redet mit Tieren, die gar nicht da sind. Und sie denkt, sie ist Mitte zwanzig. Das ist schlimm, und ich kann sie nicht richtig behandeln lassen und versorgen, weil sie alles ablehnt.«

Er schüttelte den Kopf.

»Da sind mir aber die Hände gebunden. Wenn deine Mutter keiner Untersuchung zustimmt, kann ich auch zu keinem Ergebnis und schon gar nicht zu einer Begutachtung kommen. Es tut mir leid, Victoria, aber da ist wirklich nichts zu machen.«

»Moment mal, das sehe ich natürlich nicht so!«, rief sie.

Mit hektischen Handbewegungen zitierte sie nebenbei die Bedienung an den Tisch und bestellte sich ein Bier und einen Korn.

Frank zeigte mit dem Finger auf seine Brust.

»In Deutschland kann ich nicht einfach jemanden zwangseinweisen. Da sind zu Recht hohe Hürden vorgeschaltet.«

»Hör auf zu jammern. Ich möchte von dir ein wasserdichtes Gutachten, dass sie schizophren ist, dann kann ich einen richterlichen Beschluss für die Einweisung bekommen.«

»Das mache ich nicht, Victoria, das kannst du nicht von mir verlangen.«

Vor Nervosität rieb er sich über die Glatze.

Sie griff abrupt ihr Schnapsglas, kippte den Korn hinunter und hintendrauf gleich noch ein halbes Glas Bier. Dann beugte sie sich etwas vor und grinste ihn an.

»Mir wurden ein paar Bilder und ausführliche Informationen zugesteckt.«

Jetzt wurde er hellhörig, und gleichzeitig bekam er Angst. Er hatte in seinem Leben nur einen einzigen wunden Punkt und nur noch eine kleine Hoffnung, dass ihr das verborgen geblieben sein könnte.

»Jetzt willst du mich erpressen.«

Nervös zog er seinen Stuhl weiter nach vorne.

»Mir war die ganze Zeit klar, dass es Probleme mit dir geben wird. Du bist in der ganzen Stadt verschrien. Dann leg halt los, wenn du mich vernichten willst.«

»Du ahnst schon, was ich weiß?«

»Spuck's aus, Victoria!«

»Ich weiß, dass du für deinen Sohn Drogen kaufst. Und du weißt, dass du dich damit strafbar machst.«

Frank wurde ganz blass. Er hatte das zwar befürchtet, aber jetzt, wo sie das direkt aussprach, tat es besonders weh.

»Ich muss darüber nachdenken, denn ich schließe sowieso in Kürze die Praxis, und damit kannst du mir wahrscheinlich meine berufliche Karriere nicht mehr zerstören.«

Er stand auf und entschied sich, ohne Gruß zu gehen, blieb aber mit dem Rücken zu ihr stehen, als sie zu sprechen begann.

»Du kannst aber deine Pension verlieren und im Gefängnis landen, denn du bist ein Drogenhändler. Ob das deinem abhängigen Sohn hilft?«

Rums! Das hatte gesessen. Victoria wusste, dass sie ihn bis ins Mark erschüttert hatte.

Jetzt ging es nicht mehr ausschließlich um ihn, sondern um seinen Sohn.

»Ich rufe dich morgen Nachmittag an. Du kannst schon mal anfangen, das Gutachten zu verfassen, denn ich habe es eilig. Und weißt du, das tut auch gar nicht weh. Du sagst doch selbst, dass du aufhörst, und dann kannst du dich richtig um deinen Sohn kümmern. Vielleicht schaffst du es, ihn aus den Drogen rauszuholen. Also bis morgen, und sieh zu, dass das Dokument fertig ist.«

Sie winkte der Kellnerin, bestellte noch einmal das Gleiche und schmunzelte.

Das war ein starker Auftritt von ihr gewesen.

Nun würde sie ihrem Ziel ganz schnell näher kommen, dessen war sie sich sicher. Am Abend kam sie total betrunken nach Hause. Eigentlich war es so schlimm wie noch niemals zuvor.

Nachdem sie ihren Hausschlüssel nicht in der Handtasche fand, stapfte sie torkelnd in den Garten, von dort auf die Terrasse und legte sich einfach zur Nachtruhe in die Hollywoodschaukel.

Am Vormittag des nächsten Tages erwachte sie mit Kopfschmerzen, und als sie endlich ihren Schlüssel aus der Tasche gekramt und das Haus betreten hatte, wartete der nächste Ärger auf sie.

Strom und Wasser waren abgestellt. Stöhnend legte sie sich auf das Sofa im Wohnzimmer, das mittlerweile schmutzig geworden war.

Duschen war erst mal nicht drin, und Kaffee gab es auch nicht. Schnell griff sie zum Telefon. Und welch ein Wunder, das funktionierte noch.

Als sie es auf dem Tisch ablegte, fiel ihr Blick auf die Zeitschrift. Gerda lächelte sie strahlend an.

»Bäh! Was lachst du so?«, schrie sie wütend.

»Dir wird das Lachen schon noch vergehen. Warte nur, es dauert nicht mehr lange.«

Dann brach sie in Tränen aus.

Heute hatte sie ihren sentimentalen Tag. Die ganze Familie war auseinandergerissen, war mittlerweile in alle Winde verstreut, und sie war hier alleine mit einem Leben, das diesen Namen nicht mehr verdiente.

Jetzt liefen die Tränen, sie liefen und liefen, und sie konnte sich nicht mehr beruhigen.

Als sie wieder einigermaßen nüchtern war, blieb ihr nichts anderes übrig, als ins Stadtbad zu fahren, denn sie konnte selbst riechen, dass sie einer dringenden Dusche bedurfte. Eintrittsgeld hatte sie zum Glück noch in der Tasche. Anschließend wollte sie noch am Geldautomaten vorbei und die letzten Euros von ihrem Konto abheben.

Es war ein herrliches Gefühl, das Wasser über den Körper laufen zu lassen. Victoria dehnte ihren Besuch in Bad noch eine Weile aus und sprang auch noch ins Schwimmbecken, um ein paar Bahnen zu ziehen.

Dann machte sie sich in aller Ruhe fertig, föhnte die Haare, cremte sich ein und streifte sich frische Kleidung über.

Ich habe gar nicht gewusst, wie gut sich solche kleinen Selbstverständlichkeiten auf das allgemeine Wohlbefinden auswirken, stellte sie fest.

Beschwingt lief sie mit federnden Schritten zu ihrem Auto, fuhr in die Innenstadt und parkte in einer Seitenstraße.

Gleich um die Ecke war eine Bank – ihre Hausbank mied sie im Moment tunlichst –, wo sie schnell Geld abheben wollte. Sie steckte die Karte in den Automaten, gab den Betrag und die Geheimzahl ein und wartete.

Es ratterte und ratterte, und dann kam die Anzeige, dass die Karte einbehalten worden sei und sie sich an die Mitarbeiter ihrer Bank wenden solle.

»Mist!«, zischte sie.

Zum Glück war sie alleine in dem Vorraum. Peinlich wäre es geworden, wenn jemand hinter ihr gestanden hätte.

Die ganze Beschwingtheit und ihr Wohlbefinden nach der Dusche waren wie weggeblasen. Wütend fuhr sie nach Hause und nahm gleich den Umweg über den

Weinkeller, wo es auch schon ziemlich leer aussah. Ihr Vorrat würde nicht mehr lange reichen.

Nachdem sie die erste Flasche geleert hatte, fiel sie zunächst in einen großen Topf Selbstmitleid und wälzte sich ausgiebig darin. Weinkeller leer, Geldkarte weg, Kreditkarte vermutlich auch. Strom und Wasser waren abgestellt, die Telefone würden folgen.

»Und meine Familie ist auch weg!«, schluchzte sie in ihr Sofakissen.

Nach einer weiteren Flasche schleppte sie sich zur Bar im Wohnzimmer.

Sie brauchte jetzt einen Schnaps, entschied sie, denn sie musste die Kontosperre hinunterspülen.

Außerdem wollte sie noch Max anrufen.

Sie entschied sich für einen Obstschnaps, dessen buntes Etikett sie freundlich anlachte.

Rasch goss sie sich einen großen Schluck in ein Wasserglas und betrachte es eingehend.

»Das ist wohl kein doppelter, sondern gleich ein mehrstöckiger Schnaps, Victoria«, erklärte sie sich selbst. »Prost, altes Haus. Auf ein gutes Gelingen.«

Dann kippte sie den Obstler in einem Zug hinunter.

Nach einem kurzen Schüttler griff sie zum Telefon und wählte die Nummer von Max.

»Hallo Max, ich wollte hören, wie du dich entschieden hast.«

»Habe ich eine Wahl?«

»Ja, ich denke, das hast du.«

»Ich habe eine sehr kranke Frau, die mich braucht. Deshalb habe ich jetzt erst einmal keine Wahl.«

Durch den Alkohol wurde Victoria nicht einmal hellhörig, als Max die Betonung auf »jetzt erst einmal« legte.

Er hatte sich das ganz genau überlegt. Er würde jetzt erst einmal gute Miene zum bösen Spiel machen. Hatte er das Gutachten, würde er sehen, wen sie noch erpresste. Und dann hatte er schon Kontakt zu einem guten alten Schulfreund in einer anderen Stadt aufgenommen.

Natürlich konnte er zu ihm vollstes Vertrauen haben, und natürlich mussten sie jetzt Geduld haben.

Ob sich die Sache nachher so auflösen würde, dass auch er einigermaßen unbeschadet oder mit anwaltlicher Hilfe aus der Sache rauskam, war noch nicht abzusehen.

»Ach Max, du machst dir viel zu viele Gedanken.«

Er reagierte nicht.

»Hast du das Gutachten?«, wollte er wissen.

»Das hole ich morgen ab.«

»Gut, dann rufe ich dich am Abend an, damit wir uns treffen können.«

»Ne, lass mal, Max, ich bin unterwegs. Ich melde mich bei dir.«

»Ist mir wurscht.«

Ohne ein weiteres Wort beendete Max das Gespräch.

»Unfreundlicher Schnösel«, rief sie und lehnte sich zurück.

Das Telefon klingelte.

»Hallo, wer ist da?«

»Ich bin es, Karsten. Wie meldest du dich denn?«

»Ach, mein Verflossener meckert schon, ehe er guten Tag sagt. Wie hättest du denn gerne, dass ich mich melde?« Sie lachte völlig unkontrolliert.

»Du bist ja betrunken.«

Mittlerweile hörte er das sofort, wenn er mit ihr sprach. Eigentlich hatte er sie fragen wollen, ob er sie zum Essen einladen dürfe. Es war ihm wichtig, dass sie wieder einen Zugang zu den Mädchen fand. Aber so? Nein, so machte es keinen Sinn.

»Brauchst du Hilfe, Victoria?«

»Rutsch mir den Buckel runter mit deinem Gequatsche. Ich komme alleine zurecht.«

»Und die Kinder? Willst du nicht wissen, wie es ihnen geht?«

Sie dachte einen Moment nach.

»Die können ja jederzeit nach Hause kommen. Obwohl, im Moment ist das vielleicht nicht so praktisch.«

»Warum, was ist los?«

»Nix, aber ich kann ihnen gerade nicht so viel bieten.«

Karsten machte sich Sorgen. Da war bestimmt mehr los, als sie zugeben wollte.

»Ich wollte dich eigentlich einladen und zusammen mit den Kindern essen gehen, damit ihr euch mal wieder sehen könnt. Aber ich habe mich jetzt dagegen entschieden. Du bist betrunken, Victoria. Ich kann deinen Mädchen nicht zumuten, dich so zu sehen.«

»Dann lass es eben sein. Ich kann ja ohnehin nichts machen.«

»Doch, du kannst. Wenn du dir helfen lässt, kann ja alles wieder gut werden.«

»Du redest zu viel. Ist noch etwas Wichtiges?«

»Hast du überhaupt noch Geld zum Leben? Du arbeitest doch nicht mehr. Zumindest habe ich dich nicht mehr im Gericht gesehen.«

»Ich, ich habe alles im Griff und in Kürze wieder mehr Geld und mehr Arbeit.«

»Na dann. Ich wünsche dir viel Erfolg bei deinem Neustart.«

Karsten beendete das Gespräch. Er fühlte sich total hilflos. Aus anderen Quellen hatte er gehört, dass es Victoria wirklich schlecht ging.

Unlängst war er in einer belebten Bar gewesen, in der sich abends viele trafen, um eine nette Unterhaltung zu pflegen. Man kannte sich dort und fand immer interessante Gesprächspartner.

Ein Bekannter, der bei der Bank arbeitete, hatte ihm gesteckt, dass Victoria eigentlich am Rande des Ruins sei, was immer das auch bedeutete.

Doch er konnte ihr nur helfen, wenn sie das von sich aus wünschte.

Victoria verbrachte den Abend und die Nacht mit einer Flasche Likör, weil sie sich die wenigen Flaschen Wein, die sie noch hatte, etwas aufsparen wollte.

Es konnte sich ja jetzt nur noch um wenige Tage handeln, bis sie alles erledigt hatte und endlich wieder Geld zur Verfügung stand.

»Frank«, rief Victoria am darauffolgenden Tag ins Telefon. Momentan war sie im Auto unterwegs und hatte schlechten Empfang.

»Ich höre dich ja. Schrei doch nicht so.«

»Ist das Gutachten fertig?«

»Ja, leider.«

Sie lachte.

»Wieso leider? Du hättest es ja auch lassen können.«

Frank wollte sich nicht mehr mit ihr unterhalten. Er hatte die halbe Nacht überlegt, wie er das Gutachten so verfassen konnte, dass die Tür für Gerda nicht für viele Jahre zublieb. Aber er hatte nicht viele Möglichkeiten, sonst konnte der Richter den Beschluss nicht fassen.

»Komm auf den Parkplatz beim Sportplatz, und zwar gleich«, forderte er sie auf und beendete das Gespräch.

»Mannomann, ist der angefressen«, flüsterte sie, während sie bereits das Auto wendete, um sich mit ihm zu treffen.

Er war schon da, als sie ankam. Es waren nur sehr wenige Autos auf dem Parkplatz, sodass sie sich neben ihn stellen konnte, ohne aussteigen zu müssen.

Sie öffnete das Fenster.

»Gib her!«, forderte sie ihn auf.

Er reichte ihr einen braunen Umschlag, sagte kein Wort und fuhr davon.

Ihm war kotzübel.

Mit diesem Wisch brachte er eine Frau in die geschlossene Psychiatrie, die sich nichts zu Schulden hatte kommen lassen und auch keinesfalls schizophren war.

Wie sollte er je damit leben können? Und wie würde er aus dem Schlamassel wieder herauskommen, falls die Sache aufflog?

War das nicht die falsche Entscheidung?

Was er für seinen Sohn tat, half diesem nicht wirklich und war ja auch illegal.

Selbst das könnte ihn bereits ins Gefängnis bringen.

Er wusste sich keinen Rat und machte das, was er in letzter Zeit immer tat: Er setzte seine Scheuklappen auf.

Victoria stand immer noch auf dem Parkplatz.

Sofort rief sie Max an und bat ihn, herzukommen.

Er sagte gleich zu, und so konnte sie einfach stehen bleiben.

Auch er fuhr neben sie, so wie sie das zuvor bei Frank gemacht hatte. Auch er öffnete das Fenster.

»Hast du das Gutachten?«, wollte er kurz und knapp wissen.

»Ja, hier nimm.«

Er streckte die Hand aus dem Fenster, griff nach dem Umschlag und legte ihn auf den Beifahrersitz.

Victoria schaute ihn an und schüttelte den Kopf. »Willst du nicht wenigstens reinschauen und die wesentlichen Passagen überfliegen? Schließlich geht es da um wichtige Feinheiten.«

»Nein, das will ich nicht. Ich werde das zu Hause lesen, und wenn es nicht passt und die Angelegenheit nicht vertretbar ist, dann lasse ich es dich wissen.«

Er nickte ihr nur noch zu und fuhr davon.

Zu Hause angekommen, warf Victoria die Schuhe von ihren Füßen, holte eine Flasche Wein und die angefangene Schnapsflasche und legte sich hin. Sie hatte heute einen wichtigen und guten Tag gehabt, und nun hieß es warten, was mit ihrer Mutter geschah.

Ganz früh um acht klopfte und klingelte es ununterbrochen an der Haustür. Victoria wurde kaum wach und war natürlich noch nicht wieder nüchtern.

Mühevoll schleppte sie sich zur Tür und öffnete. Draußen standen ein Mann mit einer Aktentasche und zwei Polizeibeamte.

»Was wollen Sie?«, fragte sie mit lallender Zunge.

Der Mann fragte nach ihren Personalien und hielt ihr dann ein Schriftstück entgegen.

»Ich vollziehe heute die Räumungsklage. Packen Sie sich ein paar wichtige Sachen zusammen, ich muss die Tür versiegeln.«

»Das geht doch nicht!«, schrie sie.

»Das ist immer noch mein Haus. In ein paar Tagen kann ich alles bezahlen.«

»Die Bank will das Haus versteigern. Bis jemand zugegriffen hat, können die Sachen drinbleiben. Wenn Sie also Kleider brauchen, dann lassen Sie mich das wissen.«

»Na, da könnt ihr aber lange warten. Meine Mutter hat lebenslanges Wohnrecht. Das kauft kein Schwein!« Victoria lachte laut und unkontrolliert.

»Ich warte hier. Beeilen Sie sich mit dem Packen«, sagte der Mann emotionslos.

Es war ihr Glück, dass sie noch so viel Restalkohol intus hatte, dass ihr weder das Packen noch das Verlassen des Hauses besonders wehtat. Allerdings stand sie anschließend vor ihrem Auto und wusste nicht, wohin sie gehen sollte. Sie legte den Koffer auf den Rücksitz, stieg ein und fuhr einfach los.

Auf der Schnellstraße, die zur Autobahn führte, wurde sie durch eine routinemäßige Polizeikontrolle aufgehalten.

»Haben Sie was getrunken?«, fragte der eine Polizist, nachdem er ihre Papiere angesehen hatte.

Er wunderte sich, dass sie so lange danach herumkramte, und seine erfahrene Nase roch den abgestandenen Alkohol.

»Nein, noch keinen einzigen Tropfen. Ich wurde wach geklingelt und hatte noch nicht einmal einen Kaffee.«

»Dann ist der Pegel noch von gestern? Sie müssen ja schön zugelangt haben.«

Sein Kollege wunderte sich auch und bat sie zu pusten, was sie auch gleich machte.

»Oje, das ist viel zu viel, gute Frau. Steigen Sie bitte aus. Das Auto parke ich dahinten auf dem Parkplatz.

Und Sie kommen bitte mit zur Blutprobe. Der Führerschein ist garantiert erst einmal weg, das kann ich Ihnen jetzt schon sagen«, erklärte er.

»Haben Sie noch eine Tasche, die Sie mitnehmen wollen?«

»Ja, meinen Koffer.«

Sie merkte, dass das jetzt eine blöde Situation war. Nachdem das Prozedere bei der Polizei vorbei war, schlürfte sie zu Fuß die Landstraße entlang. Alles war weg. Sie wollte nicht nachdenken. Sie hatte kein Geld mehr, sonst hätte sie sich in die nächste Kneipe gesetzt.

Mittlerweile hatte sich ihr Alkoholspiegel etwas abgebaut, und sie entschied, diese Kleinstadt erst einmal hinter sich zu lassen und per Anhalter in die Hauptstadt zu fahren. Dort konnte sie zunächst anonym bleiben und abwarten, bis Max alles mit ihrer Mutter erledigt hatte.

Und das klappte dann auch nach einer Weile. Ein Lastwagenfahrer nahm sie an der Autobahnauffahrt mit.

Am Abend setzte er sie irgendwo in der für sie fremden Stadt ab. Eine Weile stand sie am Straßenrand, ihre Hände zitterten, sie brauchte jetzt etwas zu trinken und dann eine Orientierungshilfe.

Als sie sich umschaute, sah sie eine breite, große Allee und auf der Mittelinsel ein paar Bänke.

Langsam steuerte sie sie an und zog ihren Koffer hinter sich her. Sie fand eine Bank für sich alleine, holte die Wasserflasche, die mit Schnaps gefüllt war, aus der Einkaufstasche, die an ihrem Arm baumelte, und nahm einen kräftigen Schluck und dann noch einen und noch einen. Endlich ging es ihr wieder gut, und das Zittern hörte auf.

Da sie nicht wusste, wo sie hingehen sollte, lief sie einfach die Straße entlang, bis sie an einem U-Bahnhof vorbeikam. Mit der Rolltreppe fuhr sie hinunter und studierte den ausgehängten Fahrplan. Dann stieg sie in die nächste Bahn und hoffte, dass sie nach zweimaligem Umsteigen und ohne Kontrolle am Alexanderplatz ankam. Und sie hatte Glück.

Der Platz war so groß, dass sie Probleme mit der Orientierung bekam. Wo sollte sie nur hinlaufen, und wo waren die Leute, die sie wegen einer Übernachtung fragen konnte? Zuerst traf sie eine Menge vermutlich obdachloser junger Leute, die auf Stufen saßen und sich an diesem Platz mit verschiedenen Utensilien häuslich eingerichtet hatten. Auf der anderen Seite sah sie eine Gruppe Erwachsener, die mit ihrem ganzen Besitz und diversen Flaschen neben ihren Plastiktüten standen. Einige von ihnen hatten auch Hunde dabei.

Lange Zeit traute sich Victoria nicht, hinzugehen und jemanden anzusprechen. Aber als es Zeit wurde, sich zu überlegen, wo sie denn schlafen könnte, blieb ihr nichts anderes mehr übrig, als ihr Herz in die Hand zu nehmen und auf zwei Frauen aus der Gruppe zuzugehen.

23

Die Band kam gemeinsam aus Hamburg zurück, und nachdem sie noch kurz im Proberaum waren, fuhr jeder für sich nach Hause.

Gerda war hocherfreut, als sie ihre gemütliche Wohnung betrat.

Es war doch immer wieder etwas ganz Besonderes, heimzukommen.

Sie stellte ihren Koffer ins Schlafzimmer und wollte sich gerade ein Bad einlassen, als es an der Tür klingelte.

Frohgelaunt öffnete sie und sah sich einem Mann, einem Krankenpfleger und einem Polizisten gegenüber.

»Guten Tag, was kann ich für Sie tun?«

»Ich bin Arzt beim psychiatrischen Sozialdienst, und das ist ein Pfleger, der mich begleitet.«

Er zeigte auf den jungen Mann neben sich, dann wies er mit einem Kopfnicken auf den Beamten.

»Der Polizeibeamte achtet darauf, dass alles mit rechten Dingen zugeht. Wir müssen Sie abholen, wir haben eine gerichtliche Einweisung in eine Klinik. Bitte kommen Sie mit.«

Gerda wurde weiß wie eine Wand.

»Sie wollen mich mitnehmen? Was werfen Sie mir vor?«

»Ich werfe Ihnen nichts vor. Ein ärztliches Gutachten und ein richterlicher Beschluss sind die Grundlagen für die Einweisung. Bitte kommen Sie jetzt, und ersparen Sie uns, dass wir Sie hier herausführen müssen.«

»Das ist Victorias Werk, das ist im wahrsten Sinne des Wortes der absolute Wahnsinn. Darf ich bitte noch ein Telefonat führen?«

»Nein, bitte schließen Sie die Tür.«

»Aber ich muss doch irgendjemandem Bescheid sagen, wo ich bin.«

Sie zitterte, und ihr Gesicht bekam lauter rote Flecken. Ihre Augen blickten panisch, was in ihrer Situation nicht gerade förderlich war.

»Das wird Ihre Pflegschaft übernehmen.«

»Ich habe doch das Recht, meinen Anwalt anzurufen. Das darf sogar ein Mörder!«, schrie sie.

»Aber Sie dürfen das jetzt nicht. Fragen Sie in der Klinik.«

Sie beschloss, zunächst aufzugeben, und folgte den Herren zu dem bereitstehenden Krankenwagen.

Sie wusste nicht, was in dem Gutachten und in der Einweisung stand, und ihre größte Sorge war, dass niemand wusste, was mit ihr passierte.

Die Fahrt dauerte nicht sehr lange. Als sie mit dem Wagen vor einem Tor warteten, fragte sie: »Wo sind wir hier?«

Der Pfleger grinste. »*Bonnies Ranch.*«

Sie wusste nichts damit anzufangen.

»Ich verstehe nicht, was Sie meinen.«

Sie hatte Tränen in den Augen.

»Das versteht in Berlin jeder. Damit ist die Klapse, die *Carl Bonhoeffer Nervenklinik* gemeint. Heißt heute natürlich anders.«

Das Tor öffnete sich, und sie fuhren noch ein kurzes Stück bis vor einen Eingang. Der Pfleger führte Gerda hinein und brachte sie mit dem Fahrstuhl in die zweite Etage.

Dort fand sie sich in einem Ärztezimmer wieder.

Ein älterer Herr im weißen Kittel saß hinter dem Schreibtisch.

»Ich bin Dr. Berger. Nehmen Sie bitte Platz, Frau Wagner.«

»Ich möchte telefonieren und Bescheid sagen, dass ich hier bin.«

»Später, Frau Wagner, später.«

Gerda wurde sauer. Der redete so langsam, als hätte er selbst einen an der Waffel.

Wie der schon dasaß, so selbstgefällig, so unnahbar und bestimmend, das brachte sie sofort auf die Palme.

»Es ist mein Recht, telefonieren zu dürfen, jeder Mörder darf das. Und ich weiß noch nicht einmal, warum ich hier bin.«

Er schaute auf die Unterlagen.

»Sie sind hier, weil ein Arzt festgestellt hat, dass Sie schizophren sind. Und das Ganze wurde von einem Richter bestätigt. Deshalb dürfen Sie jetzt noch nicht telefonieren. Sie werden erst einmal gründlich untersucht und medikamentös eingestellt. Was dann geschieht, wird Ihr Vormund bestimmen.«

Er drückte auf eine Klingel, und ein Hüne von einem Pfleger kam herein und führte sie auf ihr Zimmer. Gerda wehrte sich und schrie wie am Spieß. Sie wusste, dass das kontraproduktiv war, aber sie konnte in diesem Moment nicht anders.

Ralf war erst heute aus Amerika zurückgekommen. Eigentlich hätte er sich hinlegen und schlafen müssen. Aber er wollte zuerst Gerda begrüßen.

Er fuhr zu ihrer Wohnung und freute sich schon sehr, sie zu sehen.

Weil sie auf sein Klingeln nicht reagierte, öffnete er die Tür mit seinem Schlüssel.

Er rief nach ihr und schaute in alle Räume – doch nichts. Bei näherem Hinsehen stellte er fest, dass ihr

Koffer im Schlafzimmer stand und in der Badewanne etwas Wasser eingelassen war.

Das passte überhaupt nicht zu ihr.

Er setzte sich im Wohnzimmer in den Sessel.

Nachdem er eine Weile gegrübelt hatte, gab es für ihn nur zwei Möglichkeiten: Entweder war Gerda, als sie nach Hause kam, überfallen oder entführt worden, doch an diese Möglichkeit wollte er überhaupt nicht denken.

Und die andere war ihre Tochter Victoria. Hatte sie ihre Mutter abgeholt? Hatte sie eine Pflegschaft bekommen?

Er sprang aus dem Sessel und lief wie ein verwundetes Tier hin und her. Dann rief er in der Kanzlei an, verabredete sich mit Noah und bat ihn, seinen Mitarbeiter, der Victoria seit Monaten observierte, zu befragen.

Später saß er mit Noah im Büro. Dieser hatte eine dicke Akte vor sich liegen.

»Noah, da stimmt was nicht. Gerda kam erst heute aus Hamburg zurück und hat sich ganz normal von der Band verabschiedet. Dann hat sie ihren Koffer im Schlafzimmer abgestellt und angefangen, Badewasser einzulassen. Sie würde das nie tun, wenn sie vorhätte, das Haus zu verlassen. An ein Verbrechen will ich gar nicht denken. Ich glaube, es ist Victoria, die aktiv wurde. Wir müssen herausfinden, wo sie ist.«

Ralf schaukelte vor lauter Aufregung mit dem Stuhl hin und her.

»Papa, hör auf, verrückt zu spielen. Das hilft jetzt nicht weiter. Wir müssen mit kühlem Kopf agieren, wenn wir Gerda helfen wollen. Lass uns jetzt die Akten durchgehen und mein Gespräch mit meinem Mitarbeiter berücksichtigen.«

»Du hast ja Recht. Entschuldige, ich handle in Gerdas Fall eben nicht neutral und nicht rational.«

»Ich weiß, ich mach das schon. Also, ich habe Victoria die ganzen Monate über bis zum heutigen Tag lückenlos beobachten lassen. Meine Mitarbeiter standen lange vor ihrem Haus und haben sie überallhin begleitet. Und das ist jetzt Gold wert.«

Noah berichtete über Victorias Exzesse, über ihr Liebesleben, ihre Kontakte und Aktivitäten. Parallel dazu hatten seine Mitarbeiter dort, wo es interessant erschien, auch ihre Kontaktpersonen überwacht.

»Und jetzt können wir eins und eins zusammenzählen. Sie hat sich mehrmals mit einem Richter und mit einem Gutachter getroffen. Wir wissen, dass sie die beiden vorgeführt, wahrscheinlich sogar erpresst hat. Hinzu kommt noch ein Detektiv, der seit geraumer Zeit nach ihr sucht, weil er bezahlt werden will – übrigens ein ehemaliger Mandant von ihr, den sie mal auf merkwürdige Weise freibekommen hat.«

»Du bist ein Genie, mein Sohn. Das passt ja wie die Faust aufs Auge.«

Ralf lehnte sich zurück. Jetzt wurde er ruhiger, jetzt hatten sie Anhaltspunkte.

Noah stand auf und holte eine Flasche Wasser und zwei Gläser.

»Meine Mitarbeiter und ich glauben, dass sie Gerda mit einem Gutachten und einer richterlichen Verfügung in eine Nervenklinik eingewiesen haben.«

»Oh nein, so weit habe ich jetzt gar nicht gedacht. Mein Gott, wenn das wirklich stimmt, wie mag es Gerda jetzt gehen?«

»Ruhig, Papa. Ob es stimmt, wissen wir noch nicht. Wir haben nämlich das Problem, dass wir nichts in der Hand haben. Aber ich habe die Namen und die Kontaktdaten des Richters und des Gutachters. Die rufen wir jetzt an, und dann treffen wir uns mit ihnen.«

Max schlug sich seit einigen Wochen zusammen mit seinem Bekannten und seiner Angst herum.

Es war eben doch viel einfacher, sich etwas vorzunehmen, aber wenn man dann davorstand und nicht wusste, wie man selbst einigermaßen rauskam, zuckte man doch schon zurück.

Er hatte Frank in ein Bistro eingeladen und wollte endlich ausloten, ob es ihm ebenso erging wie ihm selbst und ob er sich mit ihm zusammentun wollte.

Beide kannten sich vom Sehen und vom Hören. Fast gleichzeitig trafen sie dort ein und begrüßen sich freundlich.

»Ich bin Max und habe Sie in einer etwas delikaten Angelegenheit angerufen, die uns beide betrifft.«

»Und ich heiße Frank. Wollen wir uns nichts duzen? Ich glaube, wir sind Leidensbrüder. So können wir vielleicht die unangenehmen Dinge etwas vertraulicher besprechen.«

»Gerne.«

Es würde Max jetzt viel Überwindung kosten, seine Neigungen und andere Verwerfungen einem Fremden erzählen zu müssen. Aber er berichtete Frank seine ganze Geschichte bis hin zu dem richterlichen Beschluss.

Mutig packte sodann auch Frank seinen Part in diesem Drama auf den Tisch, und so konnten sie nach mehreren Stunden und vielen Tassen Kaffee die Mosaiksteine zusammentragen.

Frank erzählte noch von einem Dritten, der ihn damals ausspioniert hatte und dadurch ebenso in die Angelegenheit verwickelt war.

Max hatte die ganze Zeit zugehört und immer wieder den Kopf geschüttelt. Es gab viele Parallelen. Außerdem hatte er vier Wochen lang versucht, Victoria zu erreichen, aber es war nichts zu machen.

»Das Merkwürdige ist, dass sie verschwunden ist. Sie hat sich nie mehr gemeldet, weil ich ihr ja die Pflegschaft hätte übertragen müssen. Sie ist wie von Erdboden verschluckt, und umso schlimmer ist das jetzt für ihre Mutter. Wir müssen dafür sorgen, dass die Frau wieder aus der Klinik rauskommt, und wir sollten überlegen, wie wir unseren Hals aus der Schlinge ziehen können. Unsere Familien brauchen uns.«

»Und wie sollen wir das machen? Ich bin doch nur ein Arzt. Ich kann das doch nicht veranlassen oder hingehen und sagen, dass ich mich geirrt habe.«

»Nein, natürlich nicht, auf mich trifft das ja genauso zu. Lass uns bitte noch eine oder zwei Wochen warten. In der Zwischenzeit überlegen wir, welche Möglichkeiten es gibt und ob wir eventuell einen Weg finden, wie wir ihr die ganze Schuld in die Schuhe schieben können. Wir müssen den Spieß einfach umdrehen.«

Beide verabredeten, alle zwei Tage zu telefonieren und sich abzustimmen. Dann verabschiedeten sie sich.

Kaum hatte Max zu Hause das Wohnzimmer betreten, klingelte das Telefon. Er meldete sich und lauschte der Stimme des Anrufers.

Es war Noah, der ihm erklärte, wie er an seine Adresse gekommen sei und dass er Victoria lange Zeit observiert habe und warum.

»Sie können sich vorstellen, dass wir Sie in diesem Zusammenhang mehrmals mit beobachtet haben. Das Gleiche gilt übrigens für den Arzt und Gutachter. Wir müssen jetzt keine Hellseher sein, um zu wissen, was da abgelaufen ist. Allerdings glauben wir, dass Sie sehr unter Druck stehen und Hilfe brauchen. Mehr Hilfe benötigt aber Victorias Mutter, die ganz sicher zu Unrecht in einer Nervenklinik festgehalten wird.«

»Ja, das stimmt, sie haben das alles richtig recherchiert. Ich bin Richter, und meine Frau ist schwer krank. Ich weiß nicht, wie ich aus der Erpressung rauskommen soll. Und mein Kollege, der Arzt, auch nicht. Victoria ist ja verschwunden und hat sich die Pflegschaft gar nicht mehr ausstellen lassen.«

»Das weiß ich. Victoria ist wohnungslos und Alkoholikerin. Sie braucht eher selbst Hilfe, als dass sie die Verantwortung einer Pflegschaft übernehmen könnte. Ich mache Ihnen einen Vorschlag: Mein Vater und ich sind beide Anwälte und kommen morgen zu Ihnen, ich habe schon Zimmer im Hotel zum Hirschen gebucht. Wir treffen uns um vierzehn Uhr in der Lobby. Bringen Sie bitte den Arzt mit. Wir versprechen Ihnen, dass wir alles dafür tun werden, dass es für alle Seiten so schmerzfrei wie möglich abläuft.«

Im Anschluss an das Gespräch lehnte sich Max zurück und hörte gerade mehrere Zentner Steine von seinem Herzen plumpsen. Er war so dankbar, nicht mehr alleine die Schuld und Verantwortung schleppen zu müssen, ganz egal wie es ausgehen würde. Dann informierte er noch Frank und erlebte seine erste ruhige Nacht seit vielen Wochen.

Pünktlich trafen die vier in der Lobby des Hotels zusammen.

Ralf bestellte für alle Kaffee und Wasser, und dann ließen sie sich von Max und Frank alles erzählen, was zu diesem Drama geführt hatte.

Sie hörten, wie leid es den beiden tat, dass sie sich vermutlich nicht hatten wehren können, und sie berichteten auch offen über ihre familiären Hintergründe.

Ralf hätte platzen können. Er mit seinem Gerechtigkeitssinn konnte das alles nicht nachvollziehen. Niemals würde er sich erpressen lassen und anderen Menschen einen Schaden zufügen. Es kostete ihn jetzt richtig viel Beherrschung, sachlich zu bleiben.

»Wie dem auch sei«, sagte er, »das war schon eine bodenlose Frechheit. Und wir müssen das aufsplitten. Zuerst das Strafrechtliche: Hier müssen wir Kontakt mit Ihrer Dienststelle aufnehmen und versuchen, einen Deal zu verabreden. Ich will, dass Gerda schnell ein neues Gutachten und die Aufhebung der Einweisung bekommt. Für Victoria will ich eine Geldstrafe erreichen und für Sie beide auch eine Geldstrafe. Ich denke, das ist machbar, weil man hier in der kleinen Stadt eher seine Ruhe haben und nicht in der Presse stehen möchte.«

Ralf schaute die beiden streng an und versuchte zu ergründen, ob sie jetzt wohl protestieren wollten.

Als nichts dergleichen kam, meldete sich Noah zu Wort.

»Und auf der zivilrechtlichen Seite buchen das alle Beteiligten als Lehrgeld ab. Ihr habt euch schließlich erpressen lassen, und das in eurer Position. Das macht man nicht. Und Victoria ist auch gestraft: Haus, Vermögen und Gesundheit weg. Nur Gerda hat sich nicht schuldig gemacht, aber sie muss am meisten leiden. Einverstanden?«

Max und Frank nickten und hatten aber noch ein paar Bedenken, ob die Dienststelle das auch tatsächlich so machen würde.

Doch Noah beruhigte sie. Er hatte sich bereits im Vorfeld für den späten Nachmittag einen Termin geben lassen, um das heute noch zu klären. Das erzählte er ihnen aber nicht.

Dann berichteten Frank und Max noch von Victorias ehemaligem Klienten, der auf der Suche nach ihr war. Sie gaben Noah die Kontaktdaten, und dieser versprach, sich darum zu kümmern und ihnen schnellstmöglich mitzuteilen, was er auf der Dienststelle erreicht hatte.

Noah und Ralf hatten an diesem Nachmittag noch alle Hände voll zu tun. Auf der Dienststelle warteten wirklich harte Brocken auf sie, und sie mussten ihr ganzes Können ausspielen, um zu einem Erfolg zu kommen. Das mit Gerda und einem neuen Gutachten war nicht so schwer, allerdings würde es leider ein paar Wochen dauern, bis ein neutraler Gutachter in die Klinik kam und dann durch ein Gericht die Einweisung aufgehoben werden konnte.

Hinzu kam, dass man ja nicht wusste, ob sie unter Medikamenten stand, denn die Klinik ging ja von einer sehr schweren Krankheit aus.

Da könnte es durchaus passieren, dass der Gutachter zu einem falschen Schluss kam. Aber den Richter und den Gutachter wollten sie nicht so davonkommen lassen.

Die sollten disziplinarisch belangt werden. Nach langem Hin und Her konnten sie aber erreichen, dass die Existenz der beiden wegen der Kranken in der Familie nicht zerstört wurde und eine hohe Geldstrafe ausreichte.

»Meine Güte, das war jetzt aber eine schwere Geburt. Wir haben uns heute ein gutes Essen und einen harmonischen Abend im Gasthof verdient.«

Ralf klopfte seinem Sohn auf die Schulter.

»Gut gemacht!«

»Wir rufen jetzt noch schnell den Abzocker an, der die Informationen an Victoria verkauft hat, und klären das.«

Das allerdings war lediglich eine Sache von wenigen Minuten. Sie drohten ihm nur an, ihn anzuklagen, wenn er den Vertrag nicht einpackte und an die Kanzlei schickte.

Zu Schluss riefen sie noch Max an, der sich riesig freute. Frank ebenso, aber der bekam noch eine Aufgabe: Er musste den Gutachter kontaktieren, der Gerda in den nächsten Wochen aufsuchen sollte. Es war seine Pflicht, dem Kollegen beizubringen, dass ihm ein Fehler unterlaufen war und Gerda zu Unrecht in der Klinik behandelt wurde.

Auch musste er Ralf auf dem Laufenden halten, was er gleich versprach.

Und so ließen die beiden den Abend ausklingen und fuhren am nächsten Tag zurück nach Berlin.

Gerda lag apathisch in ihrem Bett. Immer wieder wurde sie mit neuen Medikamenten und Untersuchungen gequält.

Mittlerweile hatte sie sich zwischendurch immer mal wieder aufgegeben.

An anderen Tagen, wenn die Wirkung der Tabletten, die sie schläfrig machten, nachließ, tobte und schrie sie.

Sie hämmerte unaufhörlich gegen die Tür, was ihr dann eine Fixierung im Bett einbrachte.

Hunger hatte sie gar keinen mehr.

Ab und zu, wenn sie klar denken konnte, dachte sie über sich, über ihr Leben und über Ralf nach.

Und wenn sie gar nicht mehr weiterwusste, dann träumte sie sich auf die Bühne und sang Elvis-Lieder.

Sie ging aber auch mit sich selbst ins Gericht, wenn sie an ihre Beziehung zu Victoria dachte.

Als Mutter hätte sie das Ganze eigentlich besser bewerkstelligen können.

Anstrengend waren auch die Therapiegespräche.

Dauernd wurde ihr eingeredet, wie krank sie sei, dass sie nicht rauskönne und dass sich ihr Betreuer leider immer noch nicht gemeldet habe.

Und wenn sie wieder ankamen und ihr Spritzen gaben, damit sie ruhiggestellt und weggetreten war, dachte sie immer noch kurz vorher: Jetzt ist die Oma wirklich durchgedreht.

Sie ist in der Klapsmühle.

24

Es dauerte noch ein paar Wochen, bis Ralf Gerda aus der Klinik abholen konnte.

Er wartete im Büro des Professors auf sie.

Als sie zusammen mit einer Schwester hereinkam, erschrak er zutiefst. Sie war in der kurzen Zeit schmächtig und blass geworden. Die Haare hingen stumpf und zottelig herunter, und die dunklen Augenränder ließen sie krank aussehen.

Er ging auf sie zu und zog sie in seine Arme. Sanft strich er ihr über den Kopf.

»Komm, ich bringe dich jetzt nach Hause.«

»Ja«, antwortete sie nur.

Nachdem sie sich kurz vom Professor verabschiedet hatten, fuhren sie schweigend in Gerdas Wohnung.

Ralf wich ihr nicht von der Seite.

Er kochte ihr einen Tee und half ihr, ihre Tasche auszupacken.

Damit sie auch körperlich spüren konnte, dass sie nicht mehr in der Klinik war, duschte sie und zog sich bequeme Kleidung an.

Anschließend hatte sie das gute Gefühl, den Krankenhausgeruch abgewaschen zu haben.

Gemütlich saßen sie auf dem Sofa und genossen den Tee.

»Ralf, ich dachte, ich bin im falschen Film.«

»Nicht nur du. Ich habe so etwas noch nie erlebt, und ich hätte mir auch nicht vorstellen können, dass so etwas möglich ist.«

»Weiß diese Frau eigentlich, was sie da angerichtet hat?«, fragte sie.

»Nein, das kann sie im Moment nicht wissen. Sie ist völlig abgestürzt und droht im Gefängnis zu landen.«

»Das wird wohl ein längerer Bericht, oder?«

Sie lehnte sich zurück.

»Ja, ich würde das aber gerne auf morgen verschieben, wenn du wieder richtig hier angekommen bist und gut geschlafen hast.«

»Mal sehen, vielleicht will ich es heute doch noch wissen. Zuerst aber zu den *Silberoldies*. Was ist aus meiner Band geworden, und was hat die Presse mit uns und vor allem mit mir angestellt?«

»Komm her, lass dich ein bisschen freundschaftlich umarmen, dann erzähle ich dir alles.«

Gerda nahm das Angebot gerne an. Vorhin im Büro des Professors hatte sie gemerkt, wie gut ihr das tat und wie sicher sie sich fühlte, wenn zwei starke Arme ihren Körper schützten. Also rückte sie vertrauensvoll näher an Ralf ran und ließ sich von ihm umarmen.

»Die Band hat nicht gelitten und ist auch nicht schlecht weggekommen. Noah hat gleich gegengesteuert und der Presse mitgeteilt, dass du zur Kur seist. Natürlich haben sie sich mit Noahs Hilfe eine weitere Sängerin gesucht, damit die Termine eingehalten werden konnten. Carlo und Ludmilla haben dich zusammen gut vertreten und dafür gesorgt, dass es immer deine Band geblieben ist und niemand deinen Platz einnehmen konnte.

Der Einzige, der immer wieder mal querschießt oder es zumindest versucht, ist Abraham. Das aber wird immer im Keim erstickt, und alle wissen, dass es seiner Eifersucht und seiner unerfüllten Liebe zu dir geschuldet ist. Irgendwann werden sie ihm sagen, dass jetzt entweder Ruhe ist oder er nicht mehr dabei sein kann. Sie alle empfinden das als viel zu ermüdend.«

»Oh ja, Abraham. Er war schon immer ein bisschen anstrengend. Aber ich hätte nie gedacht, dass er so ausrastet.«

»Das Problem lässt sich aber lösen«, antwortete Ralf und strich ihr über den Arm.

»Es hat allerdings noch ein bisschen Zeit.«

»Ja, das hat es.«

»Ich habe uns etwas gekocht. Wollen wir jetzt in aller Ruhe essen? Du musst nämlich wieder was auf die Rippen bekommen. Du hast doch einige Kilo abgenommen.«

»Zehn, ganz genau zehn Kilo bin ich losgeworden. Und das ist auch den Medikamenten geschuldet, die man mir eingeflößt hat, weil ich mich gewehrt habe.«

»Das ist eine ganze Menge, was du da an Gewicht verloren hast. Dann lass uns mal dafür sorgen, dass du wieder ein bisschen zunimmst.«

»Ich habe schon überlegt, ob das vielleicht erstrebenswert wäre, mein jetziges Gewicht zu halten. Schlank zu sein ist doch eigentlich etwas Schönes.«

Ralf verdrehte die Augen.

»Hör auf, so zu denken, Gerda.«

Er löste den Arm von ihr und betrachtete sie.

»Das ist ungesund. Du bis jetzt spindeldürr und siehst auch nicht gesund aus. Du musst unbedingt ein bisschen zunehmen. Wir in unserem Alter müssen auf uns achten und nicht diesem Wahn hinterherlaufen wie die Models.«

»Reg dich doch nicht auf, ich wollte keine Modelkarriere anstreben. Aber ohne Rettungsringe zu sein, das hat doch auch was.«

Sie zwinkerte ihm zu und streichelte ihn am Arm.

Das Essen, das er gekocht hatte, schmeckte vorzüglich.

»Das war ein tolles Essen«, lobte Gerda.

»Vielen Dank. Ich wusste gar nicht, dass du auch kochen kannst.«

»Du weißt noch nicht so viel von mir. Ich werde dir in nächster Zeit alles zeigen, was ich kann.«

Sie lachte wissend.

»Ich hätte nie gedacht, dass ich gleich am ersten Abend so zufrieden sein kann, nach dieser schweren Zeit. Ich hatte befürchtet, lange um meine Normalität kämpfen zu müssen. Aber mit deiner Fürsorge erleichterst du mir den Übergang in mein neues, altes Leben.«

»Du darfst es nicht überstürzen. Du musst in kleinen Schritten gehen und das Ganze verarbeiten. Lass uns regelmäßig darüber sprechen oder suche dir eine Therapie. Damit ist nicht zu spaßen.«

»Ja, vielleicht später.«

Sie zog ihn auf das Sofa und lehnte sich wieder in seine schützende Armbeuge.

»Ralf, ich will so schnell wie möglich meinen seelischen Müll entsorgen, damit ich frei und ohne Ballast in die Zukunft schauen kann. Ich möchte, dass wir heute noch das Thema Victoria durchgehen. Dann können wir rasch entscheiden, wie ich vorgehe.«

»Muss das jetzt sein?«

»Ja, ich will das so. Es ist immer noch meine Familie. Ich muss wissen, was da los ist, egal wie dann meine Reaktion ausfallen wird. Aber ich kann am Ende dazu stehen.«

»Grundsätzlich hast du ja Recht. Aber morgen wäre doch auch noch ein Tag. Du musst dich doch einleben und die Medikamente in deinem Körper abbauen.«

»Alles ist gut, Ralf. Ich kann beides, das weißt du doch.«

»Also gut, ich komme nicht gegen dich an. Aber wo soll ich anfangen?«

»Am Anfang!«

Sie rückte ein Stückchen von ihm weg, damit sie ihm in die Augen schauen konnte.

»Ich weiß schon, aber ich würde dir gerne ersparen, was passiert ist, während du in der Klinik warst.«

»Sag es mir jetzt!«

Er nickte.

»Gut. Also, sie hat einen Richter und einen Gutachter erpresst und dich damit in die Klinik gebracht.«

Er beobachtete ihre Reaktion ganz genau, weil er sich Sorgen machte, dass sie diese schweren Vergehen ihrer Tochter nicht verkraften könnte.

Doch sie saß ganz ruhig da und hatte die Hände ineinander verschlungen.

»Weiter bitte.«

»Diese Erpressungen konnte sie nur vornehmen, weil sie mit dem Richter in einen Swingerclub gegangen ist und ihn gefilmt hat. Aber natürlich hat auch sie dort teilgenommen, und das war natürlich ebenfalls auf dem Film zu sehen.«

»Oh, nein!« Gerda schlug die Hände vor das Gesicht. »Wie tief ist meine Tochter gesunken?«

»Aber das ist noch nicht alles. Den Gutachter hat sie damit erpresst, dass sein Sohn an der Nadel hängt und er als Vater ihm Heroin aus dunklen Kanälen besorgte.«

Sie schaute ihn mit großen Augen an.

»Das wird ja immer schlimmer.«

»Ja, es kommt noch mehr. Natalie ist eines Nachts, als sie bei ihrem Vater schlafen sollte, mit dem Fahrrad nach Hause gefahren, um zu sehen, was ihre Mutter so treibt. Sie musste zuschauen, wie Victoria und der Richter völlig betrunken an der Hauswand für jedermann sichtbar unkontrollierten Geschlechtsverkehr hatten. Sie ist dann völlig verstört zurück zu ihrem Vater gefahren.«

»Nein, Ralf, das ist ja furchtbar. Das kann doch nicht wahr sein.«

»Es ist wahr. Ich bin aber noch nicht fertig.«

»Was ist denn noch um Himmels willen? Was ist mit dem Haus?«

»Langsam bitte. Trink erst einmal einen Schluck Wasser.«

Mit zittrigen Fingern griff sie nach ihrem Glas und trank es in einem Zug leer.

»Gut? Kann ich weiterreden?«

»Ja, bitte.«

»Das Haus ist noch da, ich hatte Glück. Wir hatten herausbekommen, dass es die Bank versteigern möchte, und ich habe für dich zugegriffen. Von dieser Seite ist jetzt erst mal alles gut.«

»Ich weiß gar nicht, wie ich dein beherztes Eingreifen wiedergutmachen kann.«

»Das ist jetzt nicht so wichtig. Es gibt noch Schlimmeres.«

»Bitte nicht.«

Sie schaute ihn kopfschüttelnd an.

»Deine Tochter lebt hier in Berlin am Alexanderplatz.«

»Sie lebt auf der Straße? Ralf, sag mir, dass das nicht wahr ist.«

»Doch, leider. Ich bin dort schon mal mit Noah und seinem Detektiv gewesen und habe sie beobachtet. Es ist zum Erbarmen.«

»Was macht eine Mutter in so einem Fall?«, fragte sie leise.

»Das kannst du später entscheiden. Jetzt noch der Schluss: Deine Tochter ist Alkoholikerin, und ihre Töchter wollen zunächst einmal nichts mehr von ihr wissen. Sie hat sich ganz nach unten gesoffen.«

Gerda liefen die Tränen in Rinnsalen aus den Augen.

»Ich hatte nie einen guten Draht zu meiner Tochter. Aber so etwas … Eine Anwältin in der Gosse? Nein, das kann doch gar nicht möglich sein.«

»Ist es aber. Und jetzt ein bisschen Hoffnung, einverstanden?«

»Ja, danke. Du bist sehr fürsorglich.«

Darauf antwortete er nicht. Es hätte gestört, wenn er jetzt über sich und sein Verhalten gesprochen hätte.

Er nahm ihre Hände in die seinen.

»Und nun der Lichtblick: Ihr geschiedener Mann Karsten kämpft mit uns zusammen. Er will sie von der Straße holen und in eine Klinik bringen, und er wird sie auch als Anwalt vertreten. Wir werden ihn unterstützen, und ich denke, du auch, trotz allem.«

»Ja, ich bin ihre Mutter und werde alles tun, um sie da wegzuholen. Auch wenn ich durch eine kleine Hölle gehen musste.«

»Ja, das stimmt. Hast du noch eine Frage zu diesen vielen Neuigkeiten?«

»Nein, heute nicht mehr. Ich werde mich jetzt in mein Schlafzimmer verziehen und erst einmal alles verdauen, damit ich morgen die Dinge einsortieren kann.«

»Gut. Soll ich hier im Wohnzimmer schlafen, oder kommst du alleine klar?«

»Danke, das ist lieb, aber ich kann das alleine. Wir sehen uns morgen zum Frühstück?«

»Ja. Ich bringe frische Brötchen mit.«

Sie brachte ihn zur Tür und umarmte ihn.

»Gute Nacht.«

»Gute Nacht, und schlaf gut.«

Gerda machte sich zur Nacht fertig und legte sich ins Bett.

Ganz langsam versuchte sie, das Gehörte zuzuordnen, zu verstehen und zu hinterfragen.

Musste sie jetzt ein schlechtes Gewissen haben, weil ihre Liebe zur Victoria nach deren Geburt nicht erwacht war, sich nicht entfaltet hatte?

Hätte sie nicht irgendwann diese Distanz überwinden müssen? Und hatte sie es sich später, als Victoria erwachsen war, zu leicht gemacht mit ihrer Meinung, dass ihre Tochter den Charakter des Vaters geerbt hatte?

Wie konnte es geschehen, dass sie beide sich so wenig respektierten?

Sie stand auf, ging in die Küche, schenkte sich ein Glas Wasser ein und stellte sich ans Wohnzimmerfenster. Schweigend sah sie hinaus in die Nacht.

Nein, sie würde sich jetzt kein schlechtes Gewissen einreden. Nichts auf der Welt rechtfertigte Victorias Verhalten und schon gar nicht den Betrug, mit dem sie es geschafft hatte, ihre eigene Mutter in eine Nervenklinik einweisen zu lassen.

Guten Menschen hatte sie es zu verdanken, dass sie wieder herausgekommen und nicht für den Rest ihres Lebens gezeichnet war.

»Nichts, gar nichts auf der Welt gab ihr dieses Recht«, flüsterte sie und seufzte.

Dann ging sie wieder ins Schlafzimmer und legte sich ins Bett.

Doch an Schlaf war immer noch nicht zu denken. Die fast drei Monate, die sie in der Nervenheilanstalt weggesperrt war, würden noch lange durch ihre Gedanken geistern.

Wie sollte sie diese schwere Zeit vergessen? Sie sah sich im Klinikzimmer auf dem Bett liegen, mit einem Fixiergurt ans Bett gebunden. Allein der Gedanke trieb ihr schon die Schweißperlen auf die Stirn. Außerdem beschäftigen sie die vielen Gespräche, die ihr suggerieren sollten, dass es ihr schlecht gehe und dass sie an Schizophrenie leide. Erst nach einigen Stunden weinte sie sich in den Schlaf.

Gegen zehn Uhr am Morgen kam Ralf mit den Brötchen. Gerda hatte bereits den Frühstückstisch gedeckt.

»Du siehst müde aus«, stellte er fest.

»Konntest du überhaupt schlafen?«

Sie setzten sich an den Tisch, und er goss ihnen frisch duftenden Kaffee ein.

»Ich konnte nicht viel schlafen. Diese drei Monate, das muss ich irgendwie verarbeiten. Das war für mich … Ich weiß noch nicht, was es für mich war.«

»Das denke ich mir. Schneller konnten wir das leider nicht klären.«

»Ich weiß. Ich weiß nur nicht, wie ich diese Gedanken loswerden soll.«

»Wir lassen uns von Ärzten beraten. Du wirst sehen, wir bekommen das wieder hin. Ich helfe dir.«

»Danke, das ist lieb. Ich hatte in dieser schlimmen Zeit trotz der Medikamente auch Zeit, um nachzudenken, und ich konnte einiges für mich aufarbeiten und abschließen.«

»Erzählst du mir davon?«

Er lächelte sie an und strich ihr ermutigend über den Rücken.

»Ja«, sagte sie schlicht.

»Nachher habe ich dir einiges zu erzählen.«

Gemeinsam setzten sie sich nach dem Frühstück auf den Balkon.

»Ich hatte endlich auch den Kopf frei, um über uns nachzudenken, Ralf.«

Er zwinkerte ihr zu.

»Musste es so weit kommen, dass du dich endlich auch mal mit mir beschäftigst?«

»Anscheinend ja. Dabei hätte ich schon in den Fünfzigern merken müssen, dass es besser gewesen wäre, meine Gefühle zu überprüfen. Mir scheint heute, dass es viele, viele verlorene Jahre geworden sind.«

»Liebe kann man nicht erzwingen. Sie kann aber wachsen, auch nach so vielen Jahren.«

Sie strich über seine Hand, die auf dem Tisch lag. »Aber wir sind doch jetzt schon in einem Alter, wo alle denken, dass es vorbei ist mit der Liebe. Es gibt so viele ältere Männer, die sich junge Frauen nehmen.«

Sie rutschte unruhig hin und her. Das Thema war ihr sichtlich unangenehm.

»Wo denkst du hin, meine Liebe? Nichts ist vorbei. Und warum sollte ich mir eine junge Frau suchen? Liebe kann man nicht erzwingen, haben wir vorhin gesagt. Wenn ich dich liebe, kann ich keine junge Frau lieben. Und nur weil sie jung ist und vielleicht etwas schlanker oder keine Fältchen des Lebens hat, muss sie doch nicht die bessere Wahl sein. Schau, ich bin auch nicht mehr so glatt, und auch ich habe meinen Bauchansatz. Und wenn man im ähnlichen Alter ist, kann man sich viel besser auf die Bedürfnisse des anderen einstimmen. Und lieben, lieben und zärtlich sein kann man auch im Alter.«

Ralf nahm ihre Hände.

»Vielleicht sind wir erfahrener, feinfühliger, reifer? Vielleicht lieben wir bewusster? Wir sollten uns nicht von der Gesellschaft diktieren lassen, ob es sich im Alter noch schickt, zu lieben, auch körperlich, meine ich. Mit welcher Frechheit denken Jüngere so etwas und rümpfen die Nase, wenn sie sich das Liebesleben älterer Menschen vorstellen? Da würde sich manch einer wundern, da bin ich mir ganz sicher.«

Er lachte verschmitzt.

Sie nickte ihm zu.

»Und du wirst nicht denken, dass da eine alte Schabracke neben dir im Bett liegt, die nicht mehr so makellos aussieht wie vor dreißig Jahren?«

»Nein.« Zärtlich zog er sie in seine Arme.

»So lange musste ich auf diesen Tag warten. Lass uns das ganz ruhig angehen und das Schönste, was noch möglich ist, für unsere letzten Jahre daraus machen.«

»Ja, dann sollten wir die noch offenen Baustellen abarbeiten, damit wir frei von allen Sorgen unser Leben leben können«, schloss sie diese sehr persönliche Aussprache ab.

Zärtlich nahm er ihren Kopf in seine Hände und küsste sie. Endlich war er am Ziel seiner Träume.

Gerda ging es ähnlich, aber sie wollte jetzt die Probleme lösen.

»Ich habe auch über meine Tochter nachgedacht und um sie geweint«, erklärte sie.

»Erst wollte ich mir einen Teil der Schuld geben, aber ich habe entschieden, das nicht zu tun.«

»Nein, das wirst du in keinem Fall tun.«
Zur Bestätigung drückte er ihre Hand. Dann beugte er sich vor, um ihr in die Augen sehen zu können.
»Wir müssen sie befreien und versuchen, ihr zu helfen. Aber auch das können wir nur im Rahmen unserer Möglichkeiten und nur, wenn sie selbst es will. Sonst macht das alles keinen Sinn.«
»Ja, man weiß ja, dass Alkoholkranke es wollen müssen«, bestätigte sie und sprach weiter: »Rufst du bitte Karsten an, damit er herkommt? Ich will mit ihm zum Alex fahren, um mit ihr zu sprechen. Er soll die Mädchen mitbringen. Aber nicht zum Alex, sondern erst einmal hierher.«

»Ja, du hast Recht. So könnten wir die Sache angehen.«
Ralf hängte sich sofort ans Telefon und führte mit Karsten ein sehr gutes Gespräch. Er wollte heute noch losfahren.

Am frühen Abend klingelte es an der Wohnungstür. Als Gerda öffnete, standen Karsten und die Mädchen vor ihr.
Alle waren im ersten Moment etwas verlegen, schließlich hatten sie sich das letzte Mal unter ganzen anderen Voraussetzungen gesehen und gesprochen.
Und nun war die Situation eine völlig andere geworden.

»Kommt rein«, sagte Gerda schlicht, um ihnen die Scheu zu nehmen.

Im Wohnzimmer schaute sie ihre beiden Enkelinnen genauer an.

»Ihr seht mager und blass aus. Kommt, lasst euch erst einmal umarmen. Ich bin eure Oma, und das bleibe ich – auch wenn wir uns in unserer gemeinsamen Zeit nicht ganz so gut verstanden haben.«

Beide gingen spontan und erleichtert auf ihre Großmutter zu und nahmen sie in den Arm.

Natalie drückte sie fest an sich.

»Es tut mir so leid, Oma, was dir passiert ist, was Mama dir angetan hat. Und auch, dass wir so eklig zu dir waren. Du hattest Recht, dass du gegangen bist.«

Josefine hatte alle Mühe, sich auch an Gerda heranzudrücken.

»Und du bist eine richtig coole Oma. Niemand hat eine Rockerin als Oma.«

Alle lachten, und das Eis war gebrochen.

»Ich habe euch noch gar nicht Ralf vorgestellt.«

Gerda zog ihn neben sich.

»Ralf war ein Freund eures Opas. Er hatte die erste Band gegründet, in der ich spielte, und ich war, wie ich jetzt weiß, seine erste große Liebe. Aber ich habe das nicht erkannt und stattdessen auf euren Opa geschaut. Ralf ist dann aus enttäuschter Liebe nach Amerika gegangen und hat sich dort ein neues Leben als Anwalt aufgebaut. Er kam genau zu der Zeit zurück, als wir das

Casting gewonnen hatten, und wurde dann zusammen mit seinem Sohn unser Berater.«

Alle gaben ihm freundlich die Hand, und er bot ihnen das Du an.

»Und dass alles gleich ganz klar ist: Gerda und ich sind ein Paar, wir werden unser Leben zusammen verbringen. Viel zu lange hatten wir uns aus den Augen verloren.«

Karsten klopfte ihm auf die Schulter.

»Das freut mich für Gerda. Sie hat sich das jetzt wirklich verdient.«

Sie setzten sich zusammen um den Wohnzimmertisch herum, und Gerda ergriff das Wort. Alle spürten, dass sie durch Ralf gestärkt war und sie so schnell wie möglich wieder Ordnung in ihrem Leben schaffen wollte.

»Victoria ist meine Tochter«, begann sie, »auch wenn wir beide in der Vergangenheit viele Fehler gemacht haben. Aber sie hatte kein Recht, so etwas zu tun und mir in allen Belangen so zu schaden. Mittlerweile glaube ich, dass sie sich selbst dafür bestraft hat, und zwar so hart, dass sie das nicht alleine regeln kann. Deshalb bitte ich euch alle, dass wir uns zusammentun, uns besprechen und mit allen uns zur Verfügung stehenden Mitteln versuchen, sie da rauszuholen.«

Karsten stand auf und ging zu ihr hin. Schweigend nahm er sie in dem Arm.

»Ich danke dir für deine Größe. Das ist viel mehr, als Victoria von dir erwarten kann.«

»Wie wollen wir vorgehen?«, fragte Ralf in die Runde.

Und wieder war es Gerda, die pragmatisch dachte und voranging.

»Ihr Mädels bleibt erst einmal hier in der Wohnung. Und wir drei anderen fahren zum Alex. Wir müssen das Gespräch mit ihr suchen und schauen, ob sie mit sich reden lässt. Nur dann können wir ihr helfen.«

Zu dritt fuhren sie zum Alexanderplatz. Sie hatten vereinbart, Victoria erst eine Weile aus einem gewissen Abstand zu beobachten.

Gerda wollte erst einmal schauen, wie Victoria aussah und wie sie sich gab.

Sie wusste auch noch nicht, wie sie sich ihr nähern wollte.

Ralf hielt sich im Hintergrund, er war nur als Beschützer dabei, und Karsten wusste, wo Victoria sich aufhielt, weil er sie schon seit Wochen beobachtet hatte.

Er zeigte mit dem Arm in die Richtung der kleinen Gruppe, in der sich Victoria befand.

Gerda griff mit ihrer Hand zum Mund. Sie konnte gar nicht glauben, was sie sah, und hatte alle Mühe, in dieser Frau ihre ehemals so stolze Tochter zu erkennen.

»Wenn ich jetzt hingehe, dann kann es passieren, dass sie mich verjagt«, erklärte sie ihren Begleitern.

Karsten nickte ihr zu.

»Ja, das kann sein. Aber wir beide müssen es versuchen.«

»Gut, ich mache den Anfang.«

Gerda drückte Ralfs Hand und schritt auf die Gruppe zu. Es waren drei Frauen, die auf einer mindestens zehn Meter breiten Treppe saßen.

Gerda setzte sich in etwa zwei Meter Entfernung auf die gleiche Treppenstufe und schaute unentwegt zu ihnen hinüber.

Nach gefühlt endlos langer Zeit blickte Victoria in ihre Richtung.

Ihr fiel die Bierflasche aus der Hand, als sie ihre Mutter sah. Dann erhob sie sich langsam, kam herüber und schaute auf Gerda herunter. Die aber hielt Victorias Blick stand.

»Was willst du hier?«

»Komm her und setz dich, Victoria.«

Sie zögerte erst, aber als Gerda die Hand austreckte, kam sie näher und setzte sich sogar neben ihre Mutter.

»Was willst du hier?«, fragte sie noch einmal.

Gerda nahm ihre Hand ganz fest zwischen ihre Hände.

»Ich will dich abholen. Nein, ich will dich nach Hause holen.«

Dann legte sie ihr den Arm um die Schulter.

Victoria bekam einen Weinkrampf und drückte das Gesicht in den Schoß ihrer Mutter.

»Ich kann nicht mehr nach Hause. Ich habe kein Zuhause mehr.«

Wieder schluchzte sie. Ihr ganzer Körper zitterte. Gerda fühlte nur noch Haut und Knochen, als sie ihr über den Rücken strich.

»Was habe ich dir eigentlich angetan? Ich muss bestimmt ins Gefängnis.«

»Das besprechen wir später. Schau mal, wer dahinten ist.«

Gerda zeigte mit dem Kopf zu Karsten und Ralf hinüber.

»Karsten? Steht da Karsten, und wer ist bei ihm?«

»Da steht Karsten, den ich jetzt herrufen werde, und bei ihm ist Ralf, mein guter alter Freund.«

Gerda winkte den beiden Männern zu, die nun langsam näher kamen. Ralf setzte sich neben Gerda und beobachte die Szene.

Karsten sagte nichts, sondern rutschte neben Victoria auf die Treppenstufe und nahm sie ganz einfach in seine Arme. Erneut wurde sie von ihren Emotionen übermannt und weinte.

Nach einer Weile, als Victoria sich etwas beruhigt hatte, übernahm Gerda wieder das Gespräch.

»Wir haben da drüben in diesem Hotel«, sie zeigte mit dem Arm auf die andere Straßenseite, »ein Zimmer für dich reserviert.«

Gerda beobachtete, wie Victoria auf ihre Worte reagierte, und sah, dass sie auf den Boden blickte und die Hände ineinander verschlang.

»Schau mich an, Victoria«, sagte sie.

»Es ist jetzt an der Zeit, eine klare Entscheidung zu treffen. Wir sind alle hier, weil wir dich nach Hause holen und dir helfen wollen.«

Sie machte eine Pause, damit ihre Tochter das erst einmal langsam aufnehmen konnte. Dann fuhr sie fort:

»Wir können das aber nur, wenn du das willst. Du musst wissen und erkennen, dass du alkoholkrank bist und in einer Klinik behandelt werden musst, um wieder gesund zu werden. Du musst jetzt und hier die Entscheidung treffen und uns sagen, ob du mit unserer Hilfe zurück ins Leben und weg von der Straße gehen möchtest. Deine Mädchen sind übrigens in meiner Wohnung und warten auf dich.«

»Und was ist mit dem Hotelzimmer? Ich verstehe noch nicht. Soll ich da auf den Klinikplatz warten?«

Karsten lächelte sie an.

»Nein, wir haben gedacht, dass du vielleicht in Ruhe baden und schlafen möchtest, um morgen den Kindern ausgeruht und mit ein bisschen weniger Schnaps im Blut begegnen zu können. Außerdem hast du vielleicht noch viele Fragen, die ich dir beantworten kann.«

»Und warum willst du das alles für mich tun?«

»Weil du die Mutter meiner Kinder bist und weil ich dich immer noch liebe, auch wenn du mich verlassen hast.«

Er hielt kurz inne.

»Vielleicht kann ja mit der Zeit alles wieder gut werden, wenn du aus der Klinik kommst.«

Victoria blickte ihn zum ersten Mal seit langer Zeit entspannt an. Gleichzeitig erweckte ihr blasses, verhärmtes Gesicht einen zerbrechlichen Eindruck.

»Ich war immer der Meinung, dass ich keine richtige Familie habe, und jetzt habe ich doch eine. Ich möchte, dass ihr mir helft, diesen schweren Weg zu gehen. Und wenn ich mal davonlaufen möchte, dann müsst ihr mich zurückholen. Versprecht mir das.«

Alle umarmten sie und gaben ihr das Versprechen.

Dann brachte Karsten sie ins Hotel und ließ ihr ein Bad ein.

Sie genoss dieses lange vermisste Erlebnis und blieb fast eine Stunde im Wasser liegen.

Dann wusch sie sich die Haare und cremte sich sorgsam ein. Karsten hatte ihr in der Zwischenzeit in einem Kaufhaus am Alex neue Wäsche und Kleidung für den nächsten Tag gekauft.

»Das passt ja alles. Woher wusstest du?«, fragte sie ihn erstaunt, als sie sich umgezogen hatte.

»Ich habe nur geschätzt.«

Mehrere Stunden sprachen sie über das, was passiert war. Victoria erfuhr in allen Einzelheiten, was sie ihrer Mutter angetan hatte und was mit ihren Kindern und ihrem Umfeld geschehen war. Auch ihr wirtschaftliches Chaos besprachen sie ausführlich, und so erfuhr sie zum zweiten Mal heute, was für eine wunderbare Familie sie hatte und was für einen wunderbaren Exmann, der immer für sie da war. Nur hatte sie das nicht gemerkt.

Er erzählte ihr von den Mädchen und wie er sie immer wieder darauf eingeschworen hatte, zu ihrer Mutter zu stehen.

»Du wirst jetzt erst einmal durch eine Hölle gehen«, sagte er.

»Aber es lohnt sich für uns. Ich bringe dich morgen, wenn du die Kinder kurz gesehen hast, in eine der besten Kliniken, die einen exzellenten Ruf hat. In den ersten Wochen werde ich dich nicht besuchen dürfen, aber dann bin ich immer für dich da.«

Sie schwieg eine Weile, und dann sprach sie über sich, über ihre Jugend und über ihre Fehler. Zum ersten Mal war sie ehrlich zu sich selbst. Am schlimmsten fand sie jetzt ihr Verhalten gegenüber ihrer Mutter, und sie schämte sich sehr dafür.

Karsten wusste, dass sie in ihrem Zustand nicht ohne Alkohol auskam, aber er versuchte den ganzen Abend über, ihn Victoria in gemäßigten Mengen zu verabreichen.

»Würdest du dich zu mir legen, damit ich nicht alleine einschlafen muss?«, fragte sie irgendwann.

»Mach ich.«

Er kleidete sich aus, legte sich neben sie und nahm sie einfach nur schweigend in den Arm.

Am nächsten Morgen fuhren sie zu Gerdas Wohnung. Die öffnete fröhlich und nahm ihre Tochter, die heute schon ganz anders aussah, in die Arme.

»Kommt rein. Die Mädchen warten schon ganz aufgeregt.«

Natalie und Josefine standen im Wohnzimmer. Man sah ihnen an, dass sie sehr verunsichert waren.

Sie befanden sich in einem Gefühlschaos, weil sie ihre Mutter so lange nicht gesehen hatten und auch Angst hatten, einer kranken Frau gegenübertreten zu müssen, die nun vielleicht ganz anders aussah.

Aber es war alles viel leichter.

Victoria sah zwar anders aus, aber sie war und blieb einfach ihre Mutti, die die beiden nach einem kurzen Moment an sich drückte.

Sie blieben noch eine Stunde, und dann verabschiedeten sich Karsten und Victoria.

Er brachte sie zur Entziehungskur in die Klinik.

25

Mittlerweile waren vier Monate vergangen. In den nächsten Tagen würde Victoria aus der Klinik zurückkommen. Karsten hatte sie über viele Wochen durch die schwere Zeit begleitet und in unzähligen Gesprächen vieles aufgearbeitet.

In der Zwischenzeit hatte er auch das künftige Leben für seine kleine Familie neu organisiert.

Dazu hatte er am Rande Berlins ein neues Haus und in der Innenstadt eine Kanzlei gekauft.

Die Mädchen würden in eine neue Schule gehen, und der Umzug war bereits erledigt.

Er und Victoria würden wieder zusammenarbeiten und ihrer Ehe eine neue Chance geben.

Gerda war noch einmal zusammen mit Ralf in die alte Heimat gefahren.

Sie suchten alle Orte auf, die einst in ihrem Leben eine Rolle gespielt hatten. Sogar die Halle vom Maifest stand noch.

Auch August besuchten sie auf dem Friedhof, und Gerda schloss endgültig ihren Frieden mit ihm. Und das Haus, das ihnen gar kein Glück gebracht hatte, verkauften sie.

Das Geld wurde auf einem Konto für die beiden Mädchen angelegt.

Gerda selbst gab ihre Wohnung auf und zog zu Ralf an den Wannsee. Er hatte sich dort ein schönes Haus direkt am Wasser gekauft.

Und die Band? Die wollten sie beide um sich haben.

Sie saßen zusammen auf der Terrasse des neuen Hauses.

»Gerda, die Band, was machen wir damit?«, wollte Ralf wissen.

»Wir wollen ein schönes Leben haben, wollen reisen, aber auch unsere Liebe zur Musik weiter pflegen. Was glaubst du, wie gut wir das organisieren können?«

Sie überlegte, während sie den kleinen Segelbooten nachschaute.

»Es ist eine Frage der Einteilung. Aber meine *Silberoldies* werde ich nie ganz aufgeben, und du bestimmt auch nicht. Du bist ja unser Berater.«

»Ich würde ehrlich gesagt auch gerne wieder mitmachen. Abraham hat mich angerufen, er will aufhören und eine Weltreise machen. Er hat eine Frau kennengelernt.«

»Das freut mich für ihn. Dann muss er nicht mehr so oft an mich denken, und wenn du mit mir zusammen Musik machst, dann schließt sich unser Kreis zu unserer alten Zeit. Aber du musst mir versprechen, dass wir nicht zweihundert Konzerte pro Jahr geben werden.«

»Das habe ich mir gedacht, und deshalb habe ich auch eine Überraschung für dich.«

Sie schaute ihn lächelnd mit erhobenem Zeigefinger an.

»Du sollst nicht mit Überraschungen um dich werfen. Du weißt doch, dass ich genug davon habe.«

Ralf umarmte sie.

»Vertrau mir. Ich passe schon auf, dass es sich um nette Dinge handelt.«

»Und was ist das für eine Überraschung, die du für mich organisiert hast?«

»Ich freue mich so, Gerda. Ich habe heimlich deine Enkelin Natalie in dem Proberaum mitgenommen.«

Sie stand auf.

»Ich verstehe nicht. Was macht Natalie im Proberaum. Hat sie euch zugesehen?«

»Nein, natürlich nicht.«

Er musste herzhaft lachen.

»Hast du nicht auf Natalies Gitarre gespielt, bevor du dich entschlossen hast, wegzugehen?«

»Ja, stimmt, das habe ich. Aber ich verstehe den Zusammenhang nicht«, erklärte sie und lief aufgeregt hin und her.

»Natalie ist eine wunderbare Gitarristin. Auch sie hat ihr Talent brachliegen lassen, weil die Gitarre in der Ecke ihres Zimmers stand.«

Sie stellte abrupt ihre Lauferei ein und setzte sich neben ihn.

»Und jetzt hast du mit ihr wieder ein bisschen geübt?«

Ralf zog sie in seine Arme.

»Nein.«

Er machte eine Pause und strich ihr mit der Hand über die Wange.

»Nein, das wäre zu wenig für eine Überraschung. Natalie hat ein paar Wochen mit der Band zusammen geübt und viele Lieder eingesungen.«

»Was?«

Sie klatschte in die Hände.

»Das ist aber mal eine schöne Überraschung. Vielen Dank.«

»Das ist aber noch nicht alles, meine Liebe.«

»Noch nicht? Das ist aber doch sehr viel. Es freut mich, dass meine Enkelin Lust hat, Gitarre zu spielen und zu singen.«

»Ja, das wird sie tun, aber nicht alleine, sondern mit dir und mir und der ganzen Band. Ich habe zusammen mit deinem Management ein Konzert organisiert. Und das ist nicht nur ein x-beliebiges Konzert, das ist ein Konzert in der Waldbühne.«

»Oh, ist das schön. Ich darf wirklich mit meiner Enkelin auftreten?«

Dann schaute sie ihn schulterzuckend und fragend an.

»Ich bin ja jetzt schon etwas länger in Berlin und habe schon viele Kultur- und Veranstaltungsstätten kennengelernt. Aber die Waldbühne, die kenne ich nicht. Was ist das für eine Bühne, dass es nicht irgendein Konzert ist?«

Er musste lachen.

»Du bist so lange in Berlin und warst noch nie in der Waldbühne?«

»Nein. Wann sollte ich? Ich habe immer gearbeitet oder selbst gespielt. Da war keine Zeit, um auszugehen. Und Zeitung habe ich auch nicht oft gelesen. Also ergab sich das nicht.«

»Dann wird das ein ganz besonderes Erlebnis für dich werden. Die Waldbühne ist eine große Freilichtbühne, und wenn alles gut läuft, dann werden zweiundzwanzigtausend Leute zuhören. Dieser Ort hat eine ganz tolle Atmosphäre. Die Menschen kommen mit Decken und

Picknickkörben und allem, was zu einem schönen Abend beiträgt. Jetzt müssen wir nur noch hoffen, dass schönes Wetter ist.«

Gerda war sprachlos, und wie immer schüttelte sie in solchen Situationen den Kopf.

»Ich weiß nicht, was ich sagen soll.«

»Nichts, meine Gute, nichts. Freu dich einfach. Ab morgen geht es in den Proberaum, und in zwei Wochen ist unser großer Tag.«

Bereits am Nachmittag des Konzertabends waren alle zusammen und führten die letzten Proben durch.

Selbst das Fernsehen war dabei, was Gerda vorher gar nicht mitbekommen hatte.

Die Aufregung war groß, aber sie wussten, dass es ein guter Auftritt werden würde.

Kurz vor acht öffnete sich die Tür, und die ganze Familie kam herein. Gerda traten die Tränen in die Augen.

Victoria war auch dabei und sah richtig gut aus. Sie kam auf ihre Mutter zu und nahm sie in die Arme. »Danke, Mama. Danke für alles und viel Erfolg heute Abend. Wir sitzen übrigens in der ersten Reihe.«

Karsten und Josefine drückten alle kurz an sich und liefen zu ihren Plätzen.

Dann kam die Ansage, und das Konzert begann. Die Musik nahm sofort alle Besucher mit und zog sie in ihrem Bann. Da oben auf der Bühne standen zwei Sängerinnen, die unterschiedlicher nicht sein konnten. Und ihre Stimmen waren unglaublich. Niemand saß mehr, und alle tanzten und sangen.

Nach zwei Stunden gab es stehende Ovationen und Zugabe-Rufe.

So stimmten sie als letztes Lied *It's now or never* an.

Es war das Lied, das für den Neuanfang stand.

Als sie es zu Ende gesungen hatten, nahm Gerda Natalie in die Arme.

»Du bist ein tolles Mädchen. Mach weiter so, dann wirst du Erfolg haben.«

Ralf trat zu den beiden und schaute sie voller Stolz an.

»Alt und Jung als echte Rock 'n' Roller, was für ein Bild. Das wird morgen der Aufmacher in allen Zeitungen sein.«

Er nahm Gerda zur Seite, um sie trotz der vielen Menschen einen kleinen Moment für sich alleine zu haben. Beschützend legte er den Arm um sie.

»Auf ein schönes, liebevolles und ereignisreiches Leben«, flüsterte er ihr ins Ohr und führte sie anschließend wieder zur Mitte der Bühne, damit sie sich zusammen verbeugen konnten.

Später saß die ganze Familie zusammen in einem Restaurant bei einer Pizza. Sie waren froh, sich wiederzuhaben, und versprachen sich, in Zukunft alles besser zu machen.

Gerda wurde zur späten Stunde ein bisschen melancholisch und schaute aus dem Fenster auf die hell erleuchtete Straße.

Wie in einem Film zogen bruchstückhaft die Erlebnisse seit ihrer Abreise mit dem Motorrad an ihr vorbei.

Es war eine Zeit voller Höhen und Tiefen gewesen. Unglaublich, dass so etwas möglich war, dachte sie.

Kein Drehbuchautor hätte so etwas je erfinden können.

Das Schönste aber war die Versöhnung mit ihrer Familie und die Liebe zwischen Ralf und ihr.

Und die Band? Die war wie ein Sechser im Lotto.

Sie wandte sich wieder ihrer Familie zu und sagte aus heiterem Himmel:

»Oma hat sich verliebt. Und Oma dreht durch.«

Alle mussten lachen. Ihr Glück war perfekt.

ENDE

Nachwort

Liebe Leserin, lieber Leser,

der demoskopische Wandel ist unverkennbar, und die Diskussionen darüber, wie teuer es wird, wenn wir alle älter werden und länger leben, geistert in regelmäßigen Abständen immer wieder durch die Presse.

Dabei passiert es nicht selten, dass Generationen mit blumigen Worten gegeneinander aufgerechnet werden.

Diese allgemeine Feststellung ist ganz sicher keine wichtige sozialpolitische Aussage in einem humorvollen Roman, der kurzweilig unterhalten soll und dazu einlädt, die Bauchmuskeln durch fröhliches Lachen springen zu lassen.

Aber meine Leserinnen und Leser wissen, dass hi und da auch ein ernst gemeinter Gedanke durch meine Bücher weht, und wie auch ein gutes Lied den Nerv der Zeit treffen kann.

So soll auch diese Geschichte einen kleinen Betrag zum gegenseitigen Verständnis der Generationen leisten.

Oma und Opa sind nämlich heute nicht mehr nur wie in den gängigen Klischees als daddelige Alte dem Rollator und dem Nasenfahrrad unterwegs.

Nein, sie surfen im Internet, sind modisch en vogue, reisen durch die Welt, bilden sich weiter, sind erfahren und hilfsbereit und – so Gott und der Arzt das will – noch viele Jahre fit wie ein Turnschuh.

Dieses Buch blickt mit viel Witz und Humor auf Jung und Alt, auf Klischees und Vorurteile, die eigentlich längst in die Mottenkiste gehören.

Ich hoffe sehr, dass Sie viel Spaß hatten mit Oma Gerda.

Ihre Barbara Herrmann

Mehr Bücher vom Barbara Herrmann

Das Obstgut – Schwere Zeiten

Mitte der 60er Jahre heiratet Gerhard Glotz, der größte Obstbauer im Bühlertal, die achtzehnjährige Jutta. Anstatt aber eine stolze Bäuerin sein zu dürfen, wartet auf sie ein mühsames und hartes Leben.

Ihr Ehemann tyrannisiert seine Familie und seine Landarbeiter mit seiner unbeugsamen Härte. Sein ältester Sohn Tobias verlässt als junger Mann nach einem heftigen Streit und der Uneinsichtigkeit des Vaters das Gut.

Den jüngsten Sohn Klaus, den Gerhard ohnehin nicht leiden kann, weil er das Klavier der Landwirtschaft vorzieht, verjagt er erbarmungslos. Auch die Bäuerin lässt Gerhard einfach im Stich, als diese schwer erkrankt.

Eine Familie zwischen dem Schwarzwald und dem Bodensee, die trotz vieler Turbulenzen einen Weg zwischen Tradition und Moderne suchen und finden muss.

Die Obstgut-Saga Band 1

ISBN 978-3-740731854 Print
ISBN 978-3-740702748 eBook

www.heidezimmermann.de

Jolandas Reise in die Vergangenheit

Der Schatten im Mond

Nach dem Tod ihrer Mutter findet Jolanda in deren Nachlass eine Schatulle mit Briefen und Fotos. Ihre vermeintlich heile Welt stürzt ein, als sie erfährt, dass ihre verstorbenen Eltern gar nicht ihre leiblichen Eltern waren. Sie begibt sie sich auf die Reise in den Schwarzwald und nach Sizilien, um die Familiengeheimnisse ihrer Stiefmutter zu lüften und ihre richtigen Eltern zu finden. Bei ihrer Suche tun sich ungeahnte menschliche Abgründe auf, die sich noch über Jahrzehnte bis in die Gegenwart auswirken.

Ein bewegender Roman über eine Familie, die den strengen und althergebrachten Werten sowie den Vorurteilen gegenüber den italienischen Gastarbeitern zu Beginn der Sechzigerjahre Tribut zollen muss, auf diese Weise ihren inneren Zusammenhalt verliert und letztendlich daran zerbricht.

ISBN: 978-3-753416892 Print
ISBN: 978-3-753436272 eBook

www.heidezimmermann.de

314

Violas Vermächtnis

Die Geschichte zweier Schicksale, die sich vor der prachtvollen, geschichtsträchtigen Kulisse der Kurstadt Baden-Baden begegnen. Renate steht vor dem beruflichen und privaten Scherbenhaufen ihres Lebens. Doch dies bleibt nicht der einzige Schicksalsschlag, den sie einstecken muss. Im Kampf um ihre Existenz erkennt Renate schließlich die Magie des Zufalls und die starke Kraft zwischen Himmel und Erde.

Auch Gero macht eine schwere Zeit durch. Als seine Schwester Viola stirbt, bittet sie ihn, eine Frau zu finden, die seine Hilfe braucht. Doch wie kann Gero diese Frau finden? Wann und unter welchen Umständen wird er ihr begegnen? Durch Zufall?
Oder wird auch der Himmel seine Finger im Spiel haben?

Die Fragen und Antworten auf Zufälle und andere mystische Zufälligkeiten in verschiedenen Lebenssituationen unserer Zeit sind die perfekte Würze dieses Romans.

Mehr als 20 Schwarzweiß-Fotos führen die Leser*innen an die Schauplätze in Baden-Baden.

ISBN 978-3-753454900 Print
ISBN 978-3-753492650 eBook

www.heidezimmermann.de

Ich schreib mich in dein Leben

Regina, eine junge, hübsche Frau aus reichem Hause, verfolgt nach dem Abitur energisch den Wunsch nach persönlicher und finanzieller Unabhängigkeit, ausgerechnet über die Abendschule und die harte Arbeit in einem Callcenter. Dabei stolpert sie immer wieder über die Hindernisse und Unebenheiten zwischen den Aufgaben einer reichen Fabrikantentochter und dem holprigen Alltag einer arbeitenden und lernenden jungen Frau, was auch ihre Beziehung zum Scheitern bringt.

Zwischen diesen beiden Welten lernt sie den Bestseller-Autor Viktor Tillmann kennen, einen Mann, der durch seine schwere Kindheit geprägt, nicht gerade eine glückliche Hand bei der Wahl seiner Partnerinnen hat.

Als das Durcheinander im Leben von Regina und Viktor Schicksal spielt und sich die beiden immer wiederbegegnen, löst das nicht nur Gefühle, sondern auch Intrigen und öffentliche Schlammschlachten aus.

Eine romantische, moderne Liebeskomödie.

ISBN 978-3-753477077-Print
ISBN 978-3-753452623-eBook

www.heidezimmermann.de